한국 현대시에 나타난 생명성

– 김광섭 · 성찬경 · 김광규의 시를 중심으로

한국 현대시에 나타난 생명성

– 김광섭 · 성찬경 · 김광규의 시를 중심으로

김해선 지음

국학자료원

머리말

어떤 시는 생명이 있고 어떤 시는 생명이 없는가. 단순한 질문에서 시작된 현대시의 생명성은 연구 과정을 통해서 생명이 성성되는 자리는 근원적으로 죽음과 같은 곳에 있다는 것에 주목하게 되었다. 생명이 없는 시는 없다. 그러나 새로운 것을 지속적으로 만들어 가는 시간과, 소멸과 생성의 근원지로서의 죽음, 이러한 생명성은 대상 혹은 세상을 해석하며 능동적으로 나아간다는 사실을 김광섭 · 성찬경 · 김광규 시 안에서 만나게 되었다. 김광섭은 죽음의 문턱까지 다녀온 다음에 생명의 껍질을 벗긴다. 삶과 죽음을 자유롭게 자주 직면한다. 성찬경은 성명이 없는 물질에 생명성을 부여함으로써 미학적 힘을 갖게 한다. 부서지고 버려진 하찮은 것들에게 부모와 같은 마음으로 깊은 애정을 쏟는다. 그의 집은 "물질 고아원"이다. 김광규의 생명성은 생명의 생성과 소멸에 대한 성찰로 이어진다. 생명이 위협받는 우리 시대를 통찰할 수 있는 직관의 힘을 품고 있다.

김광섭 · 성찬경 · 김광규는 매일 마주치는 일상 안에서, 생성과 소멸의 같은 존재인 생명 그 자체가 전제되지 않고서는 어떤 것도 그 의미를 지닐 수 없음을 발견해 놓는다. 전기가 나가 버린 캄캄한 방 안에서 생명은 어둠 자체로서 속삭인다. 목소리가 너무 작아 처음엔 알아듣기 힘들지만 어둠이 짙어지면 심장 밑에서부터 끓어오르며 솟구치다 파괴된다. 그 순간 생명은 시 안에서 팽팽하게 서 있다 물결을 타고 흘러간다. 빠져나가지 못한다. 처음을 잃어버린다.

김광섭 · 성찬경 · 김광규의 생명성을 접하면서 시의 생명에 접신하는 꿈을 꾸기도 하였다. 그러나 높이 올랐다 금방 꺼지는 비눗방울처럼 시 쓰기에 계속 실패한 내 시 안에서 생명은 파멸되고 매번 복원되고 싶어 한다.

　　이 글은 2011년 2월 박사학위논문으로 제출한「한국 현대시에 나타난 생명성 연구─ 김광섭 · 성찬경 · 김광규의 시를 중심으로」를 다시 검토하고, 현대문학이론연구 제50집에 실린 소논문「백남준과 성찬경 작품에 나타난 언어의 유희성」을 보론으로 덧붙인 것이다.

　　이 책을 내면서 감사한 마음을 진심으로 전하고 싶다. 늦게 시작한 공부를 마무리 할 수 있도록 배려해 주시고 아낌없이 용기를 주신 이승하 지도교수님께 머리 숙여 깊이 감사드리며, 이건청, 이숭원, 박철화, 오은 교수님께도 감사드린다. 이 책을 정성껏 만들어 주신 국학자료원 편집진께도 감사하기만 하다.

2012년 11월
김해선

목차

Ⅰ. 서론

1. 문제제기 및 연구목적

지구상의 모든 동식물은 탄생과 성장, 소멸에 이르는 생명체의 존재를 규정짓는 물리적 법칙을 지닌다. 제레미 리프킨은 '엔트로피entropy'라는 개념을 통하여 모든 생명의 유한성을 일깨워준다. 그에 따르면 엔트로피 법칙은 "진화로 인한 생명체의 활동으로 유용한 에너지의 총량이 줄어든다"[1])는 것이다. 한편 칠레의 생물학자 움베르토 마투라나와 프란치스코 바렐라는 생명의 극히 기본적인 본질을 물질대사에서 찾았다. 그들은 이것을 '자기自己 생산'이라고 부르는데, 자기와 만들기를 의미하는 그리스 어근에서 나온 이 말은 생명의 끊임없는 본래적 운동을 의미한다.[2]) 생명

---

1) 제레미 리프킨, 이창희 역, 『엔트로피』, 세종연구원, 2000, 83쪽. 이 책의 원서 초판은 미국에서 1980년도에 출간되었다.
2) 진 마굴리스·도리언 세이건, 황현숙 역, 『생명이란 무엇인가?』, 지호, 1999, 40쪽.

은 운동의 방향을 갖고 있으며, 이미 만들어진 것이 아니라 스스로 만들어 가고 있다는 것이다. 프랑스 철학자 앙리 베르그손은『창조적 진화』에서 개별적 의식의 자유는 바로 거기 생명에 존재하며3) 생명의 유한성은 생명성 흐름 자체의 무한성에 연결된다고 밝히고 있다.4) 또한 우주 내에 존재하는 생명체들은 거대한 창조적 에너지라고 설명했다.

그런데 이러한 생명이 생성되는 자리는 근원적으로 죽음과 같은 곳에 있다. 생명은 새로운 시작을 준비하고 탄생시켜줄 수 있도록, 비록 형상은 사라지지만 다시 태어날 생명에 스며든다. 그러므로 자연과 사회와 존재의 가장 근원적인 핵은 생명성이라 할 수 있다. 새로운 것을 지속적으로 만들어가는 시간과, 소멸과 생성의 근원지로서의 죽음, 그로부터 존재하는 것들을 이어주며 품어 안는 것을 생명성이라고 명명할 수 있을 것이다. 생명이 전제되지 않고서는 어떤 것도 그 의미를 지닐 수 없기 때문이다. 이러한 생명성은 대상 혹은 세상을 해석하며 능동적으로 나아간다. 나 자신은 물론 타인의 생명을 새롭게 인식하며, 더 나아가 인간 생명의 의식 활동이 펼쳐내 보여주는 창조적 자유의 흐름에 접근하고자 하는 것이다.

생명체는 물질에서 에너지를 취해 축적하고, 필요할 때 소비하는 유기적인 조직이다. 그런데 엔트로피 법칙이 보여주는 것은 우주가 일정한 방향 속에서 끝없는 변화 과정 속에 있다는 것이다.5) 유용한 에너지가 줄어든다는 것을 의미하는 열역학 제2법칙에 입각한 엔트로피 개념은 많은 사람들에게 생태적 윤리관을 생존의 문제와 동일시하는 계기를 마련해주었다.6) 인간의 무리한 개발로 인한 환경 파괴는 지구상의 수많은 생명체가 인류의 미래와 어떻게 관련이 있는지를 일깨워주고 있다. 생명이란 우

---

3) 앙리 베르그손, 황수영 역,『창조적 진화』, 아카넷, 2005, 576쪽.
4) 황수영,『베르그손-지속과 생명의 형이상학』, 이룸, 2003, 196쪽.
5) 앙리 베르그손, 앞의 책, 578~579쪽.
6) 이승하,『생명 옹호와 영원 회귀의 시학』, 새미, 1999, 12쪽.

주 내에 존재하는 거대한 창조적 에너지이다.[7] 생성고 소멸을 반복하는 생명체들은 매순간 변화하기 때문에 변화하는 시간 속에서 역동적인 질서를 만들어낸다. 인간의 삶 역시 자기 하나에만 갇혀 있는 것이 아니라, 이 세상에 존재하는 모든 생명은 물론 우주 전체와 이 어진 거대한 흐름 속에 들어 있다.[8] 그러므로 "세계의 유한성을 시인할 줄 알아야만 지구라고 불리는 이 선물이 우리에게 얼마나 소중한 것인가를 실감할 수 있으며, 생명 자체가 소중해지고 앞으로 올 모든 생명에 대한 자세를 사랑으로 드러낼 수 있다"는 리프킨의 말은 생명체의 본질에 대한 예리한 통찰이라 할 수 있다.

본 논문은 위에서 제기한 엔트로피라는 프리즘에 비추어 생명의 연속과 단절, 생성과 파괴의 문제의식을 배경에 깔고서, 시가 이러한 문제의식을 어떻게 형상화하고 있으며, 동시에 우리 현대시가 지향해야 할 점은 무엇인지, 또한 생명의 끊임없는 자기 생산을 표현하는 정신의 본래적 운동이 시를 통해 표현됨으로써 어떻게 생명성에 대한 이해를 확장·심화시키고 있는지를 알아보고자 하는 것이다.

생명성을 시로 끌어안는 것은 시가 바로 언어를 통해 존재와 존재, 존재와 사물, 사물과 사물을 잇는 것이라는 점 때문이다. 특히 서정시는 '대상에 대해 자발적인 해석을 실현하는 유기적 조직체'라고 할 수 있는 인간에 대한 본질적인 정의와 가장 부합하는 문학 장르이다. 시 혹은 서정시를 통해 인간은 세계와 융화하며 우주로까지 승화될 수 있다. 시의 위대한 역사는 존재와 사물과 세계와 우주로 이어지는 교감과 융합의 진경을 익히 보여주고 있다.

그 점은 한국의 현대시도 마찬가지다. 비록 1백 년의 짧은 역사이긴 하지만 우리의 현대시는 언어와 상상력을 통해 인간의 구주적 존재로서의

---

7) 김성민, 「앙리 베르그송의 철학과 생명의 목적」, 『기독교사상』, 2000.1, 104쪽.
8) 위의 글, 106쪽.

가능성을, 동시에 다른 모든 생명에 대한 인간의 책임과 연대를 보여주는 데에 소홀하지 않았다. 이런 관점에서 생명성의 탐구 여정에 커다란 발자국을 남긴 시인으로 김광섭 · 성찬경 · 김광규를 연구 대상으로 선택했다.9) 현대시에 있어서 생명성은 광범위하게 나타나지만 특히 이 세 시인의 경우 생명의 의미와 본질을 깊이 성찰하는 작업을 지속적으로 해왔기 때문이다. 김광섭은 생명의 원형질인 삶과 죽음에 깊이 천착하며, 성찬경은 생명성이 없는 물질과 비물질에서 생명성을 발견하고, 김광규는 지나쳐버리기 쉬운 사소한 것에서 생명성을 찾아낸다. 이 시인들은 각기 다른 개성을 지니고 있지만, 파편화되고 잃어버리고 있는 현대의 생명성 양상에 대해 고찰하는 시각은 공통점이라는 것을 살필 수 있다. 이들은 모두 생명과 죽음, 존재와 사물, 자연과 문명의 관계를 형상화한 시인들이다. 본 논문에서는 그들의 시세계에 담긴 개별적 생명성과 아울러 그들 전체를 아우를 생명성의 시학을 다룰 것이다. 그 과정에서 환경시,10) 생태

---

9) 김광섭은 1985년 『詩苑』 2호에 「고독」을 발표하면서 시작활동을 시작했다. 『憧憬』(1938), 『마음』(1949), 『해바라기』(1957), 『성북동 비둘기』(1969), 『反應』(1971), 이 밖에 『이삭을 주울 때』(1965), 『성북동 비둘기』(1975), 『겨울날』(1975), 『한국현대시문학대계 12』(1981), 『성북동 비둘기』(1987), 『성북동 비둘기』(1991), 『이산 김광섭 시전집』(2005) 등의 시선집이 있다. 『겨울날』과 『한국현대시문학대계 12』에는 다수의 유고시가 실려 있다.
성찬경은 1930년 충남 예산에서 출생하여 1956년 『문학예술』을 통해 문단에 나왔다. 1980년~1981년까지 영국 옥스퍼드대학교에서 문학을 연구했고, 성균관대학교에서 1978년에서 1998년까지 영문과 교수로 재직했다. 시집으로는 『반투명』(1984), 『시간음』(1982), 『영혼의 눈 육체의 눈』(1986), 『황홀한 초록빛』(1988), 『묵극』(1995), 『나의 별아 너 지금 어디에 있니?』(2000), 『논 위를 달리는 두 대의 그림자 버스』(2005), 『거리가 우주를 장난감으로 만든다』(2006), 『해』(2009) 등이 있다.
김광규는 1941년 서울에서 태어나 1975년 계간 『문학과 지성』을 통해 등단한 이후 1979년 첫 시집 『우리들을 적시는 마지막 꿈』 이후, 『아니다 그렇지 않다』(1983), 『좀팽이처럼』(1988), 『아니리』(1990), 『크낙산의 마음』, 『물길』(1994), 『대장간의 유혹』(1996), 『가진 것 하나도 없지만』(1998), 『누군가를 위하여』(2001), 『처음 만나던 때』(2003), 『시간의 부드러운 손』(2008), 시선집 『희미한 옛사랑의 그림자』(1995), 산문집 『육성과 가성』(1996) 등을 출간했다.
10) 환경시는 환경 문제를 고발하는 계몽의식이 강하다. 1990년대 이후 환경과 관련해서 삶의 위기가 현실로 나타나고 환경오염과 생태계 파괴에 대한 관심이 고조되면서, 이를 주

시11) 등의 관점을 포괄하는, 생명성이 갖는 미학적 힘이 좀 더 구체적으로 드러나길 바란다.

세 시인 가운데 김광섭은 산업사회의 발전으로 야기된 생명성의 파괴를 비판한 시인이다. 특히 초, 중기의 관념과 감상이 배제된 김광섭의 후기시는 생명의 본질에 대한 깊은 천착을 담고 있다. 생명성을 진술하거나 주장하기보다는 생명성의 존재 자체를 드러내는 데에 성공했다고 볼 수 있으며, 구체적이고 일상적인 그의 언어는 시의 생명성과 인간성 회복을 노래하는 데에 기여했다. 특히 1965년 뇌출혈로 쓰러진 이후의 시들은 초·중기의 시에 비해 커다란 시적 변화를 보인다. 김광섭의 초기시는 일제강점기 무력한 민족의 아픔과 개인의 고독을 관념적으로 형상화했고, 중기시는 좀 더 능동적인 자아의식으로 변모되었지만, 초·중기시는 관념과 추상에서 크게 벗어나지 못하였다. 그런데 1965년 뇌졸중 이후에 쓴 시들은 환경 파괴를 날카롭게 직시하면서 현대사회가 잃어가는 생명성과 함께 자연과 인간의 세계에 대한 포괄적인 관계망을 구체적인 일상 언어로 나타낸다. 이 점에 대해서는 적지 않은 논자들이 다루고 있는데, 물질문명의 비판과 생태환경의 입장을 전기적인 고찰과 결부시키면서 논의를 진행하고 있다.12)

본고 역시 그 논의의 연장선에 있다. 깊은 병마를 겪고 회복의 과정을 겪은 뒤 그는 외적으로 드러나는 생명보다는, 그가 죽고 난 이후에도 살아있는 상태로 머물고 있을 영원한 생명성을 탐구하는 완성도 높은 시를

제로 한 시들이 양산되기 시작했다. - 신덕룡, 『생명시학의 전제』, 소명출판, 2002, 72쪽.
11) 생태학적 세계관이 나오게 된 배경은 근대 과학문명이 가져온 생명의 불구화 현상 때문이다. - 김경복, 『생태시와 넋의 언어』, 새미, 2003, 11~13쪽.
생태시는 환경 파괴와 그 원인에 대해 성찰하는 시로서 생명과 환경, 생명과 생명 사이의 관계 인식에 초점을 둔다. - 이숭원, 신덕룡 편, 「생태시의 현황과 전망」, 『초록 생명의 길 II』, 시와 사람, 2001, 132쪽.
12) 여기에 대해서는 시인 자신의 대담이 그 증거이다. 김광섭·이건청, 「소재·주제·모티브- 김광섭/이건청 대담」, 『심상』 1974.8, 10~16쪽.

쏟아냈다고 보기 때문이다. 하지만 기존의 논의에 그치지 않고 김광섭이 지니고 있는 강렬한 생명성을 새롭게 밝혀보고자 한다. 삶과 죽음이라는 인간의 근원적 문제에서부터 자연의 폐해를 고발한 문명 비판과, 따뜻한 인류애와 생명성의 가치를 아우르는 구원의 시학이 바로 그것이다.

성찬경은 1974년 3월에 발표한 「공해시대와 시인」을 통해서 물질문명과 생태 환경 문제를 선구적으로 거론했다. 시인이 주장한 '물질시'는 관념시13)에서 벗어나 생명이 없는 물질에 생명을 부여함으로써 미학적 힘을 갖게 한다. 이러한 시적 탐구는 생명의 심층적 이해와 세계에 대한 성찰을 유도한다. 동시에 성찬경은 시적 형식의 새로움에 대한 다양한 성찰을 추구하는 시인이다. 생태시, 일자시,14) 밀핵시,15) 우주율,16) 요소시,17) 물권시,18) 말 공연19) 등 그의 시적 방법과 방향은 항상 새로움을 지향하

---

13) 사물이나 이미지에 대해서 구체적인 언어로 형상화시키기보다는, 머릿속이나 마음속에 있는 것들을 개념어를 사용하여 쓰는 시. 예를 들어 죽음 · 영혼 · 태극 · 묵극 · 음양오행 · 시원 등의 개념을 주로 다룬다.

14) 일자시: '일자시' 또는 '절대시'는 글자 하나가 동시에 시의 제목이자 시의 내용이다. 일자시의 경우 한 글자의 낱말이 은유의 한 항이라면, 그 한 글자를 둘러싸고 있는 넓은 백지의 여백이 은유의 또 하나의 항을 맡게 된다. 이런 까닭에 일자시에는 넓은 백지의 여백이 반드시 필요하다. 예를 들어, '흙'이라는 일자시가 있다면, '흙=백지', 또는 '백지=흙'의 은유적 관계가 성립되며 이런 관계를 놓고 독자는 각자 자유로운 상상의 날개를 펼 수 있다. − 성찬경, 「용어 풀이와 팔레트 걸어놓기」, 『논 위를 달리는 두 대의 그림자버스』, 문학세계사, 2005, 137쪽.
2009년 12월 가장 최근에 펴낸 『해』에서 시인은 50여 년에 걸쳐서 추구해온 밀핵시론의 종국적 마무리라고 자신의 일자시론을 밝힌다. 밀핵시란 시에 최대한의 의미의 밀도를 넣으려는 시도이며 추구이다. "나의 절대시 곧 일자시는 글자 하나가 곧 시의 제목이며 동시에 시의 내용이다. 따라서 일자시는 물리적으로 시의 의미의 밀도를 최대한으로 높이는 방법이다." − 성찬경, 『해』, 고요아침, 2009, 234쪽.

15) 밀핵시: 한 마디로 시가 담을 수 있는 '의미의 밀도'를 추구하는 시다. 단순한 '의미'가 아니라 의미의 '밀도' 추구인 것이다. − 성찬경, 앞의 책, 133쪽.

16) 우주율: 시의 리듬과 관련되는 이 말은 운문과 산문의 중간쯤을 가는 문체를 가리킨다. 운문인 듯싶은데 산문의 기능도 들어 있고, 산문인 것 같은데 운문의 운치도 있는 문체이다. − 앞의 책, 133쪽.

17) 요소시: 시에서 '의미의 밀도'를 높이기 위해서는 최대한 말을 절제해야 하며, 심상의 핵심 부분만을 간명하게 남기려는 것이다. − 앞의 책, 134쪽.

고 있다. 성찬경 또한 일상 속에서 시적 모티프를 이끌어내며 이를 새롭게 확장시킨다. 본고에서는 성찬경의 많은 시들 중에서 특히 일상 안에서 실재하며 구체적 생명력을 획득하고 있는 '물질시'를 집중적으로 살펴볼 것이다. 버려진 나사나 폐품에 내면적 존재 의식을 부여하고 시혼을 불어넣어 새로운 생명으로 환원시키는 그의 시세계의 의미를 강조할 것이다. 광물성 이미지에서도 생명의 본질을 찾으며, 녹슬고 가치 없는 낡은 것에서 생명성을 발견하여 구체적인 일상 안에서 새로운 생명성으로 환원시키는 것이 성찬경의 특징이다.

　김광규의 생명성은 생명의 생성과 소멸에 대한 성찰로 이어진다. 낮과 밤이 공존하듯 삶 안에 죽음이, 죽음 안에 삶이 내포되어 있다. 생성과 소멸이라는 시간과 존재의 특성이 생명의 소멸과 탄생의 자리로서의 공간과 겹치며 그만의 독특한 시학을 형성하고 있다. 게다가 첫 시집『우리를 적시는 마지막 꿈』에서부터 아홉 번째 시집『시간의 부드러운 손』에 이르기까지 그의 시는 단순하고 꾸밈 없는 언어로 이루어져 있다. 현실을 투명하게 비추는 그의 언어는 독자로 하여금 현실을 쉽고 깊게 읽을 수 있도록 이끈다. 또한 이러한 시적 언어는 생명이 위협받는 우리 시대를 통찰할 수 있는 직관의 힘을 품고 있다. 김광규의 시적 언어는 평범이 비범이 되며, 그 비범이 다시 평범이 되는 교묘한 전위의 구조에 부합하는데, 이것이야말로 그의 독보적인 시적 전략이라 할 수 있다.[20] 김광규는

---

18) 재산권의 하나. 특정한 물건을 직접적으로 지배하는 배타적 권리 즉 사람의 행위를 개입시키지 않고 물건에 관한 이익을 누릴 수 있는 권리이다. 또한 물질도 스스로의 영묘한 얼개와 내용을 인간처럼 주장할 수 있는 권리. 더 나아가 사랑을 받을 수 있는 권리. ─ 성찬경, 「물권시」,『나의 별아 너 지금 어디에 있니?』, 징검다리, 2003, 112~114쪽.
19) 성찬경의 '말 예술'은 1966년 12월부터 시작되었다. '말 예술'이란 시 낭송을 예술의 차원까지 끌어 올리는 일종의 문학적 퍼포먼스다. '말 예술'이라는 낯선 표현에 대해서 연극도 강연도 독백도 아니며 말하기 자체가 목적인 예술이라고 성찬경은 말한다. 예를 들어, 맥주병과 망치를 각각 손에 들고 헬멧을 쓴 공사장 인부의 복장으로 출현하거나, 코드를 잡지 않고 기타 줄을 튕기면서 시를 낭송한다.
20) 이숭원, 「슬픔의 물결이 번져간 시」,『폐허 속의 축복』, 천년의 시작, 2004, 380쪽.

이렇듯 처음부터 쉽고 명징한 일상 언어로 시 쓰기의 일관성을 유지하고 있는 시인이다.

생명은 유한하며 모든 생명은 소멸한다. 그러나 사라지는 생명은 다른 생명체에 스며들어 새롭게 태어난다. 이러한 의식이 김광규 초기시부터 내포되어 있는 점을 주지하면서 본고는 그의 후기시를 주된 연구 대상으로 삼을 것이다. 초 · 중기시에 대해서는 많은 논자들이 그의 일상성과 사회비판을 논의하였으므로, 본고는 후기시를 중심으로 한 김광규의 생명성의 발현을 규명하고자 한다. 무엇보다도 김광규의 여덟 번째 시집 『처음 만나던 때』는 이순의 문턱을 지난 시인의 생활 감정을 노래한 것으로 늙음이나 죽음과 같은, 그 이전의 시에서는 별로 떠오르지 않았던 주제가 상당히 농도 짙게 시집 전체를 관류하고 있다.[21] 죽음의 영상은 「어둠의 무리」처럼 우리 사회의 혼란스럽고 불길한 모습을 직접 드러내는 장치로 제시되기도 하지만, 대개 시인의 의식 속에 자리 잡고 있는 죽음의 예감과 관련된 양태로 나타난다.[22] 그러나 「초록색 속도」, 「작약의 영토」, 「바람둥이」, 「녹색별 소식」 등의 작품은 육체의 소멸의 예감에도 불구하고 밝고 건강한 생명성을 꽃피우고 있다.

이상에서 알 수 있듯 이들 세 시인은 그 주제의식은 물론이거니와, 기법 상으로도 일상의 언어를 사용하여 생명성을 형상화한다는 데에 공통점을 갖고 있다. 일상 안의 작은 것에서부터 시작하여 사회적 모순의 발견으로 이어지는 그들의 문제의식은 구체적인 일상어를 통해 실존의 현실이 드러나는 시학으로 확장된다. 생명의 탄생과 성장, 그리고 파괴와 소멸에 대한 의식은 세 시인의 공통 특성이다. 여기에는 인류의 파괴와 생명의 붕괴에 대한 우려도 간접적 혹은 직접적으로 나타나 있다. 그들의 시에 담긴 현대의 일상은 사실의 물리적 형태나 개념을 드러내는 데서 멈

---

21) 위의 책, 377쪽.
22) 위의 책, 380쪽.

추지 않고 그것의 지향을 포함함으로써 존재의 실감과 함께 세계와 우주의 비전을 확보한다.

문학 중에서도 특히 시는 본질적으로 자연친화적이다. 시적 상상력 속에서 자연 만물은 평등하게 수용되고 인간과 대등한 위치에 자리 잡기 때문이다.[23] 이상의 세 시인은 그러한 시의 자연친화적 특성을 형상화하는 일에 성공하고 있으며, 시에서의 생명성의 발현을 검토하는 데 가장 중요한 텍스트의 주인공들이다. 시대를 달리하는 세 시인을 한 자리에 모은 것은 그러한 이유에서이다.

물론 인간과 자연과 사회에서 가장 근원적인 핵은 생명성이며, 문학연구에서도 그 점은 환경시 · 생태시 · 생명시 · 생명시학[24] · 생명철학 등의 논의를 통해 적지 않게 진척되고 있다. 생명이 내포되지 않는 시는 없다. 하지만 화자의 지향점이나 사유, 소재에 따라 시는 각기 달라진다. 그러다 보니 기존의 논의는 개별적으로 진행될 뿐 전체를 아우르는 틀을 만드는 데까지는 이르지 못하고 있다. 따라서 이 논문에서 우리는 생명의 본질로서의 생명성을 귀납적으로 밝혀 새로운 시각으로 시 안에 내재되어 있는 시적 생명성을 세워보고자 한다.

결론적으로 이 논문은 첫째, 김광섭 · 성찬경 · 김광규 시의 고유한 특성과 한국 현대시에서 이룩한 그들의 시사적 의미를 기존의 생태시, 환경시라는 담론에서 벗어나 생명성의 프리즘을 통해 해명하고자 한다. 둘째,

---

23) 이숭원, 『감성의 파문』, 문학수첩, 2006, 161쪽.
24) 인간과 자연의 관계가 상호의존적이고 그래서 똑같이 중요하다는 생각은 우리 고유의 전통적인 사고방식이었다. 그러나 서구의 근대산업사회를 이상적 모델로 삼으면서 누구보다 빨리 중심을 세우고 따라잡기 위해 주변을 철저히 무시하고 내팽개쳤다. 많은 덕목들이 사라졌다. 목적을 위해 '나' 아닌 '타인'을 이용하는 이기심이 우리 삶을 지배하게 되었다. 특히 자원으로 왜곡되어 언제까지나 우리 곁에 있다고 믿었던 자연이 철저히 파괴되었음은 말할 필요도 없다. 인간 중심의 세계관으로 말미암아 우리와 공생해야 할 자연은 더 이상 회복 불가능한 상태로 신음하고 있다. 그 결과 인간마저도 제대로 살 수 없는 지경에 이르고 있는 것이다. 이런 삶에 대한 반성과 이에 근거한 의식의 전환이 생명시의 발생론적 근거라 할 것이다. - 신덕룡, 『생명시학의 전제』, 소명, 2002, 책머리 글.

세 시인의 특성인 생명성의 근원적 연관 양상을 밝힐 것이다. 셋째, 세 시인의 시에 나타나는 생명성의 지향을 드러낼 것이다. 넷째, 그럼에도 불구하고 서로 다른 김광섭·성찬경·김광규의 시를 개별적으로 검토하는 작업 역시 병행할 것이다. 그들의 차이와 공통점을 함께 살핌으로써 생명성이 구체적으로 드러날 것으로 판단되기 때문이다.

2. 연구사 검토

이 논문에서는 우선 김광섭·성찬경·김광규 시에 대한 선행 연구를 문학사적 맥락 속에서 살펴보고, 이를 이 논문의 주제인 생명성과 관련해서 재검토하고자 한다.

김광섭 문학에 대한 연구는 1930년에서 1960년대 말까지의 작품에 대해서는 부진한 편이었다.[25] 그가 작고하고 나서 문학적 성취가 높은 후기시에 치중하고 있음을 알 수 있다. 앞에서도 언급한 바 있듯, 김광섭의 초기, 중기시에서는 관념성을 배제할 수 없다. 그의 관념성[26]은 자기 응시와 성찰을 내포하고 있지만, 현실도피적인 경향이 나타난다. 물론 일제 치하에서 1941년부터 1944년까지 3년 8개월 동안 옥중 생활을 하며 나라 잃은 절망감과 민족의 비극을 극복하고자 했고, 이 무렵에 형성된 역사의식과 고뇌는 그의 시에 추상성과 낭만주의로 나타난다. 김광섭에게 있어 극복해야 할 암담한 현실에 깃든 낭만주의는 자연스럽게 현실도피

---

25) 손종호, 「연구론지 대표연대별 총목록」, 『김광섭문학연구』, 충남대학교 출판부, 1992.
대표연대별 목록에 따르면 평론, 1930년대 6편, 1940년대 2편, 1950년대 10편, 1960년대 6편, 1970년 41편 등.

26) 정태용, 「金珖燮論」, 『현대문학』, 1967.4.
신경림, 「金珖燮論」, 『창작과비평』, 1975 가을.
김현승, 「金珖燮論」, 『창작과비평』, 1969 봄.
최병우, 「怡山 金珖燮 詩 研究」, 『산청어문』 13집, 1982.

적이며 관념적인 시로 나타났다고 볼 수 있다.

채규판은 비교문학적 입장에서 살펴볼 때, 김광섭은 강한 저항 정신을 삶의 근거로 하고 있으며 고독과 기독교적인 정신에 삶의 바탕을 두고 있었다고 평가했다.[27] 김광섭의 생애나 전기적 사실을 통하여 김광섭의 시 세계를 밝히고 있는 연구가 많은데,[28] 그러나 이러한 범주의 논의들은 시인의 내면적 지향성이나 사상적 요소들을 심도 있게 밝히지 못하고 전기적 사실을 드러내는 데에 편중되어 있다는 단점을 갖고 있다.

그런데 최근에는 김광섭을 보는 다른 관점이 등장하고 있다. 문홍술에 따르면 2000년대로 들어와서 생산 제일주의 세계관은 인간 이성중심주의라는 폭력적인 이항대립체계에 기초한 인간에 의한 자연 지배라는 근대 자본주의의 특징에 맞물려 있다. 엔트로피 세계관에 따르면 엔트로피 수치가 급속도로 증가해서 20~30년 내에 지구가 멸망할 위기에 봉착하고 있다고 한다. 따라서 그 어떤 생산도 개발도 안 된다며 자연 그대로의 삶을 살아가는 것, 그것만이 멸망을 늦출 수 있는 유일한 대안이라고 한다. 따라서 개발과 생산이라는 미명 아래 급속히 파괴되고 붕괴하는 자연과 인간의 무질서에 경종을 울려야 하며 이제는 엔트로피의 증가에 대항하는 일이 요구된다.[29] 이와 관련된 생태 환경에 관한 논의로서 생태학은 서구적 근대 기술 문명의 오류인 환경오염과 그것의 극복 문제를 대상으로 삼는다는 점에서 기본적으로 현실 비판의 성격을 띤다는 지적이 있다.[30]

---

27) 채규판, 「金珖燮과 金顯承」, 『한국현대비교시인론』, 탐구당, 1982.
28) 황광수, 「현실과 관념의 변증법」, 『삶과 역사적 진실』, 창작과비평사, 1595.
   김재홍, 「怡山 金珖燮-知性詩의 선구, 社會詩의 한 전범」, 『한국현대시인연구』, 일지사, 1986.
   김영무, 「怡山 金珖燮 詩世界」, 『세계의 문학』, 1978 여름.
29) 문홍술, 문학과환경학회, 「환경시와 새로운 가치관의 추구」, 『문학과 환경』 제5권 1호, 2006, 80쪽.
30) 이형권, 한국문학이론과 비평학회, 「생태시의 담론 유형과 작품 양상 - 최근 생태시의 개

기존 연구사에서 볼 때, 주로 쟁점이 되는 것은 1960년대 이후 김광섭의 주요한 시창작의 경향인 생과 사의 근원적인 면과 환경과 관련한 문명비판 문제이다. 이와 같은 관점에서 한국 현대시의 생명의식을 다룬 논문들을 살펴보면, 정문선은 김광섭의 후기 시편들이 인생의 뒤안길에서 죽음을 보고 있는 현자의 자각을 드러내고 있다고 밝혔다. 김광섭의 시에는 삶의 공간으로 돌아와 인생의 한 구석에서 전체를 총괄하고 이에 순응하려 하는 능동적이고 자발적인 의식이 드러난다는 것이다. 그리고 현실 상황을 끌어안고 있는 시인이 구체적인 일상어들을 통해 그 사유의 범위를 확장되고 또 자유로워지고 있다고 한다.[31] 그러나 후기시가 능동적이고 자발적인 의식으로 인생을 총괄하고 있다는 의미를 발견했다고는 할 수 있으나, 현대성과 관련하여 무엇을 의미하는 것인지는 명백하게 나타나 있지 않다.

김경남은 김광섭의 후기시는 구체적 현실성을 드러내는 사실적 현실적 경향이 문학을 지배한 시기로서 시어도 훨씬 더 구체적이고 일상적으로 나타난다고 보았다. 그는 원숙한 모습으로 인간과 자연의 문제, 비극과 통일에의 염원, 문명 비판적 요소 등 폭넓은 세계를 보여준다고 평가했다.[32] 최정선은 김광섭의 시가 삶의 가치나 존재의 가치를 상실해버린 현실 속에서 살아 있음의 실재를 확인하는 것은 어둠에 의해서만 가능할지 모른다는 관점 아래 김광섭은 현실을 어둠으로 파악하고 있다고 지적했다. 이때의 어둠은 밤의 세계이고 밤은 꿈을 꾸게 함으로써 꿈의 장소가 되어주는데, 원초적 세계에의 환원으로서 원시 동경에의 산물이라고 보았다.[33] 이 같은 영원이나 무한에의 동경은 현실을 비합리적인 생명체로 봄으로써 합리적 동일체에 접근하고자 했던 것으로 최정선은 해석하

관을 겸하여」,『한국문학이론과 비평』제4집, 1992, 140쪽.
31) 정문선,「김광섭 시의 은유론적 지평」,『서강어문』, 1999.12, 255쪽.
32) 김경남, 서강대 석사논문,「김광섭 시의 전개와 변모과정 연구」, 1993, 36쪽.
33) 최정선,「김광섭 시 연구」,『청람어문학』제8집, 1993, 774~777쪽.

고 있다. 그러나 죽음의 문턱까지 다녀온 김광섭에 있어서 어둠은 꿈과 원초적 세계에의 환원이라기보다는 근원적 내부의 생명성이라고 판단할 수 있다. 물론 꿈속과 같이 영원이나 무한성에 대한 동경도 없진 않았겠지만, 그의 꿈과 영원성은 현실에 바탕을 두고 있다. 자신뿐만 아니라 이웃과 소통하고 우주 만물과도 격의 없이 소통하는 모습은 그의 후기시에 많이 나타나 있다.

장은영은 김광섭의 후기 작품을 통해 동양철학과 접목되는 생명 중심적 시의식을 생태주의적 비평의 관점에서 논의하고 있다.[34] 그런데 동양철학과 접목되는 생명성을 논의하고 있지만, 그 범주가 매우 넓어서 구체적으로 어떻게 다가서야 하는지는 파악하지 못하는 것으로 보인다. 손종호는 "김광섭의 병발 이후 시작 생활은 곧 삶의 확인이요, 시혼(詩魂) 재생의 확인이었다. 죽음의 공포와 삶의 허무로부터 벗어날 수 있는 것은 시를 통해서였다"고 했다.[35] 그의 생명의식이 재생의 중요한 계기가 되었음을 보여주고 있다는 것이다. 그러나 이 연구는 김광섭의 전기적 생애에 의존하여 김광섭 후기시의 생명적 특성을 파악한다는 점에서는 다른 논자들과 크게 다를 바가 없다.

송명희는 시가 개인적 정서의 원천이지만 김광섭의 시는 그가 살아가는 동시대적 현실과의 접촉에서 피어난, 동시대적 보편성을 획득한 것이라고 보았다.[36] 김현자는 생명을 주고 소생시키는 자연을 통해서 김광섭의 시적 어조가 드러난다고 말했다. 즉, 성급하지 않고 경탄하거나 과장하지 않고 열어 보이는 세계가 결코 가볍지 않은 무게를 갖는 것은, 처음이 끝이 되고 죽은 것과 산 것이 만나서 '근원의식'이 되는 연관성 때문이라는 것이다.[37] 이 가운데 주목해야 할 것은 송명희가 논의한 '동시대적

---

34) 장은영, 「김광섭 시의 생명중심적 의식 연구」, 『한국학보』 제113집, 2003, 178쪽.
35) 손종호, 「지성의 사유와 감성의 울림」, 『문학사상』, 2005.3, 302쪽.
36) 송명희, 「인간적 성숙과 문학적 성취」, 앞의 책, 319쪽.
37) 김현자, 「살아 있는 것들의 동일성과 절제된 거리의식」, 『새국어생활』 제8권 제1호, 19

현실과의 접촉에서 동시대적 보편성을 획득한 것'이라는 점과, 김현자가 밝힌 죽은 것과 산 것이 만나는 '근원의식'이다. 그러나 현대적 일상인의 복잡한 내면세계를 젖혀둔 채, 생명성이 지니는 정서적인 면에만 초점을 두었다는 한계가 있다.

김선은 김광섭의 시가 훼손되어 가는 자연미에 대한 현대인의 근원적인 향수와 함께 문명 비판 요소가 공간을 이룬다는 점에 주목하면서 물질문명의 와중에 찌든 부정적 경향과 삭막한 현대인의 상실감을 심도 있게 천착했다고 보았다. 그리하여 그의 시에는 '모든 죽어가는 것들을 사랑'하고 되살리려는 간절한 염원이 짙게 서려 있다고 주장한다.[38] 그러나 근원적인 생명성에 대한 새로움의 탐구적인 측면이기보다는 형식적 측면에 치우쳐 있다는 아쉬움이 남는다.

이와 같은 연구자들의 선행 논의는 김광섭 시가 지닌 특성과 방법적 원리에 대한 다양한 각도의 해명이라는 성과로 볼 수 있다. 하지만 지금까지 살펴본 대로 김광섭에 관한 논의들은 문명 비판과 생태환경에 관한 연구는 많았지만, 시에 내재되어 있는 본질적인 생명성에 대한 논의한 연구는 드물었다. 김광섭의 시적 변화에 대한 논의도 단편적으로만 거론되었다. 따라서 다음과 같은 측면을 보완해야 할 부분으로 지적할 수 있다. 후기시에 포함되어 있는 시사적이며 정치·사회적인 내용의 시들은 더러 작품성이 떨어지는 것도 많다. 대부분의 소재들이 시사적인 데 치우쳐 있어 시적 감동을 감소시키기도 한다. 그 시대의 면면을 보여주는 의미도 있겠지만 작품의 완성도가 뒤떨어지는 부분을 논의하는 논자들은 매우 드물다. 이처럼 많은 논자들이 김광섭 후기시의 빛나는 부분만을 논의하는 데 그치고 있는 한계점을 들 수 있다. 본고에서는 그간의 선행 연구를 발판으로 김광섭 후기시에 내재된 생명성을 집중적으로 연구하면서 그의

98, 215쪽.
38) 김선, 「김광섭 시의 사상적 원류– 그의 시인의식을 중심으로」, 『문예운동』 제50호, 1994.

시세계의 온전한 모습을 밝혀보고자 한다.

성찬경은 물질시를 쓰면서 버려진 나사나 고물에 생명을 부여한다. 수나사, 암나사 등에게 성을 부여하여 육체를 입혀준다. 녹슬고 사라질 물질에 시인이 부여한 것은 抗엔트로피 현상이라 볼 수 있다. 박영은도 생명은 열역학 제2법칙에서 벗어날 수 없으며 생명체는 살아있는 한 절대로 평형에 이르지 못한다고 말한다. 이들에게 평형상태란 바로 죽음을 의미하는 것이기 때문이다. 즉 생명체는 "주위로부터 유궁한 에너지를 계속해서 흡수함으로써 평형상태인 죽음으로부터 멀리 떨어진 상태를 유지하는 것이다"고 밝히고 있다.[39] 그러나 열역학 제2법칙 수용 양상을 분류하는 데 연구의 객관적 방법론을 보여주지는 못하고 있다. 윤호병은 시간과 공간, 인간과 세계, 탄생과 죽음, 순간과 영원 등 성찬경의 시적 주제의 영역이 확대되어 간다고 말한 바 있다.[40] 윤호병은 시적 주제의 프레임이 크기는 하지만, 구체적이며 일상의 가장 작은 단위로부터 성찬경의 시가 시작되는 점을 간과하고 있다.

장인수는 성찬경이 시도 시지만, 자신의 집을 헬멧, 나사 등 버려진 잡동사니 오브제들의 전시장으로 꾸민다든지, '말 예술' 공연에서 기괴한 복장을 입고 퍼포먼스를 하는 등, 성찬경 예술의 다양성에 대해서 밝히고 있다.[41] 장인수는 성찬경이 의미의 밀도를 높이기 위해서 말을 절제해야 했다면서 '요소시론'이 '밀핵시론'의 연장선상에 있다고 보고 초현실주의 관점에서 성찬경의 시세계를 고찰하고 있다.[42] 그런데 성찬경의 세계가 가진 초현실주의적인 면모를 간과할 수는 없지만, 성찬경의 시는 현실에 엄연히 바탕을 두고 있다. 서로 상반된 이미지들을 결합하거나 충돌시켜서 새로운 이미지를 창출하고 있는 점 또한 현실성에 바탕을 두고 있기

---

39) 박영은, 앞의 글, 281쪽.
40) 윤호병, 「실존의 반려로서의 그림자의 의미와 역할」, 『현대시』, 2008.6, 20쪽.
41) 장인수, 성균관대 박사논문, 「한국 초현실주의 시 연구」, 2006, 152쪽에서 재인용.
42) 위의 글, 같은 쪽.

때문이다. 이런 점에서 그의 시는 탄탄하다. 그러나 장인수는 이러한 현실성을 간과한 채 밀핵시나 요소시, 말 공연 등을 시인의 추상성과 형이상학적 태도의 결과로만 보고 있다. 외적으로 나타난 점에만 치중했다는 아쉬움이 있다.

이건청에 따르면, 성찬경은 인간에게 인권이 있듯이 모든 물질에도 그것들만의 물권이 있는 것이고, 당연히 그것을 소중하게 지켜주어야 할 책무가 인간에게 있음을 강조해 보여준다. 물질이라는 것이 얼마나 귀한가, 이를테면 공기가 얼마나 귀한가, 물이 얼마나 귀한가라는 관점 아래 생명체를 생명체로 있게 해주는 물질도 생명체 다음으로 영묘한 것이라 보고 있다.43) 성찬경은 '물권'이란 소유권·광업권·어업권이라고 명명하면서 이는 인간이 착취·약탈할 수 있는 권리가 아니라, 물질이 스스로의 존재를 인정받고 또한 사랑받을 수 있는 권리라는 점을 피력하고 있다.

김광태는 성찬경 시의 소재를 주목하면서 중고 고물상으로 작품을 만들어 생명을 불어넣었다고 말했고,44) 김수복은 성찬경의 언어관을 주목했다. 즉 성찬경은 언어의 창조적 기능과 정신의 육화된 틀로서의 언어인식을 지니고 있으며 이러한 언어에 에너지를 투입하여 생명의 육화로서의 시어를 형성하고 있다는 것이다.45) 이 점에 있어서 낱말 하나, 음절 하나를 시의 우주를 이루는 기본 인자로 보지 않고 그것 자체를 하나의 우주로 보고 있는 성찬경의 언어주의를 이해하고 있음을 알 수 있다.

이러한 성찬경에 대한 논의들을 밀핵시론, 우주율, 말 공연 등 창작방법론과 이들 물질을 통해 파고드는 근원적 존재론, 그리고 시인 특유의 언어관 등으로 대별해볼 수 있다. 그러나 시인으로서 50주년을 훌쩍 넘긴 세월에 비해서는 보다 심도 있는 논의들이 이루어지지 않았다. 박사논문

---

43) 이건청, 「성찬경 시연구」, 『한국언어문학』 제22집, 2002, 310쪽.
44) 김광태, 「'예쁜 괴수' 성찬경」, 『현대시』. 1997.10, 191쪽.
45) 김수복, 「광물성, 신비성, 혹은 절대성의 세계」, 『현대시학』, 1988.2, 55쪽.

은 한 편에 불과하며, 그간 학술지에 게재된 소논문 몇 편과 비평문 몇 편이 성찬경의 시세계를 조망하고 있을 뿐이다. 앞서 밝혔듯이 그치지 않는 그의 창작방법론은 한국 현대시에 있어서 상당히 개성적인 대목이라고 볼 수 있다. 이러한 것들에 대한 검토가 있어야 함은 물론이고, 성찬경의 존재론적 사유들이 현대성과 어떻게 유기적 관계를 이루는지 그 특성에 대한 논의가 아울러 펼쳐져야 할 것이다. 본고에서는 이러한 문제점을 주목하여 선행 논지들을 바탕으로 성찬경의 물질과 비물질에 깃든 생명성을 분석하며 심층적 의미와 내밀한 특성을 밝힐 것이다.

마지막으로 김광규에 대한 논의는 그 동안 생명성과는 조금 다른 차원에서 진행되어왔음을 지적해야 할 것이다. 유종호·장석주·이성부·박철화·오생근·문혜원·이재복 등은 일상적인 생활 체험을 구체적으로 그려낸 김광규 시가 이해하기 쉽고 독자와 현실을 소통시키는 데에 성공한 시임을 밝히고 있다.46)

김경수는 생명의 원리란 바로 무게에서 벗어나는 소멸의 과정이며 완전한 소멸만이 태어남의 바탕이라는 관점에서 죽음마저도 새로운 시작으로 볼 수 있다며 김광규 시가 죽음과 생명에 대한 새로운 시선을 열어주고 있다고 주장했다.47) 김명수는 김광규의 시가 오늘날의 삭막한 현실 풍토를 고차원적인 방법으로 암시하고 있다고 언급했다. 즉, 시인은 이 같은 의도를 평이한 구조 속에 감추어 둠으로써 독자들로 하여금 여기에 스스로 참여할 수 있는 터를 만들고 그것이 시 자체의 의미 확산을 도모하

---

46) 유종호, 「시와 의식화」, 『동시대의 시와 진실』, 민음사, 1982.
　　장석주, 「느릿느릿 사는 민달팽이의 시학」, 『동서문학』, 1998 겨울.
　　이성부, 「젊은 시인들의 정직성」, 『창작과비평』, 1980 여름.
　　박철화, 「현실주의자의 통일성」, 『현대시세계』, 1989 겨울.
　　오생근, 「삶과 시적 인식」, 『현실의 논리와 비평』, 1994.
　　문혜원, 「일상성의 미학과 자연스러움」, 『김광규 깊이 읽기』, 문학과지성사, 2001.
　　이재복, 「耳順의 시학」, 『시로 여는 세상』, 2005 여름.
47) 김경수, 「김광규 시의 지속과 변이」, 『현대시학』, 1999.1, 249쪽.

며 쉽고 소박한 형태로 표출되고 있다고 주장한다.[48] 이러한 선행 연구들은 김광규의 시세계가 반생명적인 면을 부각시켜서 생명의 중요성을 인식하게 하는 측면이 있으며, 죽음을 새로운 시작으로 부각시킨다는 것을 제시했다는 의의가 있다. 그러나 한국 현대시 안에서 차별화된 서정성을 보여주는 김광규만의 독특함을, 특히 생명성과 맺는 관계를 규명하는 데에는 이르지 못하고 있는 것 또한 사실이다.

이재복은 김광규의 시에서의 '초록의 속도'란 문명의 광폭한 기계음 테크놀로지의 파시스트적인 가속도와는 차원이 다르다는 것이라고 평가했다. 이때 파시스트적인 가속도란 소외를 낳을 수밖에 없는 성질의 것임을 지적한다. 하지만 '초록색 속도'는 어떤 것도 소외시키지 않으며, 그것은 배제 없는 조화와 융화임을 생명의 활동을 통해서 보여주고 있다.[49] 다시 말해 김광규의 절제된 관찰의 시선이 주로 머무는 곳은 자연의 공간들을 밀어내며 빠른 속도로 세력을 확장해나가는 문명의 힘이 드러나는 지점이라는 것이다. 자연의 창慞과 맞물린 이러한 문명 비판의 태도는 다시 소유하지 않는 삶의 아름다움 혹은 느린 삶의 속도에 대한 심리적 경사로 이어진다. 특히 "욕심내지 않는 삶, 소유하지 않는 삶을 바라보는 시인의 따뜻하고 긍정어린 시선 속에는 우리가 궁극적으로 지향해야 할 삶의 방향"이 들어있음을 주목하고 있다." 이처럼 김광규의 작품 속에서 자연이 차지하고 있는 비중은 많다. 거대하고 울창한 숲보다는 집 주위에 있는 나무나 꽃을 소재로 삼고 있다. 그러나 소유하지 않는 삶은 현실적이기보다는 지나치게 이상적인 지점이라는 한계성을 지니고 있으며, 속도와 자연의 이분법 또한 정태적이라는 게 문제점으로 지적된다.

박상배는 김광규의 시가 생명성의 육중한 의식을 밑바닥에 깔고 있는 한 그 단단함은 깊은 믿음을 준다며 목가적이거나 산수시적山水詩的인 소

---

48) 김명수, 「역사적 상황의 시적 수용」, 『창작과비평』, 1989 봄, 376쪽.
49) 이재복, 앞의 책, 71쪽.

박한 자연시에 머물지 않고 생명의 의미와 가치를 높이고 있다고 보고 있다.50) 그러나 주지하다시피 초록의 속도를 통하여 느림과 긍정의 삶을 지향하는 이재복의 논의와 비슷한 부분이 있다. 즉, 이런 논의는 자연친화적인 면에 치우쳐 있고, 시에 나타난 내면세계를 고찰하지 않은 채 시의 외형만을 보여주는 아쉬움이 있다.

김해주는 김광규의 시가 일상 안에서 후미진 곳, 사람 발길이 뜸한 지하실에서 새끼를 낳아 기르는 고양이를 발견하고, 죽어 버린 화초에서 작은 촉이 움트는 것을 관찰하는 개성적인 눈을 지니고 있다고 언급했다.51)

이상의 선행 연구들은 김광규의 일상성과 일상의 언어에 집중했고, 부정적인 면을 부각시킴으로써 생명성을 강조하며, 문명 비판의 형태가 어떠한지를 논한 것이다. 석사논문 몇 편과 소논문과 비평문에서의 논의이며, 박사논문은 아직 나오지 않고 있다. 일상성을 중심으로 한 기존의 연구 성과를 수용하면서도 본고에서는 김광규 시에 나타난 '환원 불가능성'에 집중하고자 한다.

3. 연구 범위와 연구 방법

한국 현대시의 생명성에 대한 인식은 1930년대 생명의 본성을 되찾기 위한 정신주의적 차원의 내면화를 거친 바 있다. 1950년대 한국전쟁을 치르면서 생명은 참혹하게 파편화된다. 1960년대 4·19와 5·16을 경험하면서 인간의 자유와 생명의 소중함을 인식하고, 1970년대 산업화에 따른 생태환경의 파괴는 1980년대 와서 더욱 증가한다.52) 산업화 시대 이

50) 박상배, 「뼈있는 자연시」, 『현대시학』, 1997.5, 35쪽.
51) 김해주, 고려대 석사논문, 「김광규 시 연구 – 시 의식의 변형의 상을 중심으로」, 1994, 56쪽.
52) 서동욱, 성균관대 박사논문, 「한국 현대시에 나타난 생명성 연구」 2005, 5쪽.

후의 공해와 환경 문제는 생명성을 추구하는 계기가 되었다. 이런 과정에서 인간의 생명과 자연의 생명, 삶의 양식에 있어서 상실되어가는 생명성, 그리고 우주적 차원의 생명에 대한 이해는 1990년대 접어들어 '생명'에 대한 패러다임의 새로운 전환으로 인해 문학의 관심 영역으로 확장되어 가고 있다.[53)

제레미 리프킨은 근대 시대에 '존재(being)'가 '생성(becoming)'의 의미로 대치되었고 '권력에의 의지'는 인간이 오랜 동안 간직해왔던 공동체의 의미를 뿌리째 절멸시켰다고 말했다.[54) 공동체를 회복한다는 것은 우리의 발을 지구의 대지 속에 똑바로 뿌리내리는 것을 의미한다. 자연 생태계가 파괴되고 황폐화 되듯이 인간의 내면적 세계 또한 물신주의와 소비주의에 의해서 조작되거나, 권력과 폭력에 의하여 감시되거나 위협당하며 파편화되기 일쑤이다.[55)

오늘날 물질의 본성조차 불확정적이라는 견해가 지배적이지만 생명은 거기에 훨씬 더 커다란 불확정성을 삽입하는 것이다. 우주 안에서 엔트로피 법칙을 거스르는 운동을 하는 존재는 생명체뿐이다. 생명체는 물질에서 에너지를 취해 축적하고 필요할 때 소비하는 유기조직이며[56) 생명적 흐름 자체의 무한성에 연결된다. 각 생명체는 자신의 유한함을 뛰어넘어 우주의 근본적 존재를 구성하는 생명 자체와 일치할 가능성 속에서 자신의 무한성을 실현하는 것이다. 또한 니체는 디오니소스가 가장 원초적이고 기본적인 삶의 의지를 의미할 뿐 아니라, 끝까지 파악되지 않는 포괄적 존재이자 영원한 모순의 세계이며 더 나아가 창조적이면서도 고통스러운 무질서를 의미한다고 봤다.[57)

53) 서동욱, 위의 글, 22~23쪽.
54) 제레미 리프킨, 이정배 역, 「동물적 그림자로부터의 도주」, 『생명권 정치학』, 대화출판사, 1996, 283쪽.
55) 서동욱, 앞의 책, 102쪽.
56) 황수영, 앞의 책, 156~157쪽.

본문에서는 김광섭, 성찬경, 김광규 세 시인들의 시세계를 베르그손이 『창조적 진화』에서 밝히고 있는 생명성의 맥락과 제러미 리프킨의 엔트로피 개념을 중심으로 논의를 펼치며, 삶에 대한 긍정으로 이루어져 있는 니체의 디오니소스적 세계관을 통하여 존재의 근원은 무엇이며 생명성의 본질은 무엇인가라는 물음으로 생명성 실체의 원형을 파악해나갈 것이다. 모든 생명은 대상 혹은 세상을 해석한다. 대상을 해석한다는 것은 생명으로서 존재하기 위한 가장 본질적인 조건이다. 생명성의 정의 중에서 가장 핵심적인 부분은 자발성이다.58)

김광섭 · 성찬경 · 김광규의 시는 존재와 세계에 대한 탐구를 이러한 생명성으로부터 출발한다. 인간은 단순히 존재자들 중의 하나가 아니다. 인간 자신을 비롯하여 신 · 동물 · 식물 등 존재자 전체에 대한 지배가 아니라, 존재자 전체가 그것의 고유한 존재로 존재하도록 돕는 것이다.59) 장자 식으로 표현하자면 無가 머리요, 삶이 몸통이고, 죽음이 꼬리인, 이른바 삼라만상이 하나로 이어진 세계를 생각할 수 있다. 우주 속에서는 삶과 죽음이, 존재와 존재가 하나일 뿐이다.60) 이러한 관점에서 인간과 자연의 바람직한 모습과 그 가치는 무엇이며 그것은 어떻게 회복되어야 하는지에 대한 시의 내재적인 형식은 환원 불가능성이다. 시간과 존재의 특성을 고스란히 반영하고 있는 것이다. 옛날부터 시가 해온 주된 역할은 삼라만상의 근원적인 친화력과 생명의 거룩함에 대한 직관적인 깨달음을 드러내는 것이었다.61) "자연의 리듬을 최대한 존중해야만 앞서 간 생명과 뒤이어올 생명에 대한 우리의 궁극적인 사랑을 표현할 수 있다"는 리

---

57) 백승영, 『니체, 디오니소스적 긍정의 철학』, 책세상, 2005, 638쪽.
58) 신용국, 『연기론 인식의 혁명』, 하늘북, 2009, 55~56쪽.
59) 강학순, 한국하이데거학회 편, 「하이데거의 환경철학」, 『하이데거와 자연. 환경, 생명』, 철학과현실사, 2000, 57쪽.
60) 정효구, 「절대긍정의 둥근세계:최승호」, 『우주공동체와 문학의 길』, 시와시학사, 1994, 50~51쪽.
61) 강학순, 앞의 책, 62쪽.

프킨의 선구적인 말은 뭇 생명체에 대한 사랑의 방법을 설하는 법어와 다를 바 없다.[62] 김광섭·성찬경·김광규의 시들 역시 이와 같은 특성을 지니고 있다. 김광섭·성찬경·김광규의 시는 생명성의 본질 탐구로부터 출발하여 물질문명의 양상과 사회적 모순을 일상의 구체적인 언어로 나타내고 있다. 즉, 생명의 존재 양식으로서 생성과 소멸, 삶과 죽음을 통해서 다시 재생되는 생명성을 담아내는 것이다. 생명은 저마다 한정된 시간을 가지고 있다. 그러므로 생성과 소멸은 한 자리에 있다고 볼 수 있다. 시간의 흐름 속에서 생명이 태어나고, 죽고, 그 순간 다른 새로운 생명체가 탄생하는 것은 우주의 순환이며 법칙이다. 지상에서의 생명의 끝은 종말의 비극이 아니라 다시 새롭게 탄생하고 시작한다는 역동성이 잠재되어 있는 것이다.

김광섭의 경우는 후기시를 대상으로 생명의 존재를 드러내고 구체적인 일상의 언어로 그것을 적극 표현한『성북동 비둘기』,『반응』,『겨울날』을 연구 대상으로 삼는다. 김광섭의 시에서 죽음과 삶은 분리되어 동떨어진 세계가 아니라 끊임없이 현실 안에 투영되고 있다. 산업사회의 발달로 인한 환경 파괴는 생명과 죽음이 다른 세계, 다른 층위에 있는 것이 아니라 인간이 시간을 통해 끊임없이 밟아가야 하는 길이다. 김광섭은 현대 사회 안에서의 생명과 죽음, 황폐한 인간 내면의 죽음을 생명으로 환원하는 것을 그의 시 안에서 보여주고 있다.

성찬경의 생명의식 연구는『나의 별아 너 지금 어디에 있니?』,『논 위를 달리는 두 대의 그림자 버스』,『거리가 우주를 장난감으로 만든다』,『해』등 후기시를 중심으로 삼는데, 그 이유는 생명의 존재 의의를 구체적인 물질에 부여하고 생명성을 확장시킨 작품들이기 때문이다. 그리고 논의의 과정에서 그의 다른 시들과 시론과 산문을 적절히 인용하고 분석

---

62) 제레미 리프킨, 앞의 책, 72쪽.

하고자 한다. 그는 다양한 주제, 다양한 비유를 통해서 실험시를 계속 써오고 있다. 실험적 추구의 종점이자 귀착점은 '밀핵시'라고 성찬경은 「용어 풀이와 팔레트 걸어놓기」에서 밝히고 있다. 또한 그는 "더 갈 곳이 없다. 그러나 어디로 가도 상관이 없다. 나는 해방과 자유를 느낀다"[63]며 시 창작의 끝없는 생명성을 적극 표현하고 있다.

김광규의 후기시에는 생명과 소멸의 시어가 많이 보인다. 날카로운 현실 비판의 칼날보다는 어둠 속에서 환해지는 순간을 기다리는 정서가 드러난다. 어둠은 빛이 사라진 상태이다. 그러나 그 어둠 안에 빛보다 강한 역동성이 내포되어 있다. 생명은 죽음으로 사라지면서 다른 생명체로 스며든다. 그러한 죽음은 새로운 시작을 준비하고 생명으로 탄생한다. 김광규 시 안에서 어둠은 생명과 동일선상에 놓인다. 이러한 과정의 양식을 보여준 시집은『가진 것 하나도 없지만』, 『처음 만나던 때』, 『시간의 부드러운 손』 등이다.

세 시인의 시는 그 동안 일상성의 언어와 문명 비판의 관점에서 주로 논의되어 왔다. 따라서 이들의 시편에 나타나는 구체적인 일상성을 간과하기 어렵지만 본고에서는 일상성과 물질문명을 비판하는 기존 논의에서 벗어나 이들 시가 추구하는 생명성을 연구하고자 한다.

II장에서는 김광섭의 시에 나타난 생명성의 전개 방식을 밝힐 것이다. 시를 담아내는 것은 언어이다. 구체적인 언어가 생명성을 어떻게 확보하고 있으며 그 안에서 시어들이 생명성을 어떻게 담고 있는지, 구체어가 갖는 의미를 규명하고, 단순하고 명징한 언어에서 오는 시의 울림을 드러나게 할 것이다. 후기시를 중심으로 인간과 자연, 사회공동체에 이르는 구원의 생명성을 주목하며 인식의 변화를 가져오는 거리를 통하여 그의 세계관을 드러낼 것이다.

---

63) 성찬경, 「용어 풀이와 팔레트 걸어놓기」, 『논 위를 달리는 두 대의 그림자 버스』, 문학세계사, 2005.

Ⅲ장에서는 성찬경의 시에서 물질과 비물질에 깃든 생명성의 특성을 분석할 것이다. 물질과 비물질의 결합이 지닌 내밀한 의미를 파악하고, 나아가 극단적인 비극의 세계와 창조와 상상력의 놀이에서 생성되는 생명성을 분석·평가하게 될 것이다. 특히 물질의 권리에 주목하여 물질시의 심층적 의미를 논의하고자 한다.

Ⅳ장은 김광규의 시에 나타나는 환원 불가능성을 바탕으로 생명성의 양상을 밝히게 될 것이다. 순수의 시간과 타락의 시간을 비교하며 유한한 생명성의 역설과 아이러니를 밝히고자 한다. 또한 현대성 안에서 생명성의 구조를 살핌으로써 그 의도성을 규명하며 생명성이 갖는 미학적 요소를 드러낼 것이다.

Ⅴ장은 이 연구의 또 다른 중요한 목적인 인간성 회복과 생명의식에 대한 고찰이다. 생명의 시사적 의의는 사소하고 작은 개인의 것에서부터 공동체의식까지 아우르는 구원의 시학이기 때문이다. 세 시인의 생명성을 대비시켜 공통점과 차이점을 비교 분석하고자 한다. 이들 시인들의 개인의 체험과 사회적 참여를 통해 세계의 비극성에 대한 세 시인의 시선을 분석하게 될 것이다. 인식의 거리에서 생성되는 생명성을 살피고, 시에 나타난 생명성을 종합에의 의지로 규명할 것이다. 일상의 지루함을 견디며 창작의 새 의미를 생성의 방향으로 지향하고 있는 시간은 순수의 시간이다. 능동적 세계관으로 이행하는 것은 생명성의 근원에 지향점을 두고 있다. 따라서 현실의 지향과 순수의 방향을 살피면서 그것과 상호작용 관계에 있는 변수들을 찾아보고 시에서 작용하고 전개되는 과정을 살펴 한국 현대시에 있어서의 생명시학의 영역과 가치를 점검하는 자리로 삼고자 한다.

II. 현실적 체험 속의 생명성

1. 순환하는 생명

김광섭 시에서 생명성이 두드러지게 나타나는 것은 1966년에 간행된 시집『성북동 비둘기』에서 부터이다. 따라서 이 연구는『성북동 비둘기』와『반응』,『겨울날』을 대상으로 한다. 그의 생명성은 죽음에서 다시 태어난 생명, 즉 부활의 정신이라고 할 수 있다. 김광섭은 큰 병을 앓고 난 후 인식의 변화를 일으킨다. 생과 사를 직접 경험한 뒤 그의 생명성이 중대한 의미를 띠는 것은 궁극적으로 시를 변화시킨 점이다. 젊은 날 일제 치하에서 3년 8개월 동안 옥고를 치른 고난의 세월과 1965년 뇌출혈의 병발은 생명성과 연관이 없다고 할 수 없다. 젊은 날 옥고를 치른 인고의 시간은 먼 훗날 죽음의 문턱에서도 살아서 돌아올 수 있는 강인한 생명력으로 작용했다고 볼 수 있기 때문이다.

초기시1)는 관념과 추상성의 문제가 있어 후기시와 확연히 구분되지만 죽음을 뚫고 새로 태어난 정신세계의 힘은 그가 젊은 날 육체적·정신적으로 치른 고통과 깊은 관계가 있다고 여겨진다. 실존 안에서 '생명'을 찾고, 자기 자신의 생명은 물론 타인의 생명, 그리고 더 나아가 삼라만상의 생명까지도 새롭게 인식하도록 하는 점은[2] 김광섭 시세계의 원동력이 된다. 그의 시를 전기·중기·후기로 나눌 때 후기시에 해당되는 것은 대부분 와병 이후에 쓴 시들이다. 죽음을 경험하고 난 뒤 그의 불굴의 의지로 강화된 생명성이 내포되어 있기 때문이다. 그뿐 아니라 자연의 순리인 생명의 탄생과 소멸, 생명 상호간의 교류가 이루어지는 존재임을 포함하여, 인간과 세계의 포괄적인 관계당을 지향하는 생명성이 이 시기에 주로 드러난다.

그는 이렇듯 인간의 생명에만 국한하지 않고 인간은 자연에게, 자연은 인간에게 서로 교감하며 일치성을 이루는 것에 관심이 많았다. 또한 현대사회가 잃어가는 생명성을 날카롭게 바라보고 오늘날의 생명의 위기 상황을 직시했다. 인식의 변화를 가져온 그의 후기시를 중심으로 삶과 죽음을 순환하는 생명, 죽음에서 환원하는 생명, 반문명성으로서의 생명, 능동적으로 이행되는 생명성에 대하여 고찰하고자 한다.

생명의 존엄성에 관한 김광섭의 견해는 그의 시「새벽」에 잘 나타나 있다. 새벽의 의미는 희망이며, 미래이며, 오늘이 시작되는 에너지를 품고 있는 생명성이라고 할 수 있다.

---

1) 김광섭 초기시의 주제는 현실부정과 자기연민, 초극에의 꿈과 기다림으로 대변할 수 있다. 「고독」,「동경」,「마음」,「독백」같은 시의 주제는 동시대의 사회 그리고 현실과 밀접한 관련을 맺는다. 시인은 30년대의 식민지 현실을 불의로 가득 찬 불가항력적인 세계로 인식하면서 내향적으로 기울게 된다. 그가 선택한 길은 어떤 실천적 저항의 길이 아니라 관념적 저항의 길이었으며 우수와 비애가 이어지는 고독의 내면공간이었던 것이다. 그러므로 우리는 초기시를 내향성의 비극이라고 말할 수 있겠다. 그러나 현실 앞에서 좌절하고 있는 자아로부터 한시도 눈을 떼지 않음으로써 그의 시의 저변에는 민족 전체의 어려운 삶의 국면이 어떤 형태로든 반영되어 있다. 일부 연구가들이 그의 시를 저항시의 반열에 올려놓는 이유도 여기에 있다. ─ 손종호,『김광섭문학연구』, 충남대학교 출판부, 1992, 228쪽.
2) 위의 책, 179쪽.

어둠을 뚫고 새벽이 솟아오른다
햇불을 들고 일어선다

(… …)

빛을 먼저 보고 닭이 홰를 치니
소와 농부
하늘과 같이 가서

소는 농부
농부는 소가 되면서
밭을 갈고 씨를 뿌린다

새벽은 조용한 아침을 열고
땀에 젖은 옷을 벗기며
어린 용사들에게
새밥을
먼저 주고 간다

—「새벽」 부분(『반응』)

김광섭은 어둠을 뚫고 올라오는 붉은 해를 "햇불을 들고 일어선다"고
진술한다. 짙은 어둠 속에서 불빛은 더 붉게 타오르듯이 새벽의 강한 이
미지를 '햇불'로 나타낸다. 새벽은 깊은 어둠을 뚫고 온다. 씨앗도 어두운
땅속에서 썩었을 때, 새싹으로 돋아나고 열매를 맺는다. 모든 생명은 유
한하다. 그러나 태어나서 죽고, 다시 태어나며 순환한다. 매일 밤과 낮이
순환하듯이 삶을 마칠 때 죽음이 오고 죽음을 거쳐서 다음 생명으로 순환
된다. 농부도 이런 생명의 순환 위에서 논밭을 경작하고 땅에서 열매를
얻는다.

새벽의 농부는 부지런함을 상징한다. 먼저 일어나는 새가 벌레를 많이

잡는다는 속담도 있듯이 가장 부지런한 사람이 새벽을 먼저 맞는다. 새벽을 먼저 맞는 것은 나뭇가지를 흔들고 있는 새들이다. 일찍 일어나 밭을 갈고 있는 농부와 소, 이들이 새벽이며 새벽은 하루 중 가장 강렬한 에너지를 품고 일어설 수 있는 횃불이다. "소는 농부/ 농부는 소가 되면서/ 밭을 갈고 씨를 뿌린다"는 것은 인간과 자연, 동물이 동일한 층위에 있음을 보여준다. 크게는 삼라만상, 인류공동체의 모습이다. 땅은 태초부터 지금껏 인류를 먹여 살리는 터전이었다. 농부와 소는 일체화된 생명이다. 농부는 소의 눈빛, 울음소리만 들어도 소가 아픈지, 배가 고픈지에 대해서 직감으로 안다. 소도 주인의 목소리와 걸음걸이만 보더라도 일하러 갈 것인지, 집으로 돌아갈 것인지 알아챈다. 인간과 인간만이 소통할 수 있다는 생각은 인간중심적 사고일 뿐이다. 자연 재해만 아니면 땅은 인간이 뿌린 씨앗을 잘 키워서 많은 열매를 맺어 인간에게 돌려준다. 이렇듯 소와 농부와 밭이 순환하는 생명성을 보여주고 있다. 김광섭의 「새벽」은 생명의 소중함을 일깨우고 있으며, 모든 생명이 동일 층위에 있음을 노래한다.

> 외로운 밤이 가는데
> 새벽이 또 외로이 온다
> 해가 떠도 외로운 아침
> 풀잎에 앉으면
> 먼 산끼리 속삭인다
> 산마다 사람이 산다
> 비석을 세우고 절하며
> (… …)
> 이 산 사람은 눈 감고
> 아지랑이 낀 저 산 사람을 본다
> 그런 산속에 나는 있다

산에는 사람이 묻히고
그 곁에서 나무가 자란다
(… …)
자연도 세월 앞에서 총총한가
대답 없는 5월의 침묵
서로 있음이 한낮 순간임을
목례로 짐작하면서
청산(靑山) 연년 푸르러
서로 전할 긴 마음 이루네

　　　　　　　　　　　　　　　　－「풀잎에 앉다」 부분(『반응』)

　삶과 죽음을 순환하는 모든 생명체는 매순간 변화하기 때문에 과거와 현재와 미래의 연속성 속에서 파악해야 한다고 베르그손은 강조하였다.[3] 우리는 죽음과 자연 앞에서 풀잎에 앉아 있는 이슬처럼 작고 가벼운 존재인지도 모르지만 인간의 삶이란 자기 하나에만 갇혀 있는 옹색한 것이 아니라 이 세상에 존재하는 모든 생명은 물론 우주 전체와 이어진 거대한 흐름 속에 들어 있다는 생각을 가져다주기 때문이다.[4] 장례문화가 화장하는 문화로 바뀌기 전까지 가까운 산, 먼 산에 사람을 묻었다. 화자는 새벽이 와도 외롭고 해가 떠도 외롭지만 사람들을 받아주고 품어주는 산이 멀리서도 속삭인다고 생각한다. 죽음과 삶이 경계를 긋지 않고 삶 속에서 죽음을 보고 죽음 가까이에 삶이 숨 쉬고 있음을 나타낸다. 삶과 죽음은 서로 단절이 아니라 순환하고 있음을 마지막 연에서 제시해준다.

　니체에 따르면, 생명의 원리는 삶과 죽음, 성장과 사망, 생장과 퇴락의 전 과정, 즉 생성 소멸하는 모든 사건들을 해석할 수 있는 해석학의 토대를 제공해 준다고 했다.[5] 인간의 삶도 태어나 성장하고 늘어가고 다시 죽

---

3) 김성민, 「앙리 베르그송의 철학과 생명의 목적」, 『기독교사상』, 2000.1, 105쪽.
4) 김성민, 위의 책, 106쪽.
5) 김정현, 우리사상연구소 편, 「니체의 생명사상」, 『생명과 더불어 철학하기』, 철학과현실사,

음으로 되돌아가는 생성과 해체의 과정을 겪는다.

　세월의 무상함 앞에서 푸른 5월은 침묵한다. 죽음과 삶이 영원히 만나지 못할 높은 장벽이 아니라 눈앞에 보이는 산, 멀리 보이는 청산의 신록처럼 순환하고 있음을 나타내고 있다. 5월의 푸르름, 풀잎, 청산 연년 푸르름은 강렬한 생명성을 의미한다. 5월은 계절의 여왕이라고 할 만큼 풍요하다. 그러나 「풀잎에 앉아」의 전체적인 심리적 배경에는 죽음이 깔려 있다. 강렬한 생명성과 죽음은 대비를 이룬다. 하지만 죽음과 생명성이 상반되는 경계를 긋는 것이 아니라 삶과 죽음이 공존하고 있음을 나타내고 있다. 생명성 안에 죽음, 죽음을 안고 있는 청산의 푸르름은 "서로 전할 긴 마음 이루네"라고 침묵 속에서도 소통하고 있음을 알 수 있다. 이는 인간의 가장 근원적인 조건을 제대로 인식한 결과이며 그것은 바로 인간이 자연이라는 사실에 대한 인식이다.[6] 무조건 자연에 몰입하는 현실도피성이 아니라 자연을 바라보고 자연이 인간에게 내어주는 푸른 생명성에 대한 올바른 인식 지점이다.

> 이상하게도 내가 사는 데서는
> 새벽녘이면 산들이
> 학처럼 날개를 쭉 펴고 날아와서는
> 종일토록 먹도 않고 말도 않고 엎뎄다가는
> (… …)
> 새나 벌레나 짐승들이 놀랄까봐
> 지구처럼 부동의 자세로 떠간다
> 그럴 때면 새나 짐승들은
> 기분 좋게 엎데서
> 사람처럼 날아가는 꿈을 꾼다
> 산이 날 것을 미리 알고 사람들이 달아나면

2000, 50쪽.
6) 정효구, 앞의 책, 163쪽.

언제나 사람보다 앞서 가다가도
고달프면 쉬란 듯이 정답게 서서
사람이 오기를 기다려 같이 간다
(… …)
산은 나무를 기르는 법으로
벼랑에 오르지 못하는 법으로
사람을 다스린다
(… …)
산은 언제나 기슭에 봄이 먼저 오지만
조금만 올라가면 여름이 머물고 있어서
한 기슭인데 두 계절을
사이좋게 지니고 산다

— 「산」 부분(『성북동 비둘기』[7])

산은 우주적 생명이며, 안식처이다. 가장 따뜻하고 좋은 곳에 사람을
묻어주고 꼭대기에 신을 모시는 가장 신성한 곳이기도 하다. 그러나 "산
이 날 것을 미리 알고" 사람들이 경외하며 관념화하기 전에 오히려 구체
적으로 인식시키며 산은 사람이 오기를 기다린다. 또 그달픈 현실에서 잠
시 벗어나 산속에 들어와 쉬어가도록 넓은 품을 내어준다. 산은 그렇게
항상 그 자리에 있다. 달아나고 떠나는 것은 사람들이다. 산은 언제든지
사람들이 오면 같이 걷고 같이 가준다. 산은 신성한 곳이라는 이미지로
그곳에 머물러 있는 것이 아니라 사람들과 친하게 지내고 싶어 한다. 하
지만 사람들이 전쟁을 일으키거나 큰 난리를 낼 때는 산은 험한 봉우리로
올라가버린다. 그러면서도 "산은 나무를 기르는 법으로" 사람을 향해 손
을 내밀며 "산은 나무를 기르는 법으로" 사람을 다스린다. 나무는 채소와
달리 하루아침에 자라지 않는다. 오랜 세월을 거쳐 자라나는 나무는 한

---

7) 『성북동 비둘기』는 1969년부터 1975년, 1987년, 1991년, 1994년 등 여러 번 출판되었다.
본고에서는 1994년 출판된 시집을 참고하기로 한다.

순간 영험하게 다가서는 것이 아니라 일생을 기다리며 지켜주는 자세로 사람에게 다가온다.

죽은 자나 살아 있는 자 모두에게 산은 평등하게 열려 있다. 죽은 자에게는 영원한 안식처인 자리를 내어주고, 살아 있는 자에게는 고달프면 쉬어가라고 정답게 서서 사람이 오기를 기다린다. 삶과 죽음을 동시에 품고 있는 산은 학처럼 날개를 펴고 부동의 자세로 떠간다. 또한 "벼랑에 오르지 못하는 법으로" 벼랑은 단숨에 오르지 못한다는 것을 사람들에게 보여준다. 벼랑을 오르기 위해서는 많은 훈련이 필요하다. 신발부터 다르다. 자일을 잡고 오로지 오르는 것에만 집중하며 숨을 들이쉬고 내쉬어야 한다. 단숨에 벼랑을 오르려고 하면 실패한다는 것을 사람들에게 벼랑을 오르지 못하는 법을 통해서 깨우쳐주고 있다. 우리는 울적할 때 먼 산을 오래도록 바라본다. 멀리 서 있는 봉우리도 보이고 그 계곡에서 흐르는 물소리도 들리는 것 같은 생각을 한다. 매사가 바쁜 현대인들에게 산봉우리는 잘 보이지 않는다. 일이 안 풀리거나 고독해질 때, 유리창 넘어 희미한 산봉우리를 보게 되는 경우가 있을 뿐이다. 봄은 양지바른 산기슭으로 가장 먼저 온다. 덤불 속에 새순이 올라와서 꽃봉오리를 맺는다. 산기슭 밑에는 봄 새싹이 돋아나고 산 속으로 올라가면 여름 같은 사철 푸른 소나무가 있다. 한 기슭에서 사이좋게 어울리고 함께 공존하는 자연의 이치를 나타내고 있다.

김광섭의 후기시의 특징 중 하나는 사람이 자연의 이치에 따르며 귀의하는 모습이며, 또 다른 하나는 물질문명을 날카롭게 비판하는 모습이다. 「산」과 「성북동 비둘기」에서 보더라도 「산」은 우주적이며 자연의 순리와 이치를 나타내고 있다. 사람과 더불어 살고자 사람을 이끌어가는 면모를 「산」을 통해서 보여주는 것이다. 또한 마지막 안식처로서 지켜주는 곳의 의미 또한 크다. 그러나 「성북동 비둘기」는 산업사회를 비판한다. 근대화의 속도에 파괴되는 자연과 인간의 생명성을 날카롭게 직시하고 있다. 그의 후기시의 특징은 이렇듯 상반되는 점을 지니고 있다.

> 볕이 좋아 앉아서
> 포근히 쉬는데
> 정신 속에서 천사가 나와
> 예순 살을 지워버리니
> 할아버지는 가고 소년이 와서
> 꽃신을 신겨
> 다시 정마를 든다
> 가을 하늘이 드높아지며
> 강남 갈 제비들이 앞서서 난다
> 같이 타고
> 이대로 나도
> 강남 소풍 가네
>
> ―「소일」 전문(『반응』)

　시적 사유의 본질에는 어떠한 인공적인 조작물로도 대체할 수 없는 세계의 근원적인 아름다움과 풍요로움에 대한 본원적인 인식이 내재해 있다. 옛날부터 시가 해온 주된 역할은 삼라만상의 근원적인 친화력과 생명의 거룩함에 대한 직관적인 깨달음을 드러내는 것이었다. 화자는 볕이 좋아서 툇마루에 앉아 볕 바라기를 한다. 예순의 할아버지를 지워버리고 어린 날 소년으로 돌아간다. 강남 갈 제비들과 함께 바람을 타고 강남으로 소풍간다고 진술한다. 죽음의 문턱까지 다녀온 김광섭은 햇볕 쬐는 사소한 일도 좋아하고 자연과 쉽게 동화된다. 살아가는 일에 대해서 감사하다고 일일이 밝히지 않았지만 삶에 대한 감사와 겸손함이 배어 있다. 순수한 영혼은 나이를 먹지 않으며 어린아이와 같이 천진하다. 인간뿐만 아니라 자연과도 합일되는 근원적인 친화력을 지닌다. 화자는 소년으로 다시 환원한다. 삶과 죽음을 순환하는 그의 생명성은 자연과 쉽게 일치된다.

그의 영혼이 어린 소년처럼 해맑기 때문에 화자의 정신 속에서 천사가 나와 예순 살을 지워버린다.

> 새벽에 죽는 꿈을 꾸고
> 아침에 산다
>
> 아내가 와서
> 새벽에 서서 보다가 갔다
> 그 뒤에 나는 죽는다
>
> 죽은 사람은 새벽에 나고
> 산 사람은 새벽에 죽는다
> 죽음도 삶도 옆에 있는 것이지만
> 가서 만날 곳이 없는 것이 죽음일 뿐이다.
> 사람은 그 죽음을 품에 안고 참으며
> 닭의 알처럼 삶을 낳는다
> 그러니 죽음이 있어도
> 인간은 영원히 있는 것이다
> ―「인간은 영원히 있다」 전문(『이산 김광섭 시전집』)

어둠과 밝음은 본질적으로 서로 다른 것이 아니라 같은 자리에서 생성한다. 어둠이 성하면 빛이 물러가고 빛이 성하면 어둠이 물러가는 것처럼 깊은 어둠 뒤에 새벽이 온다. 삶과 죽음 또한 서로 다른 자리가 아니라 같은 자리에서 나고 사라진다. 김광섭은 아내를 잃고 나서 죽음을 더 가깝게 느낀다. 그러나 그는 삶 또한 죽음의 자리에서 생성한다는 것을 인식하고 있기 때문에 삶의 본질에 깊숙이 천착하고 있다. 꿈속에서 죽은 아내를 만나고 난 후 "나는 죽는다"라고 진술한다. 죽음을 통해서만 먼저 간 아내와 영원히 만나기 때문에 새벽에 죽는 꿈을 꾸고, 새벽에 죽는다는 말을 하고 있다. '새벽'은 희망이며 하루를 시작할 수 있는 에너지가 응집

되어 있다. 그러나 화자는 희망찬 새벽에 죽는다고 아이러니한 발언을 한다. 죽어서라도 아내와 헤어지고 싶지 않다는 희망을 절실하게 전달하는 것 같다. 새벽과 죽음을 대비시킴으로써 삶과 죽음에 대한 본질적인 인식을 잘 보여주고 있다. "사람은 그 죽음을 품에 안고/ 닭의 알처럼 삶을 낳는다/ 그러니 죽음이 있어도/ 인간은 영원히 있는 것이다"라고 그는 삶과 죽음을 한 자리에 놓고 있다. 삶에서 죽음으로 죽음에서 삶으로 순환하는 삼라만상의 흐름을 나타내고 있는 것은 「사자(死者)의 대지」에서도 이어진다.

> 지구의 저 끝에서도
> 할아버지가 살고 할머니가 살고
> 아들이 살고 딸이 살고
> 조카가 살고 친구가 살다가 죽는다
>
> 눈물이 천리에 흐르고
> 울음이 만리에 뻗는다
>
> 눈물 끝에서 목숨이 붐비다가
> 나중에 대지는 사자의 것으로 돌아간다
>
> 죽음을 묻고 돌아선 민중의 슬픔에 안겨
> 자라는 무덤은
> 봉우리보다도 넓고
> 궁전보다도 커서
> 산 사람 위에 선다
> ─「사자(死者)의 대지」 전문(『반응』)

　지구의 저 끝이든 이쪽 끝이든 간에 죽지 않는 생명은 없다. 목숨으로 붐비는 대지는 결국 죽은 자의 것으로 돌아간다. 지구상의 죽음을 담은 무덤은 자라나서 봉우리보다도 높고 궁전보다 커서 이 모든 무덤은 산 사람의 키 위에 선다고 화자는 말한다. 할머니, 할아버지, 아들, 딸, 조카, 친구 등 많은 죽음을 보며 살아가는 우리가 정작 자신의 죽음을 깊이 생각하고 준비하는 예는 많지 않음을 시사하고 있다. 특히 현대인들에게 삶은 치열한 경쟁이다. 이러한 현실은 죽음을 깊게 생각하고 삶의 본질을 만날 수 있는 시간을 늘 내일로 미루며 끝내는 놓치게 한다. 그러나 현실은 죽음을 담고 있는 무덤을 우리의 머리 위에 이고 살고 있다고 진술한다. 많은 죽음을 목도한 화자는, 죽음의 문턱까지 다녀온 자신의 경험을 통해서 삶과 죽음을 순환하는 생명성을 드러내 보이고 있다. "눈물이 천리에 흐르고/ 울음이 만리에 뻗는다"고 말하는 화자는 삶이 죽음과 함께, 죽음이 삶과 함께 순환하며 우리와 동거하고 있음을 깊은 고독과 슬픔 속에서 드러내고 있다. 김광섭은 인간의 자유와 그 존엄성을 확보할 수 있는 실마리가 다름 아닌 생명성에 대한 새로운 이해라고 보고 있다. 모든 생명은 인간의 의지나 평가와는 무관하게 내재적인 가치를 지니고 있다. 그렇다면 생명의 존엄성은 과연 어떻게 해서 그 정당성이 확보될 수 있는가라는 질문에, 김광섭 시에 내재된 생명성은 삶과 죽음을 순환하는 자유로움이며 새로운 시간으로 이해되는 창조성으로 나타난다.[8] 김광섭은 생명체이든 무생물이든 존재를 지닌 것을 아우르는 새로운 세계 인식을 보여 주는데,[9] 그에게 있어서의 죽음은 삶의 본질을 만나게 해주는 심층적인 가치를 지닌다. 「풀잎에 앉아」, 「인간은 영원히 있다」, 「사자(死者)의 대지」 등에서 나타나고 있는 죽음은 깊은 슬픔으로 가득 차 있지만 끊임없이 흐르는 변화와 생성의 삶 위에 놓여 있다. 생명의 탄생과 성장, 그리고 죽음 안에서 생명의 소중함과 인간의 존엄성이 함께 한다는 인식이다.

---

8) 홍경실, 앞의 책, 19쪽.
9) 신덕룡, 앞의 책, 79쪽.

2. 환원하는 생명

생명은 죽음과 함께 끝난다. 생명은 유한하지만 생명력은 무한하다고 할 수 있다. 세상에 존재하는 모든 생명은 매순간 변화하기 때문에 변화하는 시간 속에서 새롭고 역동적인 질서를 지닌다. 이 때, 다름 아닌 생명으로 이어지는 지속과 시간의 축적을 역사와 전통이라고 이야기할 수 있을 것이다.[10) 김광섭은 주어진 역사와 운명에 순종하며 고통 속에서 사는 것이 아니라, 비극의 존재 양식인 선과 악의 이분법에서 벗어나 진리와 가치를 창조하고자 노력한다는 점에서 니체가 주장하는 '인간 존재의 비극성'을 보여준다. 그의 창조적 자기 구성은 '디오니소스적 쾌락'의 경험인 동시에 모든 허무주의적 감상의 극복이기도 하다.[11)

「希望」은 김광섭이 작고 2년 전에 쓴 시이다. 격동의 세월을 살아온 그는 노년에 이르는 삶을 '잔잔한 물결'이라고 할 수 있다. '잔잔한 물결'은 멀리서 보면 멈춰 있는 것 같지만 가까이에서 보면 끝없이 흘러가고 물소리의 파동이 거칠기도 하다. 거친 물소리는 기억과 시간을 지속적으로 담고 가는 생명력이면서 언젠가 멈출 수 있는 물소리는 생명의 유한함을 함축하고 있다.

> 잔잔한 물결
> 내가 태어난 바닷가에서
> 나는 우연히 희망을 만나
> 어둠에 앞서가는 한 줄기
> 밝은 길을 따라 나섰다
> (⋯ ⋯)
> 하늘에도 땅에도 어둠이 없었다

---

10) 홍경실, 앞의 책, 268~269쪽.
11) 리 스핑크스, 앞의 책, 280~281쪽.

나는 피로하고 고독했다
별에 발돋움할 뿐이었다

到達이 아니라 희망은
未達이지만
마지막까지
인생의 다함없는 노자다

　　　　　　　　　　　　　　　　　－「希望」 부분(『겨울날』)

　병고를 겪고 난 이후 김광섭은 잔잔한 물결처럼 새로운 시적 지평을 열었기에 다시 태어났다고 말한다. 깊은 병, 그곳에서 우연히 희망을 만나 지금껏 "한 줄기 밝음을 따라 나섰다"고 시인의 길을 걷고 있는 것임을 피력한다. 1연은 김광섭이 병마에서 걸어 나와 생명의 가치와 소중함을 찾는 길임을 암시한다. 이는 또한 삶의 모든 단계에 깃든 상호연관성을 받아들이고 세계를 절대적으로 긍정하는 한 비극적 존재 양식은 가장 심오하면서도 얼마든지 실현 가능한 긍정의 체험이 된다는 뜻이다.[12] 이때 열리는 하늘은 새 하늘이며, 나뭇잎과 풀잎이 조용히 고개를 드는 것은 초월적 정신이다. 잔잔한 물결이 일고 마음의 바람이 일어난다는 것은 나약한 본성에서 나오는 것이 아니라 새롭게 태어난 화자의 생명성을 궁극적인 가치로 보고 있음을 말한다. 적극적인 힘과 반응적인 힘을 차별화하고 영원한 생성의 운동임을 인식함으로써 자기연민에서 벗어나고 있음을 알 수 있다.

　이 시의 화자는 "하늘도 땅도 어둠이 없었다"면서 "나는 피로하고 고독했다"는 역설을 보여주고, 나아가 "별에 발돋움할 뿐"이라고 진술한다. 그 이유는 시의 화자가 지닌 '희망'은 도달점이 아니라 그쪽으로 나아가는 행로 속에 놓여 있기 때문이다. 다시 말해, 시적 화자의 삶이야말로 새

---

12) 위의 책, 280쪽.

로운 창조를 향해 나아가는 과정 속에 있는 고통이며, 시인은 이런 고통을 생명성으로 파악하고 있다. 이러한 과정을 니체가 말한 '디오니소스적 충일감'이라고 볼 수 있는데, 이때의 존재는 삶의 고통스런 측면을 공포 없이 바라보며 오히려 그 상태를 최고의 소망사항으로 삼는다.[13]

아기가 들어와
아침 하늘을
얼굴을 연다

아기는
울고나도 새얼굴
먹고나도 새얼굴
나고나도 새얼굴

하늘에서
금방 내려온
새얼굴

— 「새얼굴」 전문(『반응』)

「새얼굴」은 김광섭의 자화상이다. 뇌졸중으로 일주일간 혼수상태에 머물러 있다 깨어난 김광섭은 새 얼굴과 새 정신으로 새로운 세계를 만난 것이다. 매일같이 피나는 재활 훈련을 통해서 회복되어가는 그에게 있어서 살아있는 것들이 경이롭지 않을 수 없다. 가장 비극적인 상황을 딛고 일어난 그의 생명성은 모든 세계를 능동적으로 바꿔놓는다. 병마를 겪은 후 늙어버린 얼굴도 갓 태어난 아기의 얼굴이며 그 얼굴로 아침 하늘을 연다. 새로운 세계를 열고 있는 것이다. 죽음을 딛고 일어난 생명성은 온통 감사함을 안겨준다. 생명에 대한 경외와 감사함 없이 아침 하늘을 열

---

13) 백승영, 앞의 책, 674쪽.

수는 없다. "새얼굴로 아침 하늘을 연다"는 짧은 한마디이지만 깊은 병치
레 후에 새롭게 소생하는 생명성이 강하게 전달된다. 아기의 특징은 갓
태어난 아기의 얼굴도 새 얼굴이고, 일 년 전에 태어난 아기의 얼굴도 새
얼굴이다. 아기가 주는 이미지는 새 얼굴, 새 생명, 새로운 세계, 새 출발,
가장 순수한 천상의 세계이다. 이런 이미지의 아기가 울어도 새 얼굴이고,
먹고 나도 새 얼굴이며 자고 나면 더 맑아지고 선명해진다. "하늘에서/ 금
방 내려온/ 새얼굴"이 주는 의미는, 새아기는 누구나 천상에서 내려온다
는 이미지 때문에 티끌 하나 없이 가장 순수한 생명체로 다가온다. 신선
하고 더욱 생생하다. 죽음에서 환원한 김광섭은 "하늘에서 금방 내려온
새얼굴"로 자신을 형상화하고 있다.

> 비가 멎기를 기다리며
> 바람이 자기를 기다려
> 해를 보는 거예요
>
> 푸른 하늘이 얼마나 넓은가는
> 시로서 재며 사는 거예요
>
> 밤에 뜨는 별은
> 바다 깊이를 아는 가슴으로 혜는 거예요
>
> 젊어서 크던 희망이 줄어서
> 착실하게 작은 소망이 되는 것이
> 고이 늙는 법이예요
>
> — 「소망」 전문(『겨울날』)

　소망은 누구에게서나 간절하다. 현실에서 쉽게 이루어지지 않기 때문
이다. 그런데 김광섭은 일상에서 쉽게 이루어지는 것을 소망하고 있다.

긴 장마가 계속되어도 기다리면 비는 멎고 폭풍이 몰아쳐도 기다리면 잠
잠해진다. 이렇듯 일상에서 기다리면, 비바람이 그치고 해를 볼 수 있듯
이 사소한 것을 소망하는 김광섭은 자연을 많이 닮아 있다. "젊어서 크던
희망이 줄어서/ 착실하게 작은 소망이 되는 것"을 "고이 늙는 법"이라고
진술하는 그는 자연에 순응하는 모습이다.

　　병마라는 죽음을 딛고 새롭게 환원한 그의 생명성은 비극성을 지닌다.
그러니까, 인간의 삶 속에는 추한 면과 외면하고 싶은 면, 고통스러운 면
이 필연적으로 포함되어 있는데 이런 삶의 고통을 발견할지라도 삶을 사
랑하고 긍정하는 행위는 고통을 삶의 의지로 파악하는 디오니소스적인
것이다.14) 이는 고통스럽고 부조리한 삶에 대한 긍정이다. 병마 이후 생
명의 소중함을 깨달은 김광섭에게 있어서 소망스럽지 않은 것이 없다. 비
와 바람이 멎기를 기다리고 있는 것은 해를 보고 싶은 소박한 그의 소망
이다. 기다리면 자연스럽게 해를 볼 수 있듯이 사소한 것에 감사하고 찬
미하는 화자의 심상은 삶에 대한 긍정이 바탕을 이루고 있다. 봄바람에
나뭇잎이 자연스럽게 율동하듯 「여름바다」에서도 시의 영혼은 무한한
형태로 깃들어 있다.

　　　　바람은 풀잎에 자고
　　　　여름은 바다에 반짝인다
　　　　바다는 인간의 고배를 마신다

　　　　바다는 노래의 바람
　　　　원색의 남녀가
　　　　태고의 사장에서 뒹군다

　　　　아이들은

---

14) 위의 책, 647쪽.

조개를 주워 모래에 파묻고
파도를 막다가 더워서
시원한 물결을 타고 먼 바다로 간다
가다가 큰 사람들이 빠져
바위가 되어 깔앉으면
잔잔한 물결만 해심(海心)으로 간다
해심에는 사람도 없고
죽음도 없고 바위도 없고
원초의 바람과 물결과
뜨거운 태양만이 노래한다

해심에서 바다는 바다에 이어지고
물결은 물결을 밀어
세계의 바닷가에
거품이 퍼진다
— 「여름 바다」 전문(『이산 김광섭 시전집』)

바다는 생명의 원형이다. 바다는 인류가 생기기 전에도 그 모습 그 대로 파도를 찰랑이며 바람과 물결과 뜨거운 태양을 담고 있었을 것이다. 깊은 수심은 태곳적 바다의 모습을 지니고 있다. 따라서 시인은 "해심에는 사람도 없고/ 죽음도 없고 바위도 없고/ 원초의 바람과 물결과 뜨거운 태양만이 노래한다"고 말한다. 죽음도 사랑도 없는 해심은 바다의 영혼이 숨 쉬는 곳이며, 그곳은 원초의 바람과 물결과 뜨거운 태양의 생명성이 가장 강한 곳이다. 이러한 해심은 수많은 죽음을 담고 있다. 우주 안에서 지구는 작은 점에 지나지 않지만 바다는 바다에서 시작되어 계속 바다로 이어져 끝내는 다시 만난다는 영원회귀성을 내포하고 있다. 이렇듯 바다에선 삶과 죽음이 한자리에 있으견서 생명성으로 환원한다. 환원하는 생명성은 물결처럼 물결을 밀어 세계의 바다에 퍼진다. "거품으로 퍼진다"는 것은 생명성의 유한성, 즉 거품처럼 사라진다는 것을 보여주고 있다.

이 거품 또한 물결을 따라 다른 생명체에 스며 새로운 성명성으로 환원하는 것인데 이러한 것은 「봄」에서도 볼 수 있다.

나무에서 새싹이 돋는 것을
어떻게 알고
새들은 먼 하늘에서 날아올까
풀에 꽃 몽우리 진 것을
어떻게 알고
나비는 저승에서 펄펄 날아올까

아가씨 창인 줄
어떻게 알고
고양이는 울타리에서 저렇게 울까
— 「봄」 전문(「한국일보」, 1973.4.7)

김광섭은 스쳐 지나가버릴 수 있고 사소한 것에서도 생명성을 발견하고 경외감을 드러낸다. 죽음을 안고 살아가는 그는 새들의 날갯짓 하나에도, 돋아나는 새싹에도 눈길을 주며 생명의 소중함을 발견한다. 이렇듯 죽음과 한 자리에 있는 그에게 있어서 봄은 새로운 생명성이다. 나무에 새싹이 돋는 것을 어떻게 알고 새들이 날아오는지, 작은 풀꽃 또한 몽우리 진 것을 어떻게 알고 저승의 나비가 날아올까라고 주위에서 쉽게 볼 수 있는 풍경을 김광섭은 새롭고 신비하게 보고 있다.

김광섭은 병마 속에서 자연스럽게 죽음과 마주했기 때문어 그에게 있어서 죽음은 일상의 한 부분이다. 잠을 자고 눈을 뜨면 아침이 오고, 하루가 가면 저녁이 오듯이 죽음은 그와 함께 밥을 먹고, 그와 함께 잠을 잔다. 이렇듯 죽음을 생활 안에서 함께 거느리고 사는 것은 그만큼 생명성에 대한 경외감도 크다는 것을 알 수 있다. 그는 『반응』의 서문에서 모든 생명성은 현실에서 출발한다고 강하게 발언한다. 즉 "현실이 동기가 되어 출발과 핵심이 된 것임으로 거기에 생명이 넘치고 아름답고 힘차게 하는 것이 시인의 일"15)이라고 강조한다. 삶의 고통에 처할지라도 위로를 구하지 않는 채 삶을 사랑하고 긍정하는 생의 비극적 도취는 결국 고통스럽고 부조리한 삶에 대한 긍정으로 나아간다. 죽음 앞에 선 삶의 고통이 영원한 생성의 운동임을 인식함으로써 시인은 마침내 자기 연민에서 벗어난다. 이는 곧 생명성을 궁극적인 가치로 보고 있음을 뜻한다. 인간의 삶이란 자기 안에만 갇혀 있는 것이 아니라 우주 전체와 이어진 거대한 흐름 속에 들어 있다. 김광섭의 시는 이와 같은 관점으로 생성과 소멸을 반복하는 생명체들이 우주의 거대한 창조적 에너지로 존재하게 됨을 보여준 것이다.

3. 인식의 변화를 가져온 대상과의 거리

김광섭은 뇌출혈 이후 인식의 변화를 일으킨다. 추상적 명제인 '너'와 나 사이의 '거리'를 인식하고, 더 나아가서 얼음 고개가 생긴 겨울에 봄을 기다리는 '기다림'을 '거리'로 인식하고 있다. 병마 이후 김광섭이 지니게 된 거리에 대한 자각이 중대한 의미를 띠는 것은 이 '거리'의 개념이 궁극적으로 시를 변화시켰기 때문이다. 그의 시를 전기, 중기, 후기로 나눌 때 후기시에 해당되는 것은 대부분 병마 이후에 쓴 시들이다.

김광섭의 후기시들은 시적 완성도와 성취도가 매우 높다는 평가를 받고 있다. 그의 대표작들 「성북동 비둘기」, 「산」, 「거리」, 「봄」 등 또한 후기시에 해당된다. 김광섭에게 있어 너와 나, 죽음과 삶, 두꺼운 얼음 고개도 봄이면 풀린다는 긍정적인 인식의 변화는 모든 거리의 근원적인 본질

---

15) 앞의 책, 298쪽.

을 투시하고 있기 때문이라고 볼 수 있다. 누구나 인생의 고독감을 느낀다. 시인은 사회의 고독도 만인에 앞서 느낀다. 시인의 시대의식은 그도 동시대의 인간이라는 데서 시작된다.[16] 시는 시인의 개인적 정서의 원천에서 시작되지만 그가 사는 사회의 가슴일 수도 있다.

나는 여기 벽이다.
너는 거기 꽃이다.
너와의 사이에
얼음 고개가 생겼다.
아지랑이 꿈꾸면
고개는 사라진다.

기다리면 먼 봄
꽃이 그리워
꽃집에 갔더니
꽃이 따라와서 상 위에 앉았다.
봄도 같이 따라왔다.
거리란 없는 것이다.
있다 해도 봄이면 풀려서 없어진다
가거나 오거나
거리는 기다림이다.

— 「거리(距離)」 전문(『성북동 비둘기』, 1994)

얼음은 때가 되면 녹는다. 아무리 두꺼운 얼음이라도 아지랑이 피어나는 봄이면 사라지고 없다. 이 시의 서정적 주체인 나와 대상 사이에 두꺼운 얼음 고개 즉 '거리'가 생겼지만 화해하고 사랑하면 그것은 사라진다는 정서이다. '너'와 '나' 사이에 거리가 존재하듯, 얼음과 봄의 사이도 거리이다. 봄의 거리는, 꽁꽁 얼어 있는 삶의 겨울과 어렵고 고통스런 시간

16) 김광섭, 『이산 김광섭 시 전집』, 문학과지성사, 2005, 298쪽.

이 지나고 평안한 시간(봄)이 오기를 기다리는 거리이다. 그러나 기다릴수록 멀게 느껴지는 봄이다. 다른 사람들은 봄처럼 화사하게 좋아 보이는데 나만 긴 겨울이 지속되고 있는 듯한 질곡의 시간을 조망하는 작품이다. 뇌출혈로 쓰러진 이후 이웃들 간의 접촉이 차단되었던 그 거리가 없어지고 있는 회복의 기쁨을 잘 드러내고 있다. "나는 여기 벽이다/ 너는 거기 꽃이다/ 너와의 사이에/(중략)/ 거리란 없는 것이다/ 있다 해도 봄이면 풀려서 없어진다/ 가거나 오거나/ 거리는 기다림이다." 이러한 기다림을 벽이 막고 있다고 진술한다. 여기서 화자는 자신을 벽으로 보고 있다. 스스로 막힌 벽이라고 느낀다. "그러나 너는 거기 꽃이다."라고 했듯이 꽃인 너를 희망적이며 사랑스럽게 보고 있다. 너와 나는 대조적이며 너와 사이에 힘든 얼음 고개가 생긴 것으로 나타나 있다. 그러나 너와 나 사이에 두꺼운 얼음 고개가 있어도 아지랑이 꿈꾸는 봄이면 아무리 두꺼운 얼음이라도 녹아서 사라진다는 화자의 심정이 잘 드러나 있다. 너와 나 사이에 놓인 얼음 고개가 사라지면 관계가 회복된다는 뜻뿐만 아니라 모든 사이에 거리감이 없어져 근원적인 만남이 이루어지고 그러한 만남에서 새로운 삶이 시작됨을 의미하는[17] 그런 '거리'이다.

기다리면 버스도 더디게 온다고 했다. 누구에게나 기다림은 더디고 멀다. 1965년 뇌출혈로 쓰러진 이후 병마로 인해 봄을 기다리는 환자의 심정은 누구보다도 절박하다. 오지 않은 봄은 화자에게 있어 아득한 거리인 것이다. 봄에 피는 꽃은 '너'이며, '너'는 사랑스럽고 희망이라는 심정을 내포하고 있다. 그런 꽃이 그리워 꽃집에 갔더니 꽃이 따라와 내 앞에 놓인 상 위에 앉았다고 진술한다. 이는 화자가 간절히 희망을 붙잡고 있음을 알 수 있다. 병을 털고 일어나 이웃과 거리감 없이 소통하고 싶은 간절함이 깊게 배어 있다. 김광섭은 병마로 인해 차단된 이웃과 사회, 자연과 소통하고 싶은 간곡한 바람 때문에 꽃이 자신이 앉아서 밥을 먹고 책을

---

17) 손종호, 앞의 책, 158쪽.

보던 상 위에까지 따라온 것이라고 생각한다. 덩달아 튼 계절인 봄도 따라온다는 화자의 심상이 간절하게 나타나 있다. 이는 대상과의 거리, 이웃과 사회와의 거리, 죽음과 삶과의 거리, 어둠과 밝음의 거리, 벽과 꽃의 거리 등 아주 작은 것에서부터 크게는 삶과 죽음까지 아우르는 '거리'에 대한 인식의 변화를 보여주고 있다. 세상을 향해 열고 있는 화자의 내면적 자아는 2연에서 꽃을 따라오는 봄을 통해서 투영하고 있다. 몸은 병상에 있지만 마음은 모든 거리의 본질을 투시하고 그 통합과 화해의 경지를 통찰하고 있음은 놀라운 일이 아닐 수 없다.[18] 그런 그에게 거리란 없는 것이다. 있다 해도 마음먹기에 따라서 거리는 사라진다.

주지하다시피 김광섭은 역사의 질곡을 몸으로 부딪치고 치열하게 산 사람이다. 일제강점기 시절 옥고를 치렀고, 6·25를 거쳤으며, 노년에는 뇌출혈로 쓰러져 병마와 싸우는 시기였다. 누구보다도 질곡의 시절이 많은 김광섭에게 거리는 있다가도 풀려서 사라진다. 그에게 두꺼운 얼음 고개인 거리가 다시 온다 해도 끝내 기다리면 얼음 고개가 사라지는 봄이 온다는 확고한 신념이 잠재되어 있다. 가질수록 더 갖고 싶은 인간의 욕망과는 다른 차원의 시다. 갈수록 빨라지는 현대의 속도에서, 기다림이 결여된 현대인의 내부에 울림을 준다. 이는 이 시인이 현대성을 비판하기에 앞서 그의 의식이 개인으로부터 이웃, 이웃에서 사회에 이르기까지 가로막혀 있는 거리를 뼈아프게 발견해 냈음을 말해준다.

> 갈라진 일도 오라 가라 함도 없이
> 거기 섰다가
> 꿈처럼 가던 길 다시 돌아와
> 비인 자리에 고이 피네
> 만물 속에 홀로 웃는 미소

---

18) 위의 책, 159쪽.

사랑의 증거가
옛 빛 새로 있음
꽃은 빛 꽃은 마음

꽃의 아름다움
마음의 아름다움
그렇다
떨어진들 어떠리
우리 사이엔 겨울에도 꽃이 있는 걸

—「꽃」 전문(『겨울날』)

　　고통과 추억을 동시에 받아들이는 소유자에게 있어서 그것은 고통이
고 위안이 될 수 있듯이 "만물 속에 홀로 웃는 미소"는 시간이 흘러도 현
재성을 띠고 있는 꽃으로 상징화된다. 눈에 보이지 않는 영원성을 내포하
고 있다. 따라서 이 시는 너와 나의 관계에서 꽃이 환히 피었던 순간이나
꽃이 떨어져버린 순간이나 우리 사이엔 겨울에도 꽃이 피어 있다는 순간
의 지속성을 유지시키고 있다. '공간'과 '시간'은 그것이 존재하지 않을 때
에만 우리에게는 무한한 것으로 나타난다.[19] "갈라진 일로 오라 가라 함
도 없네/ 거기 섰다가"에서 거기는 변치 않음의 '거리'이다. 어디를 가더
라도 다시 돌아와 그 자리에 설 수 있는 '거기'이다. 거기는 부동의 자리이
면서도 유연한 자리이다. 너와 내가 만났고 이별하던 그 순간의 거리이기
도 한 거기는 너와 나에 있어서 특별한 장소이며 특별한 '거리'이다. 거기
라는 그곳은 너와 나로 채워져 있으며 비어 있는 거리이기도 하다. 거기
는 과거의 공간이면서 현재의 공간이기도 하다. 너를 잃은 것은 과거이지
만 너의 존재는 여전히 현재성을 띠고 있는 것이다. 너와 나 사이의 '거리'
에 대한 인식이 깊게 깔려 있는 「꽃」이다. 꽃의 강렬한 에너지는 생명성

---

19) 가스통 바슐라르, 이가림 역, 『순간의 ㅁ학』, 영언, 2002, 58쪽.

이다. 꽃은 살아 있는 자나 죽어 있는 자 모두에게 꽃이 피던 '순간'을 영원히 꽃으로 기억하게 한다. 너와 나 사이에 다가설 수 없는 겨울의 빙벽이 있다 해도 꽃의 생명성은 얼지 않고 죽지 않는다. 거기의 빈자리에는 너와 나의 존재가 함께하는 곳이며 근원적인 만남이 이루어진 곳이기에 거리감이 무화되는 곳이기도 하다.

> 얼음을 등에 지고 가는 듯
> 봄은 멀다
> 먼저 든 햇빛에
> 개나리 보실보실 피어서
> 처음 노란 빛에 정이 들었다
> (… …)
> 그래서 봄은 사랑의 계절
> 모든 거리가 풀리면서
> 멀리 간 것이 다 돌아온다
> 서운하게 갈라진 것까지도 돌아온다
> 모든 처음이 그 근원에서 돌아선다
> 나무는 나무로
> 꽃은 꽃으로
> (… …)
> 죽은 것과 산 것이 서로 돌아서서
> 그 근원에서 상견례를 이룬다.
> (… …)
>
> ― 「봄」 부분(『겨울날』)

　얼음을 등에 지고 가는 겨울은 혹독한 고통이다. 그러나 "모든 거리가 풀리면서/ 멀리 간 것이 다 돌아온다"고 볼 때 고통은 더 이상 고통이 아니다. 서운하게 갈라진 것까지도 돌아오는 그것은 기쁨이며, 다름 아닌 자신의 삶이 새로운 창조를 요구하며, 새로운 창조에 의해 다시 삶의 고양이 가능하기 때문이다. 모든 처음이 그 근원에서 돌아온다는 것은 생존의 고통에 대한 인정이자 긍정이다. 이것은 곧 니체가 말한 자신의 제약 없는 힘과 삶에의 의지에 대한 인정이자 긍정이다.[20]

다시 태어난 김광섭에게 있어 거리란 없다. "나무는 나무로/ 꽃은 꽃으로/(중략)/ 죽은 것과 산 것이 서로 돌아서서/그 근원에서 상견례를 이룬다." 여기서 상견례란 혼인을 약속한 사람이 양가 어른을 모시고 처음으로 인사하는 것을 뜻한다. 죽음을 딛고 일어난 김광섭에게 있어 존재하는 모든 것은 새롭다. 너와 내가 처음 인사를 나누듯 설렘으로 상견례를 한다. 죽은 것과 산 것이 각자의 자리에서 처음 인사를 나누게 한다. 거리가 무너진 거리에서 바라보는 죽음은 두려움보다는 우리 곁에 있는 버들강아지, 개나리처럼 친근하고 밝은 이미지로 다가온다. 인식의 변화는 죽음도 친근한 이웃과 같으며 서운하게 갈라진 것도, 멀리 간 것도 다시 돌아오게 한다. 이러한 모든 거리를 풀리게 하는 근원적인 힘은 사랑이다. 죽은 것도 다시 새로운 존재로 되살아나게 한다.

구름은 봉우리에 둥둥 떠서
나무와 새와 벌레와 짐승들에게
비바람을 일러주고는
딴 봉우리에 갔다가도 다시 온다.

샘은 돌 밑에서 솟아서
돌을 씻으며
졸졸 흐르다가도
돌 밑으로 도로 들어갔다가
다시 솟아서 졸졸 흐른다.
이 이상의 말이 없고
이 이상의 사이도 없다

---

20) 백승영, 앞의 책, 674쪽.

만물은 모두 이런 정에서 산다.
　　　　　　　　　　— 「우정」 전문(『이산 김광섭 시 전집』)

　우정은 인간에게 가장 소중한 것이지만 그런 정이 인간에게만 있는가라는 질문을 내포하고 있다. 깨지기 쉬운 인간의 우정보다 더 오래 가는 정이 만물 사이에 있음을 진술하고 있다. 시인은 "이 이상의 말이 없고/이 이상의 사이도 없다"고 우정의 소중함을 강조한다. "말이 없는 산, 구름과 돌, 샘에서 나는 그런 정의 영속성을 느꼈으며 우정이란 정이 무엇과 무엇 사이의 관계에서 이루어진다"[21]고 그의 시작 노트에서 밝히고 있다. 김광섭은 우정에 대한 편견을 일깨운다. 사람과 사람 사이의 관계가 치밀하고 돈독할수록 우정이 깊다고 생각한다. 이러한 깊은 우정이 평생을 가고 목숨까지 내어주는 경우도 있지만, 쉽게 깨지는 경우도 많음을 그는 말하고 있다. 그러면서 인간의 우정보다 오래 지속할 수 있는 정을 말이 없는 산과 구름, 돌과 샘에서 그런 영속성을 느꼈다고 고백한다. 구름이 딴 봉우리에 갔다가도 다시 오고, 샘은 돌 밑으로 들어갔다가 다시 솟아서 졸졸 흐르는 자연을 통해서 화자는 영혼이 깃든 우정을 바라고 꿈꾸고 있다. 딴 데로 갔다가 다시 돌아오는 구름과 샘처럼, 우정에 대한 변치 않는 믿음이 확고하다. 진실은 많은 말이 필요 없으며 "봄 바람에 나뭇잎이 율동하듯 밖에서 들어가는 영감에 의해서 영혼은 율동한다"[22]고 밝힌다. "만물은 모두 이런 점에서 산다"고 강조한다.

　김광섭은 무엇과 무엇과의 사이 즉, 관계에 대해서 깊이 천착하고 있다. 너와 나의 거리, 너와 나의 사이에 얼음 고개가 생겼어도 봄이면 흔적도 없이 녹아버리는 '거리'에 대한 인식이다. 구름이 딴 봉우리에 갔다가도 다시 오는 거리, 돌 밑에서 솟아난 샘이 돌 밑으로 도로 들어갔다가 다

---

21) 김광섭, 앞의 책, 264쪽.
22) 위의 책, 263쪽.

시 솟아서 졸졸 흐르는 거리는 너와 내가 하나 되는 무아의 거리이며 진정한 우정이 생성되는 인식의 變化를 가져오는 거리이다. 김광섭은 『반응』의 序에서 "모든 시는 상황에서 태어난다"고 괴테의 말을 빌려 강조한다. 그의 특징은 '너와 나'라는 인식의 거리를 운명론적이나 감성적으로 드러내는 것이 아니라 현실과의 접촉을 통해 리얼리티를 살려낸다.

어둠이 온다
밝음에 앞서 어둠이 온다
별이 기다려 같이 온다
잠도 기다려 온다
새벽이 온다 밝음에 앞서
어둠이 간다
잠도 간다

─「우주의 질서」전문(『반응』)

어둠이 오면 낮 동안 기다렸던 별이 돋아나고 잠도 온다. 새벽이 오면 어둠이 가고 잠도 간다는 아주 단순하게 표현한 짧은 시다. 우주의 질서는 복잡한 것 같지만 새벽이 오고 밤이 가고, 낮이 가고 밤이 오는 이치이다. 이러한 질서를 짧고 단순하게 진술하고 있는 화자의 정서는 행과 행 사이의 여백에 잠재되어 있다. 어둠과 밝음의 사이, 새벽과 어둠의 사이에 기다림과 그리움이 내재되어 있다. 밤과 낮이 오고 가는 삼라만상의 극명한 이치 안에서 마치 먼 곳에서 빛나는 별처럼, 그 별을 보고 스르르 눈이 감기는 잠처럼 기다림은 가만히 오고 그리움은 잠 속으로 스며든다. 먼저 간 아내를 끝없이 기다리며 그리워하는 정서가 여백 가득 침묵으로 차 있다. 매일 만나고 싶은 그리운 사람을 자유롭게 만날 수 있는 공간은 별이 돋아나는 어둠 속에서 잠드는 시간이므로 어둠을 기다린다. 또한 깊은 병마를 경험한 화자는 생명성에 대해서도 우주의 질서임을 깊이 천착하고 있다. 삶과 죽음이 밤과 낮처럼 오고 가고, 생명은 죽음을, 죽음은 생명을 기다리는 이치가 우주의 질서임을 보여주고 있다. 어둠이 가고 새벽이 오는 거리, 다시 밝음이 지나가고 어둠이 오는 거리는 인생의 긴 여정의 거리임을 내포하고 있으면서 그리운 사람을 그리워하는 거리이기도 하다. 이러한 거리는 일상의 지루하고 권태스러운 시간일 것 같지만 자연의 순리가 자연스럽게 돌아가듯 자연스런 시간을 담고 있는 거리이다. 우주의 질서처럼 밝음과 어둠이 공존하듯 삶과 죽음이 공존하며 그 안에서 기다림과 그리움이 거리에 가득 공존하고 있다.

다시 태어난 김광섭에게 있어 거리란 없다. 얼음고개든, 죽음으로 인한 닿을 수 없는 먼 거리이든 간에 모든 거리를 풀리게 하는 근원적인 힘은 사랑임을 나타내고 있다. '거리'에 내재된 본질적인 태도는 생명성을 잃어버린 것들도 새로운 존재로 되살아나게 한다. 김광섭은 생명성이 있고 없고를 떠나서 관계의 중요성을 강조한다. 그의 특징은 인식의 거리를 운명론적이나 감성적으로 드러내는 것이 아니라 실증적인 직관과 실재를 통해 접근하는 데 있다. 이러한 면은 그의 후기시에서 특히 잘 나타난다. 그의 언어는 관념보다는 구체어로서 현실을 확보하고 있다.

4. 문명의 발달로 파괴된 생명

문명이 발달할수록 생명성은 파괴되어 간다. 현대는 자연생태계의 훼손과 각종 공해로 인한 환경 파괴뿐만 아니라 생명 경시 풍조가 만연하다. 김광섭은 이러한 생명성 파괴를 날카롭게 직시하고 구체적인 일상어로 제시한다. 그의 후기시들은 생명성 근원에 대한 사유를 바탕으로 우리에게 필요한 가치가 무엇인지 아울러 다양한 생명체의 공존을 지향하는 것을 주제로 담고 있다. 김광섭 시세계는 자신의 내면세계에서 출발하여 격동의 역사와 현실에 대응하고 후기시에서는 공동체적 삶의 인식과 영원회귀의 경지에 도달하는 놀라운 시적 변모와 그 성취를 보여주고 있다.23) 죽음에서 다시 회생하는 생명성, 산업사회의 발달로 잃어가는 생명성을 밀도 있게 포착한 그의 시들은 시간이 흘러도 여전히 생생한 생명성을 발휘하고 있다. 또한 그의 내면에서 강한 에너지로 움직이는 것은 죽음도 밀어내는 생명성이라고 규정할 수 있다. 김광섭 개인적인 어둠을 물리치는 차원에서 훨씬 더 나아가 벼랑 위에서 긴박하게 느끼던 생명성의 차원으로 더 나아가 있다.24) 니체는 생명이 가득한 자연을 기계적인 죽어 있는 대상 세계로 다루는 오류의 자연 인식사가 바로 서양 합리주의의 근대과학적 세계관이다고 말했다.25) 이러한 과정에서 인간은 인간의 눈으로 자연을 인간화했고, 결국 인간도 자연으로부터 소외되는 결과를 가져와야 했던 것이다.

> 여명(黎明)의 종이 울린다.
> 새벽 별이 반짝이고 사람들이 같이 산다.
> 닭이 운다. 개가 짖는다.
> (… …)
> 아픔에 하늘이 무너졌다
> 깨진 하늘이 아물 때에도
> 가슴에 뼈가 서지 못해서
> 푸른 빛은 장마에
> 넘쳐 흐르는 흐린 강물 위에 떠서 황야에 갔다.
>
> 나는 무너지는 둑에 혼자 섰다.
> 기슭에는 채송화가 무데기로 피어서

---

23) 손종호, 앞의 책, 309쪽.
24) 정효구, 앞의 책, 188쪽.
25) 김정현, 우리사상연구소 편, 「니체의 생명사상」, 『생명과 더불어 철학하기』, 철학과현실사, 2000, 55쪽.

생(生)의 감각(感覺)을 흔들어주었다.

            ― 「생(生)의 감각(感覺)」 부분(『성북동 티둘기』, 1994)

    새벽을 가장 먼저 알리는 동물은 닭이다. 새벽별이 반짝이는 어두운 하늘을 보고 닭이 운다. 오고 가는 발자국 소리를 듣고 개가 짖는다. 사람이 살아가는 생은 사람들만 살아가는 것이 아니라 개도 닭도 새벽별도 새벽을 알리는 종소리도 포함해서 함께 살아간다. 시의 화자는 이러한 공동체적 삶 안에서 하늘이 무너지는 큰 아픔을 겪었기에 가슴에 뼈가 서지 못하고 황야에 갔다고 말한다. 황야는 지상이 아닌 곳, 이승이 아닌 곳일 것이다. 이렇듯 김광섭은 무너지는 둑에 홀로 섰다고 진술한다. 이는 장마로 인해 둑이 무너지는 현실적인 측면도 포함되어 있지만, 육제와 정신이 무너진 그가 병마에서 홀로 일어나야 하는 고통의 시간이 함축되어 있다. 기슴의 채송화가 무더기로 피어서 생의 감각을 흔들어준다는 것은 채송화를 통해서도 강인한 생명력을 느낀다는 뜻이다. 채송화는 아주 작은 꽃이다. 작은 꽃이지만 아무데서나 잘 자라고 번식욕이 뛰어나다. 이 작은 꽃이 그의 감각을 흔들어주었다고 하듯이 생의 감각에는 모든 존재가 연결되어 있다. 모든 존재는 그 자체로서 내재적인 가치를 지니고 있으며, 그 생명의 가치는 평등하다. 자연을 비롯한 모든 존재는 부분과 전체, 전체와 부분으로 맺어져 있다. 어느 한 균형이 파괴되면 연쇄적으로 다른 균형도 깨지기 마련이다. 산업사회의 발달로 자연과 더불어 살아가는 인간의 지혜는 사라졌다. 인간 중심의 세계관으로 말미암아 우리와 공생해야 할 자연을 파괴하는 산업사회를 김광섭은 날카롭게 직시하고 있다.

     성북동 산에 번지가 새로 생기면
     본래 살던 성북동 비둘기만이 번지가 없어졌다
     새벽부터 돌 깨는 산울림에 떨다가
     가슴에 금이 갔다

그래도 성북동 비둘기는
하느님의 광장 같은 새파란 아침 하늘에
성북동 주민에게 축복의 메시지나 전하듯
성북동 하늘을 한 바퀴 휘 돈다

성북동 메마른 골짜기에는
조용히 앉아 콩알 하나 찍어먹을
널찍한 마당은커녕 가는 데마다
채석장 포성이 메아리쳐서
(… …)
사랑과 평화의 새 비둘기는
이제 산도 잃고 사람도 잃고
사랑과 평화의 사상까지
낳지 못하는 쫓기는 새가 되었다
　　　　　－「성북동 비둘기」부분(『성북동 비둘기』, 1994)

　　환경 파괴로 인해 지구에는 유해한 에너지가 늘어난다. 인류에 필요한 생명체는 사라지고 유해한 에너지가 많아질수록 인류는 멸종 위기에 처하게 된다고 제레미 리프킨은 일찍이 말했다. 근대 과학의 발달로 사용가능한 에너지가 줄어들기만 하는 이 지구상에서 인간이 만물의 영장으로서 생명성을 어떻게 다루고 어떻게 인식해야 하는가를 시사하고 있다는 점에서[26] 엔트로피 개념과 「성북동 비둘기」는 무관하지 않다. 지구 생태계는 부분과 전체, 개체와 환경이 서로 깊이 연결되어 있는 유기적 통일체이다.[27] 이와 같은 인식을 형상화한 「성북동 비둘기」는 산업사회로 접어 든 한국의 현실 속으로 한 걸음 더 나아간 작품이다.
　　사경을 헤맨 후 절망에 차 있던 시인은 채석장에서 들리는 돌 깨는 소리에 놀라서 날아가는 비둘기 떼를 발견한다. 평화의 상징인 비둘기가 우

---

26) 제레미 리프킨, 앞의 책, 73쪽.
27) 신덕룡, 앞의 책, 81쪽.

리에게 그런 메시지를 전해줄 수 있을까 라는 문제의식으로 발전시킨다. 김광섭은 자신이 처해 있던 환경과 상황에서 시적 모티브를 찾았고 자신의 이념을 시 안에서 표출했다.[28]

비둘기는 하나의 개체이면서 인류의 평화를 상징하는 의미를 지닌다. 가는 곳마다 채석장 포성으로 콩알 하나 찍어 먹을 곳이 사라지고 파괴됨에 따라 생명의 위협을 느끼는 비둘기는 산도 사람도 잃고 사랑과 평화도 잃어가는 모습이다. 제1연의 4행 "가슴에 금이 갔다"는 「성북동 비둘기」의 주제문이다. 여기에서 '가슴'은 "산, 사람, 비둘기, 광장, 성북동, 하늘" 등을 포괄하는 개념이다. 가슴에 금이 가는 것은 큰 상처이다. 팔, 다리, 손가락, 발가락 등 신체에서 중요하지 않은 부분은 없다. 그러나 몸의 심장인 '가슴'에 금이 가고 파괴되면 회복 불가능이다. 따라서 신체의 각 부분도 치유 불가의 상태에 이르게 된다. 이처럼 모든 존재는 그 자체로서 가치를 지니지만 다른 생명체와의 유기적 평등성을 지닌다. 오늘날에 이르러 이러한 평등성 속에서의 인간의 역할이 갈수록 강조되고 있다. 그 역할이란 정신을 지닌 존재로서 생명공동체에 대한 윤리의식이다.[29] 산업사회의 발달은 물질적 생산성을 높이면서 유기적 공동체의 근원을 잃어버리게 함은 물론 우주와 인간, 인간과 인간 사이의 공동체적 삶의 관계를 더 이상 유지할 수 없게 만들었다. 그 결과 인간의 삶은 인간과 자연으로부터 소외되고 황폐해지고 무력하게 되었는데, 김광섭은 훼손되어가는 자연과 물질을 통해서 현대인의 상실감을 심도 있게 담아냈다고 생각된다. 모든 죽어가는 것들을 사랑으로 되살리려는 간절한 염원이 짙게 서려 있다. 자본으로 경직화되고 물화된 도시와 인간은 「서울 크리스마스」에서 잘 나타나 있다.

---

28) 김광섭·이건청 대담, 「소재·주제·모티브」, 『심상』, 1974.8, 14~15쪽.
29) 위의 책, 80쪽.

무엇인가 다가오고 있다
(… …)
서울길
人波에 밀려
예수는 전신주 꼭대기에 섰고
성탄의 환락에 취한 무리들
(… …)
모든 나무들은 벌거벗었는데
성탄수만은 솜으로
눈오는 밤을 가장했다
(… …)
서울은
테두리만 퍼져나가는
속이 텅 빈 종소리였다

산등성이에서 빈대처럼 기는
오막살이 지붕들만이 모여서
이마를 맞대고 예배를 올렸다
　　　　　　－「서울 크리스마스」부분(『겨울날』)

　　여기에서 예수는 구원의 근원적인 존재이다. 그러나 번화한 서울에서
는 예수의 역할이 무기력해진다. 인파 속으로 들어가지 못하고 전신주 꼭
대기에 서 있다. 거리의 나무들은 벌거벗었는데 교회 앞 성탄 나무만은
눈이 오는 것처럼 솜으로 치장되어 있다. 이 시는 이중의 알레고리를 지
니고 있다. 예수는 군중의 환호를 받는 것이 아니라 군중 속에서 발등을
밟히고, 성탄 나무는 크리스마스 분위기를 내기 위해 솜으로 포장되어 있
는 모습이다. '서울'이라는 거대 도시 앞에서 '예수'는 사람들과 전혀 어울
리지 못하고 사람들이 없는 전신주 꼭대기에 서 있거나 밀려난다. 구원의
예수는 이제 설 자리를 잃어버렸다. 예수의 십자가상은 언제나 교회 제단

의 한가운데 모셔져 교인들의 추앙을 받는다. 그런데, 그러한 예수가 거리로 내몰린 모습은 구원의 빛과 생명을 잃어버린 우리의 모습을 반추하게 한다.

근대화의 특징은 속도이다. 기초공사를 튼튼히 하지 않은 채 속도에만 편승하는 근대화의 특징 중 하나인 부실공사, 그 파국적인 결말이 「와우아파트」에 잘 나타나 있다.

> 와우아파트 한 채가
> 무너지자
> 다른 아파트가
> 나두 나두 하면서
> 부들부들 떠는 바람에
> 시민들이 놀라서
> 삽시간에 서울이 없어졌다
>
> 슬프다 슬프다
> 시민 아파트에 깔려
> 먼저 죽은 원혼들이여
> 서울에 길이 살라 명복을 빌면서
> 시장님은
> 부인 동반
> 눈물의 데이트를 떠나셨다
>
> 하느님이 보우하사
> 하느님 주신 나라대로 더 큰 상처 없이
> 통일되게 하소서
>
> ─ 「와우아파트」 전문(『반응』)

와우아파트[30] 붕괴는 근대화의 개발과 파괴를 동시에 보여주는 에이다. 이를 강하게 비판하거나 개탄하기보다는 "하느님이 보우하사/ 하느님 주신 나라대로 더 큰 상처 없이/ 통일되게 하소서"라고 갑자기 하느님과 통일을 부르짖음으로써 시의 화자는 아파트 붕괴의 참극 앞에 말문이 막힌 듯하다. 김광섭은 불행한 사건을 은폐시키려는 것이 아니라 통일문제를 거론함으로써 한강 철교가 끊어진 것처럼 분리되고 무너진 이 나라의 '상처'를 환기시키고, 나아가 남북이 갈라져 있는 우리의 현실을 온전한 생명이라고 말할 수 없음을 내비치고 있다. 두꺼운 장벽이 무너지고 이념적 상처와 단절이 소통의 길을 틔울 때를 염원하고 있다.

특별시가 되면서
서울은 미국병에 걸려
시민들의 어릴 적 로맨스를 묻으면서
지금 퍼지며 치솟으며
한 나라의 소음과 속도의 집중 속에서
그 크기와 많기를 자랑한다
(… …)
큰 물체만이 모인 나라
큰 것은 쉬이 낡고
물체는 결국 없어지는 것
자갈과 시멘트와 벽돌만이 남을
그때 필 꽃씨는 심는가
유(有)가 무(無)에 승리하는
신화의 꽃씨

서울은 사람과 물체가 우굴거리는데
있는 것은 아니다
- 「대(大)서울」 부분(『반응』)

30) 1970년 4월 8일 마포구 창전동 와우아파트가 붕괴되었다. 30명이 사망하고 현장에서 40명이 다쳤다. 모래성처럼 폭삭 주저앉은 처참한 광경이었다. -「조선일보」, 1970.4.8.

뉴요커나 서울 사람의 걸음걸이가 비슷하다고 한다. 이 시에서는 빠른 걸음걸이뿐 아니라 속도에 몰입된 현대인을 다루고 있다. 서울의 건물은 높고 크다. 우리나라에서 인기 있는 차는 소형차보다는 대형차이다. 좁은 땅에서 대형차를 소유하는 것은 부를 상징한다. 이 시의 제목은 '대(大)서울'이다. 소음과 매연 속에서 속도 경쟁을 벌이는 서울은 "큰 것은 쉬이 낡고/ 물체는 결국 없어지는 것"을 아직 모르고 있다. 그렇다고 "자갈과 시멘트와 벽돌만이 남을/ 그때 필 꽃씨"를 심지도 않는다. 서울은 오직 "퍼지며 치솟으며" "소음과 속도"와 "크기와 많기"의 늪에 빠져 있다. 이에 따라 사라지는 생명성들은 "사람과 물체가 우글거려"지만 그것은 '있는' 존재가 '아니'라는 절망의 목소리로 들려온다. 김광섭은 이처럼 한국의 시인 중 그 누구보다도 앞서서 생명성의 파괴를 직시 했고 생명성을 잃어가는 산업사회를 한국 시단에 정면으로 부각시켰으며 자연과 인간, 인간과 세계의 공동체 회복을 염원하였다. 이러한 그의 세계관은 그가 병마에 시달릴 때, 수없이 닥쳐오는 죽음 앞에서도 모든 존재들이 무한한 연속적 유대관계 속에서 함께 살아가야 함을 인식한 데서 시작되었다고 볼 수 있다.

5. 능동적 세계관으로의 이행

김광섭에 있어서 생명성은 아주 작은 티끌에서부터 삼라만상에 이르기까지 경이롭지 않은 것이 없다. 빗방울이든 하루살이든, 굴러가는 말똥구리라도 지구상에서 생명으로 존재하는 것은 모두 소중한 가치를 지닌 것들이라고 말한다. 그의 강인한 생명성은 생과 사를 경험하고서 얻어진 것이다. 어떤 식으로든 생명이 중심이 된 사랑은 인간을 비롯한 모든 생명체와, 생명을 지니지 않는 무생물에 이르기까지 하나의 전체로 아우르

는 새로운 인식의 전환을 가져왔던 것이다.[31]

> 생신 케이크 같은 집들이 들어서서
> 내가 살 집은 자꾸 작아진다
> (… …)
> 그래도 황금의 서울땅 37평 내 집이니
> 엉덩이만은 편한데
> 쌀 배달 연탄 배달이
> 이 줄에서 제일 작은이란다
> (… …)
> 뒤에 남은 공터에 몇 간 부칠까 하니
> 건축 자재값이 미친놈처럼 뛴다
>
> 드나들 때마다 이 빈터가
> 내 정신의 공간이다
> 외출은 이 공지에서
> 오줌 누는 자유로 시작된다
>
> 달이 이 공지에 먼저 와서
> 돌아오기를 기다리면
> 나는 무의 존재를 느끼며
> 대문을 두드린다
>
> — 「제일 작은 집」 부분(『시문학』, 1973.12)

　화자가 사는 집 앞으로 큰 집들이 자꾸 들어선다. 37평인 화자의 집도 작은 집은 아니지만 그들의 집에 비하면 제일 작은 집이다. 그래서 집 뒤의 공터 부지를 사려고 하나 땅과 건축자재비가 미친 듯이 폭등하여 엄두를 못 낸다. 그러나 화자는 한탄하기보다는 빈 터를 "내 정신의 공간이다"

---

31) 신덕룡, 앞의 책, 79쪽.

라고 진술한다. 외출하고 돌아와 공터를 배회하며 혼자서 느끼는 자유를 만끽하고 있다. 비좁은 도시 공간 안에서 공터는 우주와 일치감을 느끼게 해주는 무한한 공간이다. 또한 생리적인 것을 해소하는 자유와 빈 터가 주는 자유가 화자의 내부에서 일치하고 있다. 아무도 없는 공터에서 달을 기다리는 설렘은 다닥다닥 붙어 있는 생일 케이크 같은 집들과 상관없이 우주 속에서 무화된 순간을 만난다. "제일 작은 집"인 '즌재의 문'을 두드리게 한다. 우주 안에서, 도심 속에서 '나'라는 존재는 지일 작은 집일 것이다. '나'라는 존재와 세상과의 거리, 즉 도시 공간에서의 나는 점점 왜소해지지만 빈 공터에서 나의 존재를 만나고 발견하는 것이다. '나'에 대한 이러한 발견은 차츰 주위의 자연 풍경으로 확대된다.

장미가 피었다
누가 비는지
피었다가
다시 피는
영혼의 미소
구름이 흔들리며

나비가 날고
속에서
꿀벌이 나온다

—「사랑」전문(『반응』)

김광섭의 「사랑」의 기본은 능동태이다. 피고 지는 장미에서 누군가의 소망을 느끼는 화자는 작은 나비에서 꿀벌로 이어지는 개체들 사이에 우주의 삼라만상이 깃들어 있다고 보고 있다. 자아와 세계와의 등일화를 더듬어가는 시인은 자연 사이의 내밀한 교감 나아가 사물과의 일치를 꿈꾸기도 한다.[32]

결론적으로 볼 때, 「성북동 비둘기」, 「변두리」, 「대(大)서울」, 「와우아파트」 등은 물질이 풍요로워질수록 삶의 터전을 잃어버리며, 따라서 정신적 터전을 잃어가는 산업사회의 모습이라 할 수 있다. 반면 「봄」, 「거리」, 「새벽」, 「아기」, 「새얼굴」, 「풀잎에 앉아」, 「希望」 등은 사라지는 것에서 되살아나는 생명성을 노래하고 있으며 어둠 속에서 새롭게 태어나는 생명성에 대한 경이로운 예찬이다. 이런 시들은 내재적인 생명성이 영원회귀에 닿아 있음을 보여주고 있다. 사실 깊은 병마를 딛고 일어난 그의 생명성은 김광섭 개인의 시적 성취뿐 아니라 자연과 인간, 나아가 인류의 공동체적 삶의 중요함을 각성시키는 한국의 현대시의 뛰어난 성취다. 또한 세계를 절대적으로 긍정하는 한 비극적 존재 양식은 얼마든지 실현 가능한 긍정의 체험을 가져다주기도 한다는 것이다.[33]

김광섭의 시세계는 크게 '너'와 '나'의 '존재'에 대한 각성과 인간과 자연, 인간과 세계의 존재 양식에 대한 탐구로 크게 나누어볼 수 있다. 그의 후기시에서는 사회 전반의 구조적 모순을 비판하는 사회 비판 의식이 표출되지만, 통일문제를 거론한 시들에 이르러서는 다소 감상적인 부분도 보인다. 그렇지만 「성북동 비둘기」, 「산」, 「거리」와 같은 작품들이 병마 속에서 사회비판 의식을 깨우치고 자연과 인간의 공동체적 삶의 가치 구현을 노래하고 있음은 분명한 사실이다. 그의 시의 생명성은 이런 차원과 긴밀히 이어지며 중요한 가치를 얻고 있다.

---

32) 위의 책, 84쪽.
33) 리 스핑크스, 윤동구 역, 『가치의 입법자 프리드리히 니체』, 앨피, 2009, 280쪽.

Ⅲ. 물질과 비물질에 깃든 생명

1. 세계에 대한 응시와 물질의 생명

성찬경은 어려서부터 세잔·피카소·달리·추사 김정희 등 여러 분야의 예술가들을 탐구한다. 추사·세잔·무어·키이셀바기·스피노자 등을 노래한 「60대의 잠언」, 존 키이츠를 기리는 시 「잠에게 바치는 노래」, 그리고 「괴테 단상」, 「엘비스 프레슬리」 등을 썼고, 특히 클래식에 심취한 그는 슈베르트에 관한 시를 여러 편 썼다. 자신이 좋아하는 예술가들을 위해서 몇 편의 시를 썼다고 해서 이들이 성찬경의 시에 영향을 줬다고 단언하기는 어렵다. 그러나 그가 다양한 분야의 예술가들을 오랜 시간 탐구했다는 것만큼은 분명하다. 이러한 그의 탐구 정신은 작품 안에서 독특한 예술적인 감각으로 남다르게 표현되었고, 예술에 대한 탐미적인 몰입은 또한 그의 생명성에 많은 영향을 끼쳤다고 짐작할 수 있다.

성찬경 시의 특징 중 하나는 물질과 비물질에 깃든 생명성이다. 녹슨 쇳조각에 생명성을 부여하고, 하루하루 살아가는 우리의 일상적 삶인 비물질에도 생명성을 부여한다. 그리고는 이러한 물질과 비물질을 결합시킨다. 무겁고 큰 주제인 '우주'를 장난감처럼 가지고 노는 '놀이성'도 어린 시절부터 광물질에 탐미적으로 빠져들었던 행위와 음악에 대한 그의 높은 관심에서 비롯되었다고 해도 과언이 아닐 것이다.

새로움을 찾기 위한 그의 '시적' 실험은 우주율이나 밀핵시, 일자시 등에서 끊임없이 지속되고 있는데, 우주율이나 밀핵시 등은 그간 여러 평자들에 의해서 논의되었으므로 본고에서는 그가 오랫동안 써오던 밀핵시의 완결판이라고 할 수 있는 일자시와 성찬경의 시적 특징이라고 할 수 있는 물질과 비물질에 깃든 생명성을 논의하며, 놀이 안에서의 생명성과 물질의 권리에 대한 인식을 나름대로 밝히고자 한다. 새로움을 찾기 위한 그의 독창적인 실험은 나이와 상관없이 끊임없이 새로운 영토로 뻗어나가는데, 성찬경은 과감히 실험의 장을 열고 뛰어드는 피카소와 흡사하다.

> 낮은 남성적인 경기장이다. 거루고 싸우고 죽이고, 살리고 화해
> 하고 갈고 수확하고, 모험하고 방랑한다. 식을 올리고 판을 벌인다.
> 다 드러난다. 낮은 연극이다. 낮은 낮이다.
>
> — 「낮」 전문(『해』)

> 1 2 3 one two three. 3위1체. 천지인 3재. 하나 하늘 ('ㅎ'이 공통), 둘
> 땅('ㄷ'이 공통) 셋 사람 ('ㅅ'이 공통). 우연이 아닐 것이다. 우주를
> 관통하는 이치에서 온 것이다.
>
> — 「셋」 전문(『해』)

> 10. 1에 0이 하나. 0이 둘이면 백. 셋이면 1000. 알 수 없는 것이 0
> 의 본질이다. 0의 무(無)인가 무궁무진인가? ten.
>
> — 「열」 전문(『해』)

성찬경의 아홉 번째 시집 『해』[1]는 시인이 50여 년에 걸쳐 추구해온 밀핵시론의 마무리라고 「후기」에서 밝혔듯이 그의 실험 정신은 하루아침에 이루진 것이 아님을 알 수 있다. 일자시를 발표한지 18년이 되는 시점이다. 일생을 걸고 매진하는 그의 실험 정신은 세잔이 평생 동안 '사물의 깊이'를 찾으려 했던 것과 동일하지 않을까라는 생각을 하게 한다. 로베르 들로네는 "깊이는 새로운 영감"이라고 말했다. 그에 따르면, 르네상스의 '해답들'이 나오고 4세기가 흘렀고, 데카르트 이후 3세기가 흘렀지만 깊이는 언제나 새롭다. 깊이는 평생 동안 찾으라고 했듯이[2] 성찬경 또한 평생, 전통적이며 토속적인 우리말에 내재하는 힘과 남성성을 부각시키려 했는데, 이 점은 우리 시가 여성성에 너무 치우치려는 데 대한 반성이라고 화자 스스로 밝히고 있다. 화자의 이러한 의식은 낮에 활발하게 움직이고 밤에 쉬는 일상적인 리듬과, 낮은 양이며 밤은 음이라는 자연의 이치를 통합적으로 드러내는 데서 알 수 있다. 또한 그것들을 싸움과 화해, 시작과 완성, 모험과 방황, 이러한 것들을 한판 벌이며 드러내는 얼굴 '낮'이고 연극이라고 진술한다. 결국 모든 언어는 간접적이고 암시적인,

---

1) 성찬경 시인이 아홉 번째로 펴내는 시집(시선집 제외)의 제목은 '해'이지만 시집의 제목 밑에 적혀 있는 타이틀을 그 무엇보다 먼저 주목하지 않을 수 없다. '성찬경 일자시집'이 그것이다.
　"일자시에서 첨단적인 시적 실험과 순 우리말의 음미를 접목시키게 된 것을 나는 기쁘게 생각한다. 나는 특히 전통적 토속적 우리말에 내재하는 힘과 남성성을 부각시키려 했으며, 이 점도 우리 시가 너무 여성성에 치우치려는데 대한 반성이기도 하다. 절대시 오른 편에는 산문시 풍의 풀이가 붙어 있는데, 이렇게 한 것은 독자 여러분의 시 감상에 다소나마 도움이 될까 해서다. 이 풀이를 시의 일부로 보는가, 아니면 보충적 설명에 더무는 것으로 생각하는가 하는 문제는 독자 여러분의 판단에 맡기고자 한다." - 성찬경, 「후기」, 앞의 책, 236쪽.
　"최초의 일자일행시 『해』의 발표를 시작 시점으로 잡더라도 장장 18년이다. 그저 신기한 것을 노려서 한 것이라면, 세간의 이목을 끌려고 한 것이라면 별다른 반응이 없던 지난 세월의 어느 지점에서 일자일행시 쓰기는 중단되었을 것이다. 하지만 시인은 징과 끌만으로 바위산을 뚫어 굴을 만드는 석공의 자세로 일자일행시 쓰기 작업에 몰두해왔다. 참으로 외롭고 괴로운 작업이었으리라." - 이승하, 성찬경, 「밀핵시의 정절을 향한 기나긴 여정」, 앞의 책, 227~228쪽.
2) 모리스 메를로 퐁티, 김정아 역, 『눈과 마음』, 마음 산책, 2008, 105쪽.

소위 침묵이라는 사실과 언어는 차례로 사물을 의미로 바꾼 후, 그 안에 사물이 머물 수 있도록 하나의 우주처럼 변화해간다는[3] 그의 의식은 새롭게 보고 새롭게 표현하려는 탐구 정신으로 가득 차 있음을 알 수 있다.

작품 「셋」에서 삼, 삼위일체 등 3은 우주적인 숫자이다. 시의 각주에서 화자도 셋을 "우주를 관통하는 이치에서 온 것이"라고 밝혔듯이 예사롭지 않은 숫자이다. 삼위일체는 종교적이며 우주적인 의미가 깊다. 가톨릭에서 성부(아버지)와 성자(아들)와 성령(마음)이 하나를 이루는 의미이다. 동일한 본질을 공유하고 유일한 실체로서 존재한다는 의미이다. 아버지와 아들은 각자 다른 개체이면서 아울러 전체로서의 한 몸을 이루는 우주적인 면을 동시에 함축하고 있다. 지구·금성·태양 등이 각각 개체이면서 우주라는 전체 안에 포함되어 있듯이 거대한 뜻을 품고 있는 삼·셋·3이다. 셋이라는 흔한 숫자에서 시작해서 우주까지 압축되어 있는 밀핵의 숫자이며 거대한 숫자로의 변이인 것이다.

「열」은 1+0=10, 0이 둘이면 100, 0이 셋이면 1,000이듯 계속해서 불어나는 숫자지만 언젠가 다시 0으로 돌아간다. 0은 無에서 시작하여 우주를 채워가는 상승의 숫자이다. 이렇듯 0의 의미는 다양하다. 아무것도 없는 텅 빔이며, 0은 통합하는 의미, 즉 완성으로 귀결하는 의미가 많다. 또한 태양을 포함한 천체의 모양인 둥근 원이기도 하다. 성찬경은 숫자 하나, 점 하나에서부터 점층적으로 상승하는 의미를 밝히면서, 의미의 확장을 무궁무진하게 이뤄간다. 이렇듯 잔고가 없는 통장 0의 숫자에서부터 우주의 태양까지 함축하고 있는 0은 밀핵시의 중심이라고 할 수 있다. 우주를 점 하나, 숫자 하나에 압축시키며, 그 의미는 독자가 풀어갈 수 있게 온전히 독자에게 맡긴다. 텅 빈 여백 안에서 독자들이 자유롭게 놀 수 있게 언어의 절약을 통해 우주의 핵이 무엇인지 그의 실험 정신의 완성도를 『해』에서 보여주고 있다.

---

3) 모리스 메를로 퐁티, 김화자 역, 『간접적인 언어와 침묵의 목소리』, 책 세상, 2005, 24쪽.

그의 밀핵시론을 형상화한 일자시를 모은 『해』는 알베르토 자코메티의 뼈만 남아 있는 조각상을 연상시킨다. 살이 삭제된 뼈만 남은 조각상은 표정과 이미지도 모두 지우고 뼈만 남기고 공간 전처를 여백으로 남기는 효과를 나타낸다. 성찬경의 일자시는 단어 하나만 남기고 모든 지면을 여백 처리한다. 시가 지니고 있는 사유 · 이미지 · 의미 · 기억 · 시간 · 배경 등을 단어 한 자에 응축시키고 전체를 지운 것이다. 이러한 면은 자코메티가 그의 작품을 몇 십 번이나 반복한 끝에 인물상이 너무 작아져서 한 번만 손질하면 부서져 먼지가 될 정도였다고 했던 것과 흡사하다. 자코메티의 1950년의 작품 「전차」도 바퀴의 뼈 위에 서있는 철사 같은 가느다란 여인상이다. 1949년 「도시 광장」, 「키가 큰 인물」도 뼈대만 있는 작품들이다. 그럼에도 그의 작은 조각상들은 인류학적인 것이 되었다.[4]

사실 자코메티의 조각은 생명력과 마술적인 감정을 담고 있는 불가사의한 힘을 지니고 있다. 그 힘은 관객의 영혼 속에서 시간이 지날수록 강해진다. 성찬경은 낱말이나 음절 하나를 시의 우주를 이루는 기본 인자로 보지 않고 그것 자체를 하나의 우주로 보고 있음을 알 수 있다. 원자핵, 그 작은 속에 굉장한 힘이 고여 있다는 것이 바로 그 이야기다.[5] 자코메티의

---

[4] 제임스 로드, 신길수 역, 『자코메티』, 을유문화사, 2006, 219~220쪽.
　자코메티는 처음과 같은 크기의 인물상을 다시 시작했다. 역시 작업을 하는 동안 크기가 줄어들었고, 저항했음에도 불구하고 점점 더 작아져서 마침내는 처음 작품만큼 작아져버렸다. 또 다시 시도했지만 결과는 역시 마찬가지였다. 그는 존재의 한계이자 비존재의 경계에서 작업하고 있었고, 실재에서 비실재로의 갑작스런 이동, 즉 그의 손에서 일어났지만 통제할 수 없는 전이에 직면했다. 20년간 그는 삶의 덧없음에 사로잡혀 있었는데, 이제 그것이 그의 작품을 통제했고 말 그대로 그의 작업이 되었다. "나는 늘 생명체의 허약함에 대한 막연한 생각이나 느낌을 가지고 있다. 마치 계속해서 서 있으려면 엄청난 에너지가 필요해서 언제라도 무너져 내릴 것처럼, 그리고 바로 그 허약함이 내 조각들과 유사하다"고 그는 말했다. 자코메티는 자신의 시각을 새롭게 하고 싶었고, 앞에 서 있는 것을 본래의 신선함을 가지고 보고 싶어 했다. 그는 자신의 시각을 구체화한 창작품이 재생의 상징물이 되리라고 예상치 못했다. 그 조각가의 문제는 이제 인류학적인 것이 되었다. 마치 미술이 없었던 것처럼 작업하려고 시도함으로써 미술을 새롭게 시작한 그는, 창조성의 기원, 즉 그것의 신비로움과 제의를 불러일으키는 작품을 만들어냈다.

조각 작품이 뼈대에서 생명력과 우주적인 아우라를 풍기듯, 성찬경의 일자시도 마이크로와 코스모스가 어울려 있는 세계라고 할 수 있다. 하지만 이러한 그의 실험 정신은 끝이 아니라 시작이며 도발이고 현재진행형이다.

> 끝이 보인다. 끝이 없다. 어느 쪽이 더 좋은 경우인지 몰라. 시작에 끝이 있고 끝에 시작이 있다. T.S. 엘리엇의 묘비명에 나오는 구절이다. 연속의 불연속. 불연속의 연속. 시작이 끝. 끝이 시작.
>
> ―「끝」 전문(『해』)

성찬경의 의식은 연속의 불연속, 불연속의 연속으로서 집요하게 자기지시, 스스로를 향한 방향 전환과 회귀 등을 통해 언어에 정신적인 힘을 불어넣어준다.[6] 끝은 시작이며 시작은 끝이라는 지점을 통해서 탄생과 죽음, 만남과 이별, 어둠과 빛, 절망과 희망, 밑바닥과 꼭짓점에 이른다. 이것은 비극이며 희극이다. 스스로 자신의 비밀들을 드러내며 가르쳐주는 완전한 드러냄이다. 그럼으로써 존재는 단어로 표현되는 것이 아니라 단어 사이의 공백을 통해서 언어 속에 녹아든다.[7] 성찬경의 일자시는 단어 하나에 내용과 의미를 압축하면서 여백으로서 수많은 이미지를 남긴다. 독자의 상상력을 무한히 펼치게 한다. 이렇듯 성찬경의 거침없는 도발정신은 오체투지의 몰입으로 자기 방식을 세운다고 볼 수 있다.

> "현실과 환상의 경계선
> 으뜸가는 매혹의 땅
> 그곳에 나는 가상의 예술관을 짓고

---

5) 이승하, 「일자시에서 우주시까지의 진폭」, 『한국 시문학의 빈터를 찾아서』, 푸른사상, 2006, 286쪽.
6) 모리스 메를로 퐁티, 앞의 책, 24쪽.
7) 위의 책, 24쪽.

그 안에서 작업한다
이때 피카소는 나의 코치 겸 조수다.
나는 지금까지 나의 재능을 잔가지밖엔 꽃피우지 못했다.
그 바람에 수명은 연장했지만
아아, 꿈에 그리는 오체투지의 몰입"
　—「이것이 내 식이다」부분(『거리가 우주를 장난감으로 만든다』)

　그 일자시에서 중요한 이미지는 나사다. 산업사회의 발달에 있어 나사
의 역할은 대단하다. 작은 부품에서부터 거대한 건물을 쌓는 일에까지 빼
놓을 수 없는 중요한 물질이다. 그러나 문명의 발달과 함께 버려지는 나
사는 부지기수다. 필요하면 쓰다가 버리는 문명의 필연성을 성찬경은 바
로 이 '나사'를 통해서 통렬히 비판한다. 그러나 단순히 군명 비판으로 끝
나는 것이 아니라 버려진 나사에서 새로운 생명성을 찾아낸다. 죽은 물체
를 재생시키며 무한한 생명성으로 환원시키는 것이다. 생을 마치는 지점
을 마지막으로 보지 않고 되살아나는 생명체로 봄으로써 성찬-경의 시세
계에서는 삶이 끝나는 종결 지점이 곧 출발 지점이 된다. 극과 극이 닿아
있다.
　이러한 성찬경 시가 지니고 있는 생명성은 엔트로피 개념과 반대인 抗
엔트로피라고 할 수 있다. 엔트로피 개념은 생명의 유한성을 일깨워준다.
인간의 무리한 개발로 인한 환경 파괴로 지구상의 수많은 생명체의 종이
멸종의 위기에 처해 있으며, 이는 생명과 인류의 미래를 위협하고 있다.
문명의 발달은 사용 가능한 에너지를 급속도로 줄여갈 뿐이며, 지구상에
생명의 가능성도 점점 줄어들고 있다.[8] 그러나 성찬경은 녹슨 폐품을 손
질하고 기름칠해서 거기에 생명성을 불어넣는다. 파편에서 생명을 발견
하고, 버려진 물질에서 생명을 창조하는 성찬경의 생명성은 죽음에서 환

---

8) 제레미 리프킨, 앞의 책, 76쪽.

원하는 생명성이다. 생명성의 유한함에서 무한함으로의 지속이라고 볼 수 있다.

2. 극과 극의 만남

쇠붙이는 현대 물질문명의 폭력성을 대변할 뿐만 아니라 인간의 자연 친화적인 정서와는 정반대의 지점에 서 있는 반인간적 이미지로 인식되고 있다.[9] 그러나 성찬경이 바라보는 쇠붙이는 그런 부정적인 면에 그치는 것이 아니라 '물권'[10]에 힘입어 새로운 시적 변모를 보여주고 있다. "시시각각 새로운 시간인 미래가 밀려옴으로써 우리 생존의 환경과 조건이 조금씩 바뀌고 있다"는 새 상황에 대응하는 '새 틀'이 필요하다며[11] 성찬경은 시를 쓸 때마다 늘 첨단의 시간을 살고 싶어 한다. 이러한 그의 시가 쇠붙이로 표상되는 근대의 본원적 세계를 탐구한다. 또한 이 본원적 세계가 훼손당하고 있는데 대한 강한 부정의 시적 실천을 하고 있다.[12] 비극의 근본은 긍정의 반대 개념인 투정과 비탄이 아니라, 숭엄한 카타르시스를 체험한 후에 체득한 세계이다. 생의 깊이로 내려갔을 때, 마지막으로 닿는 부분이다. 성찬경은 비극성 안에서 생명성을 창출한다. 지상에서 쓸모없는 것, 비극의 극점에서 생명의 환희를 찾아내며 생명성을 살려내는 것이다. 버려진 물질에서 발화하는 생명성은 긍정으로 향하는 측면이 강하다. 그의 시 안에서 발현하는 생명성은 물질과 무생물에서 출발하며,

---

9) 성찬경 · 고명철, 앞의 글, 48쪽.
10) 물권이란 소유권, 광업권, 어업권 할 때처럼 물질에 대한 권리이다. 인간이 물질을 착취 약탈할 수 있는 권리가 아니라, 물질이 스스로의 존재를 인정받고 또한 사랑받을 수 있는 권리를 말한다. − 성찬경, 「한국 현대시에 나타난 문명관」, 『현대문학』, 1993.10, 345쪽.
11) 성찬경, 앞의 책, 133쪽.
12) 성찬경 · 고명철, 앞의 글, 48쪽.

몰입하는 과정을 통해서 카타르시스를 체험하도록 이끈다. 그가 꿈꾸고 실현시키는 시의 세계는 생명체가 무한히 움직이는 자우스러움이다.

> 길에 유리의 파편이 버려져 있다.
> 파편이라고 해도 그중에는 제법
> 넓적한 것도 섞여 있다.
> 저 유리 조각 안엔
> 무수한 정삼각형도 들어 있고
> (… …)
> 물질의 신이 저렇게 학대받고 있으니
> 이중 삼중의 죄가 크다.
> (… …)
> 파편이여.
> 파편이여.
> (… …)
> 주워 집에 가지고 와서
> 정성들여 반듯하게 폈다.
> (… …)
> 길이 257mm, 지름은 3mm였다.
>
> — 「학대받는 물신」 부분(『묵극』)

그는 물질 자체를 아름다움이라고 말한다. 깨진 유리 파편이나 쇳조각은 누구도 소유하지 않고 버림으로써 그것들은 자유를 얻는다고 보고 있다. 완성된 물품이 부서져서 파편으로 돌아오는 것은 누군가의 소유의 차원이 아니라 존재의 차원으로서 파편의 아름다움이라 칭하고 있다.[13] 기존의 생태시가 과학기술의 만능주의를 비판하는 문명 비판의 차원을 갖고 있는 반면, 궁극적으로 사랑을 지니고서 생명체의 근원을 회복하는 일이 성찬경의 시가 지닌 생명성의 특징이다.

---

13) 위의 책, 48쪽.

성찬경 시에 나타난 생명성은 버려진 폐품에서 시작하고, 비물질인 생을 마감 그 너머까지로 나아가고 있다.

> 하루하루가
> 생물이라는 생각이 든다.
> (… …)
> 결코 죽지 않는 생물들이다.
> 존재 안에
> 죽음은 없으므로.
> 하루하루
> 나에게 생기는 작고 큰 사건들이
> 이 생물의 세포다.
> 길가다 발에 채는 돌.
> 꽉 막힌 서울의 한 복판을
> 택시로 요리조리 빠져나가는 일.
> 또는 나의 찬미자(讚美者)를 만나서 들뜨는 일.
> 다 세포다.
> 세포 모두가
> 그물처럼 서로 연결돼 있다.
> (… …)
> 그러고 보니 하루하루의 생물이
> 다 지나가 마감하는 인생 또한
> 한 마리의 생물이다
> ─「하루하루가」 부분(『논 위를 달리는 두 대의 그림자 버스』)

자신이 살아 있는 생명체임을 모르는 사람은 없다. 그러나 하루하루가 나에게서 떨어져나간 생명체임을 인식하는 것은 쉽지 않다. 당연하게 생각되거나 무심히 지나쳐 버리는 것들로부터 성찬경은 생명성을 발견해낸다. 관찰자의 눈으로 하루하루를, 우리 몸의 세포를 살펴보듯이 자세히 본다. 그러한 발견은 생을 마치는 인생을 죽음으로 보는 것이 아니라 살아 있는 '한 마리의 생물'로 인식한다. 죽음 너머의 생은 언급하지 않지만 "한 마리의 생물이다"라는 마지막 짧은 행 속에 살아 움직이는 지속성을 함축하고 있다. 모습은 사라지지만 어딘가에서 생명체로 살아 움직인다는 불멸을 말하기도 하며, 다시 한 마리의 생물로 환원한다는 윤회적인 면을 보이기도 한다. '하루하루'는 물질이 아니다. 비물질이다. 그러나 성찬경은 그 비물질을 물질로 환원시킨다.

성찬경의 생명성은 어느 곳이나 침투한다. 매일 사라지는 세포 안으로도 뚫고 들어와 하나의 물질처럼 선명하게 보여준다. 녹슬고 폐기해야 하는 물질을 통해서 계속 살아 움직이는 생명성을 창조하며, 그 안에 인생의 여정을 담아낸다. 이렇듯 멈춰 있는 물질 안에서 멈추지 않는 생명성을 추출하여 비물질을 물질로 선명하게 '존재성'을 드러내는, 즉 물질인 '하루하루'와 비물질인 '하루하루'가 만나서 대립하여 서로 충돌을 일으키는 것이 아니라 양극이 만나서 생명성을 지속하게 하도록 만드는 것이다.

따라서 화자가 말하는 '하루하루'는 물질이면서 비물질이다. 매일같이 일어나는 사소한 사건들은 세포이다. 시간의 세포이다. 길을 가다 발에 차이는 돌멩이나, 택시로 복잡한 길을 빠져나가는 일도 세포이다. 이러한 세포들 모두가 그물처럼 연결되어 하루하루라는 생물을 이룬다. 게다가 화자는 하루하루가 모여 인생의 긴 여정을 이루는 것으로 보고 있다. 그러므로 '하루하루'의 생물이 마감하는 것을 죽음으로 표현한다. 죽음은 물질이다. 하루하루의 생물 안에 매순간의 일상인 비물질과, 인생을 마감하는 죽음인 물질이 공존하고 있다. 암수 자웅동체인 것처럼 물질과 비물질이 한 몸을 이룬다. 생을 마치는 인생을 죽음으로 보는 것이 아니라 살아 있는 한 마리의 생물로 인식하는 성찬경의 생명성은 엔트로피와는 반대의 무한함이라고 할 수 있는 '抗엔트로피' 개념과 유사하다.

이러한 생명성은 「5:18」에서 구체적으로 나타나 있다. 5·18민주화운동에 가해진 군대의 총부리는 전혀 언급되지 않는다. '하나의 장난감 나라의 군대'라는 이미지로 독자를 이끈다. '장난감'이라는 물질 속에 비물질인 '역사의 비극'을 통째로 담고 있는 것이다.

> 5:18.
> 다섯 시 십팔 분.
> 이것은 거짓말이다.
> 시간은 자꾸자꾸 간다.
> 18분 할 때/벌써 18분 3초다.
> (… …)
> 그때는 이미
> 1나노초가
> 10억 번 지나간
> 아득한 옛날이다.
> (… …)
> 초침이 시간을
> 예리하게 토막내며
> 군대행진곡처럼
> 절도 있게 돌아간다.
> 도쏠쏠 화쏠 도쏠쏠 화쏠 도쏠 도쏠.
> 세상에서 제일 사랑 받는 군대는
> 장난감 나라의 군대다. 저벅저벅.
> 1초.
> 2초.
> 3초.
>
> — 「5:18」 부분(『논 위를 달리는 두 대의 그림자 버스』)

「5:18」에서 1초, 2초, 3초……. 초를 다투며 긴박하게 진행되고 있는 것은 5·18 광주민주화운동의 그 당시 현장감을 살려내고 있는 시적 장치이다. 그러나 "그때는 이미/ 1나노초가/ 10억 번 지나간/ 아득한 옛날이다."고 인류가 태어나기 전 까마득한 옛일처럼 느껴지게 한다. 한편으로

1연에서 아라비아 숫자 "5:18." 바로 뒤 행에 "다섯 시 십팔 분."이라고 쓰는 것은 그 당시 긴장된 시간과 5·18의 극단적인 현실을 부각시킨다. "초침이 시간을 예리하게 토막 내며" 이 시행에서는 살의가 담겨 있다. 탁, 탁 소리 내며 시간을 잘게 자르는 초침 소리 안에서 목숨이 토막 나는 잔혹성과 폭력을 연상시킨다. 「5:18」에서는 죽음·총·칼 등 폭력적인 언어는 단 한 마디도 없다. "도쏠쏠 화쏠 도쏠솔 화술 도쏠 도쏠" 음계의 리듬을 살려 시를 경쾌하게 끌고 간다. 살의와 폭력을 경쾌한 화음 속에 숨겨놓고 있다. 민중의 아우성과 경쾌한 리듬을 대비시켰다. "세상에서 제일 사랑받는 군대는/ 장난감 나라의 군대다"고 표현하는 것은 장난감 병정의 동화를 떠오르게 한다. 경쾌한 언어 속에 참혹한 주검을 숨기고 있는 풍경이다. 이러한 극과 극의 만남 속에서 역사적 의미를 부각시킨다. 1초, 2초, 3초…… 멈추지 않는 초침 소리에서 수많은 목숨이 사라지는 비탄의 외침도 멈추지 않고 있음을 연상시킨다. 초침은 눈 깜짝할 사이에 지나가 버린다. 목숨이 사라지는 순간 또한 찰나이다. 삶도 순간이며 돌아보면 지나간 역사도 찰나적이다. 이러한 구체적인 사실들이 1초, 2초, 3초, 초침 소리 안에 함축되어 숨겨져 있다. 1초, 2초, 3초, 초침 소리는 비물질이다. 그러나 초침은 시계라는 물질 안에서 소리를 내며 그 시계 안에서 초침의 바늘은 물질로 존재한다. 초침이 멈추면 시간은 죽고 시계도 멈춘다. 그러나 5·18의 초침은 멈추지 않는다. 역사의 거대한 물결을 초침이라는 작은 물질이 멈추지 않고 이끌어 가고 있다. 5·18 광주 민주화운동의 과정에서 희생되었던 많은 생명은 죽음으로 끝나는 것이 아니라 민주화의 생명성으로 부활했다.

이런 점에서 보자면, 극도의 질서는 극도의 무질서를 통해 실현된다고 하듯이,[14] 5·18은 폭력의 무질서에서 비폭력의 생명성으로 환원했다.

---

14) 스티븐 나흐마노비치, 이상원 역, 『놀이, 마르지 않는 창조의 샘』, 에코의 서재, 2008, 67쪽.

성찬경은 5 · 18을 통해 직접적으로 생명성을 나타내지 않는다. 초침이라는 작은 물질에게 5:18을 이끌게 함으로써 민주화운동의 거대한 비물질의 생명성을 강조하고 있다. 시간의 최소 단위인 초침과 역사의 커다란 소용돌이를 병치함으로써 새로운 시적 효과를 얻고 있는 것이다. 작은 초침소리는 멈추지 않고 지속되는 시간을 의미하며 당시의 긴장감을 높이고 있다. 성찬경은 초침 소리라는 최소의 단위로 큰 역사의 현장을 긴박하게 살려낸다. 극과 극, 혹은 물질과 비물질의 결합이다.

> 논 위를 달리는 두 대의 그림자 버스
> 가
> 길 위를 달리는 두 대의 실물버스
> 보다
> 훨씬 더 재미있다.
> (… …)
> 푸른 점박이 버스가
> 논을 마구 쓸고 가도
> 풀 하나 흔들리지 않는다.
> 마구 훑어도
> 검은 흙 한 톨 튀지 않는다.
> (… …)
> 힘의 낭비가 영이다.
> 올라갔다 내려왔다
> 신동의 악보다.
> 착 붙어
> 논을 핥는다
> 얼마나 맛있을까
> (… …)
> 논과 그림자 버스는
> 알몸과 알몸.
> 납작한 밀착이다.

철저한 천착이다.

완벽한 이별이다.

(… …)

논 위를 달리는 두 대의 그림자 버스

는

동화 나라 두 대의 진짜 버스다.

– 「논 위를 달리는 두 대의 그림자 버스」 부분

(『논 위를 달리는 두 대의 그림자 버스』)

'논 위를 달리는 그림자 버스'는 물질과 비물질의 결합이다. 그림자 버스는 실제의 버스가 있기 때문에 생긴 것이다. 화자는 실제적으로 버스를 타고 가고 있다. 그러나 보고 있는 것은 그림자 버스이다. 실제의 버스는 물질이다. 그림자 버스는 비물질이다. 성찬경은 물질인 버스와 비물질인 그림자 버스를 결합시킴으로써 역동성을 일으킨다. 특히 비물질인 그림자 버스는 눈에 보이는 현실이면서 허상이다. 만질 수도 잡을 수도 없다. 그러나 화자는 그림자 버스인 비물질에 생명성을 불어넣어 그림자 버스는 멈추지 않고 계속 달린다는 것을 나타낸다.

논은 그 자리에 멈추어 있다. 가지 못한다. 이러한 논이 지니는 생명성은 우주적이다. 논의 의미, 즉 땅은 여성성으로서, 특히 모성을 지니는 우주의 어머니로 불리기도 한다. 끊임없는 생산성을 지니그 있는 논의 생명성을 우주적이라고 할 수 있다. 그림자 버스는 생명성이 없는 허상이지만 화자가 시적 호흡을 불어넣어 논과 같은 생명성을 얻는다. 상하 혹은 수직관계가 아니라 '존재'와 '비존재'가 동격을 이룬다. 이렇듯 동등한 존재자로서 논과 그림자 버스는 알몸과 알몸으로 하나의 완전한 일치를 이룬다. 철저하게 합일된다. "흔적은 무구다"라고 한 점 흔적도 없는 숭고한 사랑의 카타르시스의 지점이 나와 그림자 버스의 관계인지, 그림자 버스와 동화나라 버스와의 지점인지, 나와 플라톤의 이데아와의 거리인지를 묻고 있다. 그러나 그 지점은 극점으로 상승하는 동시에 "완벽한 이별이"라고 하는 순간, 하강 곡선을 그으며 땅으로 내려온다. 철저한 합일의 사랑이지만 완벽한 이별 또한 내포하고 있다는 것을 의미한다.

이처럼 '시인은' 논과 그림자 버스라는 물질과 비물질 안에서 양극과 음극의 원리를 보여주고 있다. 버스에 실려 가는 화자의 모습은 인생의 긴 여정을 가고 있는 이미지이기도 하다. 또한 '논'과 '그림자 버스'는 인생의 긴 여정과 사랑의 짧은 순간을 대비시킨다. 인생은 현실적이면서도 비현실적인 사랑을 꿈꾼다. 사랑은 찰나 속에서도 그 영원성을 꿈꾼다. 이렇듯 물질과 비물질에 깃든 생명성이 지닌 가장 큰 에너지는 사랑이다.

> 감각으로 경험할 수 있는 것 중에서 빛보다 더 오묘하고 신비한
> 것은 없다. 여기 시(詩)의 시공(時空)이 빛을 받아 온통 흴 뿐이다.
> 밝은 시다. '빛'의 받침이 'ㅊ'이니 과연 찰떡처럼 차진 생명력이다.
> 빛과 생명이 무관하지 않다는 뜻이 되겠다.
>
> ─「빛」전문(『해』)

빛이 생명성을 담고 있다는 것은 당연하다. 이런 당연한 의미보다 'ㅊ'이니 과연 "찰떡처럼 차진 생명력"이라고 찰떡으로 묘사한 부분이 재미를 준다. 'ㅊ'에서 착상하여 찰떡까지 연상시키는 것을 볼 때, 각각 분리된 기호는 모호하다. 그러나 서로 결합할 때, 비로소 의미를 창출할 수 있다. 언어는 하나의 수단을 넘어서 생명력을 가진 존재이므로 시인의 의식화 과정 속에서 해소되어 하나의 이념이나 가치를 대변하는 역할을 한다고 했다.15)

실제의 버스인 물질과 비물질인 그림자 버스의 말놀이에서 확산되는 에너지처럼 물질과 비물질은 서로 움직이며 풍요로워진다. 물질과 비물

---

15) 김석준, 「시적 알레고리를 통한 본질의 직관」, 『현대성과 시』, 역락, 2008, 242쪽.

질의 결합과 놀이는 성찬경 시가 지향하는 생명성을 부각시킨다. 논과 그림자 버스에 '존재'를 부여함으로써 멈추지 않는 시간처럼 버스와 풍경들이 지속적으로 달리고 있다. "논을 마구 쓸고 가도/ (중략)/ 소리 하나 안 내고/(중략) 경쾌하게 달린다"에서 보듯 전혀 힘의 낭비 없이 가고 있지만 매우 역동적임을 알 수 있다. 논과 그림자 버스는 생명과 무생명의 결합이며 물질과 비물질의 완벽한 일치이다.

성찬경은 폐기되어야 할 물질의 마지막 부분에서 그의 생명성을 시작한다. 이러한 극점은 소멸되어가는 지점이며 쓸모없음이다. 쓸모없음은 비극이다. 이러한 면을 거부하지 않고 새로운 생명으로 창조하는 데에 그의 개성이 있다. 성찬경은 길거리, 학교, 심지어 영국의 란든(런던) 거리, 옥스퍼드에서 나사를 발견하고 줍는다. 먼 타국에서 친형제를 만나듯 "나는 뼈에 기별이 갈 만큼 기뻤다"고 밝히고 있다. 그의 '나사'에 대한 탐닉은 널리 알려져 있다. 주운 나사가 한 말 정도가 아니라 꽃 가마니도 넘는다. 모두가 버려진 나사이다.

> 斷片을 이어 文明을 쌓는 나사.
> 너 終止. 너를 또 잇는 나사는 없구나.
> 세발자전거도 <바이킹1호>도
> 너로 하여 한 단위가 된다.
> 單純 斷玄한 결합의 원리.
> (… …)
> 쇠의 파편.
> 네게 오늘 轉身을 주마.
> 너를 오브제로 부활시켜주마.
> 너는 이제 정신의 무리에 들라.
> 너는 이제 왕자.
> 너로 하여 쌓인 文明
> 너를 쓰다 버린 文明을

싸늘히 비웃어라.
나사여.
나의 금붙이여.
—「나사 2」부분(『소나무를 기림』)

나사의 고독도 나의 고독
나사는 이제
제일 깊은 곳에 가라앉아 있으면서
그것을 잊고 있다.
내가 빠질 수 있는
깊은 곳을 헤아리며
—「나사 10」부분(『소나무를 기림』)

夫婦誕生.
남가좌동에서 주운 신랑나사.
미아리고개에서 주운 신부나사.
잘 맞는다.
(… …)
짝을 찾아 서로 헤맨 道程을 생각하면
먼 별과 먼 별이 만나거나 다름없다.
(… …)
나 같은 주례를 만난 것도
너희들의 복이다.
늦장가 늦시집의 기쁨을 알 터라
—「나사 10」부분(『소나무를 기림』)

란든의 거리에서
나사 하나를 발견하고
소중한 이삭줍듯 그것을 주웠다.
옥스퍼드에 내려와서도
나사를 볼 때마다

나는 뼈에 기별이 갈 만큼 기뻤다.

그후 나는 많은 나사를 주웠다.

아마 한 말쯤은 되는 것 같다.

(… …)

나사여,

너야말로 보편적인 존재로다.

한국의 거리에도 있더니

여기에도 있으니.

— 「나사 10」 부분(『소나무를 기림』)

성찬경은 버려진 나사를 주워 모으는 것에만 탐닉하고 몰입하는 것이 아니라, 각각의 나사에게 "네게 오늘 轉身을 주마"라고 '타자'의 존재성을 부여한다. "너는 이제 정신의 무리에 들라"라고 오브제로 부활시켜 예술의 혼을 불어넣어 버려진 나사를 최고의 왕자로 다시 태어나게 하는 것이다. 부식되어 가는 나사를 닦고 손질해서 신랑, 각시를 만들고, 마당에 뒹구는 쇳조각으로 동물 모양을 만들며 재미있게 놀이를 한다. 폐기된 물질에 생명력을 불어넣어 창조하는 즐거움을 보여주고 있다. 화자는 쇳조각이나 나사에 호흡을 불어넣어주는 '절대적인 존재'가 아니라 물질에 존재성을 부여하는 순간 '동일한 존재'가 된다. 화자는 물질과 똑같은 폐품이 되며 그 폐품 안에서 새로운 생명으로 환원하는 동일한 경험을 한다.

현대사회에서 폐품은 버려지는 일 외에 어떤 가치도 없다. 물질로서는 마지막이다. 그런데 분명 마지막으로 소멸해 가는 곳에서 본질적인 생을 발견하고 재인식하는 점이야말로 성찬경의 생명성이 가진 독특한 대목이다.

넘쳐 흐르는 무슨 소리 무슨 빛깔

무슨 골격보다도

나의 심성을 두드리는

12음의 예술가.
타악기여.
주자여.
타는 손 부는 허파가 보이지 않는
벌레 소리처럼
다만 맑고 가늘고
모질고 둥근
순수의 무게여.

− 「나사 3」 부분(『소나무를 기림』)

나사여.
너 내 사랑하는
은유가 되어다오.
너의 質感엔
훈훈한 德이 고여 있으므로.
나사여.
너 내 사랑하는
은유가 되어다오.
너는 디오게네스처럼
破忱했으므로
(… …)
나사여.
너 내 사랑하는
은유가 되어다오
너의 능청엔
눈물이 있으므로
(… …)
나사여
너 내 사랑하는
은유가 되어다오.
너의 대가

秋史가 내리그은 획 같으므로.

- 「나사 15」 부분(『소나무를 기림』)

성찬경에게 있어 나사는 시나 마찬가지이다. 그는 시에 생명성을 부여
하며, 시 생명성을 얻고자 끊임없이 나사에 몰입하고 탐닉해 왔다. 「나사
3」에서는 나사를 예술가, 또는 타악기로 보고 있다. 무슨 소리가 흐르며
그 소리에서 무슨 빛을 내는 나사, 그러나 악기를 두드리는 손은 보이지
않는다. 숨을 내쉬는 허파도 안 보이지만 가늘고 맑은 스리가 나는 악기
이다. 거기에서 울리는 소리는 "모질고 둥근 순수의 무거"라고 진술한다.
버려진 나사는 화자에 의해서 세상에서 가장 멋진 소리를 내는 타악기
가 된 것이다. 악기를 두드리는 손이 보이지 않아도 화자가 듣고 싶을 때
마다 소리는 어디서고 가늘고 맑게 난다. 세상에 하나밖에 없는 마술 악
기다.

「나사 15」는 18연으로 된 장시이다. "너 내 사랑하는/ 은유가 되어라"
라는 구절이 18번이나 나온다. 은유는 시다. 나사에서 시를 얻기 위해 간
절히 매달리고 있음을 알 수 있다. 나사를 통해서 새로운 생명성을 얻고,
그 생명성으로 새로운 세계를 펼치고 싶은 욕망이 간절하다. 그러나 성찬
경은 새로운 시를 획득하고자 하는 욕망으로만 가득 찬 것이 아니라, 인
간의 본질적인 비극의 세계에 가닿기를 간절히 원하고 있음을 알 수 있
다. "너는 디오게네스처럼/ 破愧했으므로"라는 구절에서 말하는 것처럼
생의 깊이로 내려갔을 때 마지막 닿는 부분이 비극점이다. 파괴되고 버려
진 물질에서 니체는 인간의 가장 깊은 가슴 속으로부터 솟구쳐 나오는 환
희에 찬 황홀을 느끼고 이런 전율과 함께 디오니소스적인 본질을 발견한
다고 했다.16) 매번 새롭고 좋은 시 쓰기란 결코 쉽지 않다. 성찬경이 나사
에 탐닉하고 몰입하는 행위는 새로움을 향해서 끊임없이 간구하는 창작

16) 니체, 이진우 역, 『비극의 탄생, 반 시대적 고찰』, 책세상, 2005, 33쪽.

의 과정과 동일하다. 날마다 새로울 것이 없는 일상 안에서 작은 티끌이라도 발견하여 창작에 몰입하기 위해 녹슨 나사를 닦고 기름칠을 하며 "내 사랑하는/ 은유가 되어다오"라며 간절히 염원하고 있는 것이다.

> 쇠는 쇠붙이의 두목이다. 황금, 백금, 은, 구리 모든 귀족 쇠붙이가 쇠의
> 보호 아래 귀골 행세를 한다. 쇠는 굳세고 견고함의 척도다. 인류 문명
> 의 역사는 쇠의 역사다. 지하철 선로, 빛나는 쇠의 속살, 저 윤을 보아
> 라. 쇠의 기질은 나의 기질이다. 나는 쇠를 사랑한다.
> — 「쇠」 전문(『해』)

화자는 "쇠의 기질은 나의 기질이며 나는 쇠를 사랑한다"고 평생 쇠붙이에 대해서 탐닉하고 탐구한 화자의 내밀한 사랑을 드러낸다. 녹슨 철 구조물, 버려진 것, 사멸하기 시작하는 대상들, 낡아버린 것에서 나타나는 혁명적 에너지와 맞닥뜨린다.

> 그렇다. 나는 건전한 기인이다.
> 길에서 유리 조각을 주워
> (… …)
> 완전연소.
> 그런 때가 오기는 올 것인가.
> 인생의 비탕은 비극.
> 현상은 희극.
> (… …)
> 중독의 맛을 모르는 인생은 불쌍하다.
> 다만 유행에서 벗어난 중독이라야
> 파산을 면 할 수 있다.
> — 「이것이 내식이다」 부분(『거리가 우주를 장난감으로 만든다』)

나사 연작시는 「이것이 내식이다」보다 10년 이상 앞서 쓴 시다. 그의

탐닉과 몰입의 정신이 새로운 시 쓰기에 많은 원동력이 되고 있음을 알 수 있다. 그러므로 버려진 나사와 파편을 탐닉하는 그의 행위는 폐기되는 물질의 마지막 극점에서 생명성을 창조하고 그 생명성을 무한으로 이끌어가는 에너지이다. 그는 물질의 에너지를 한 가지가 아닌 다양한 유형들로 변모시킨다.

> 오오, 그대여
> 황홀은 순간이라 말하지 마오
> 긴 인생이
> 그대로 긴 황홀인 것을.
> (… …)
> 마침 이 이른 아침에
> 이 무슨 신묘한 때맞춤인가
> 저 건너 봉우리에서
> 긴 호른 소리가 들려온다.
> 이를테면 보통 나팔소리에
> 부우옇게 안개가 낀 그 소리.
> 굽이굽이 가락을 흐르게 하는 것이
> 진정 범수가 아니다.
> 아아, 황휼한 촉발.
> 순간 황휼에 대한 나의 상념의 숲에
> 불이 켜진다.
> (… …)
> 나그네 인생
> 삶의 뿌리가
> 슬픔의 동산에 스며 있기 때문이리.
>
> 구슬픈 가락이
> 또는 비극의 무대가
> 우리에게 맑은 기쁨을 주는 까닭은 무엇일까?

본시 슬픈 인생이
스스로의 참 모습을 발견하는 기쁨이리.
이로 보아도
눈물과 한숨이
우리 삶의 본향이로다.
                    ―「황홀송」부분(『거리가 우주를 장난감으로 만든다』)

눈물을 통해서 세상을 본다.
(… …)
잠시 고인 눈물에서 깊은 평화를 얻는다.
눈물에 비치는 세상은 역시 아름답기 때문이다.
눈물이 마음 안에 고운 노을로 퍼진다.
                    ―「눈물」부분(『나의 별아 너 지금 어디에 있니?』)

　　디오니소스적 예술을 니체는 "삶의 빈곤이 아니라 삶의 충일로 인해
고통 받는 자의 예술"이라고 했다.[17] "나그네 인생/ 삶의 뿌리"의 고통은
더 이상 고통이 아니라 자신의 삶이 새로운 창조를 요구하며, 새로운 창
조에 의해 삶의 고양이 가능하기 때문이다.「황홀송」에서 '긴 인생'은 물
질적인 측면을 포함하고 있지만 비물질이다. 지속적으로 움직이다가 멈
추기 때문이다. 이 시에서 인생이라는 근원적 생산성은 자신의 존재에 대
한 감사이며, 삶의 고통스러운 측면을 공포 없이 바라보는 것이다. 오히
려 그 상태를 최고의 소망 사항으로 삼을 수 있는 존재다.[18] 화자는 "구슬
픈 가락이/ 또는 비극의 무대가/ 우리에게 맑은 기쁨을 주는 까닭은 무엇

---

17) 니체의 전체사상에서 디오니소스의 기호는 아폴로적인 것에 상응하는 예술의 형식을 의
　　미할 뿐만 아니라, 보다 더 높은 힘, 감정으로서의 도취의 느낌, 세계놀이로서의 생성, 그
　　리고 현실 속에서 건강함을 제공하는 존재의 대지, 생명, 여성 등 다양한 의미를 지칭한
　　다. 이는 피안으로 도피하지 않고 현실(대지)세계에 정위함으로써 삶의 긍정, 세계 긍정
　　의 태도로 생명의 생성과 놀이를 향유하는 니체의 현실긍정적, 생명긍정적 사유를 보여
　　준다.
18) 백승영, 앞의 책, 674쪽.

일까?"라고 인간의 본질적인 비극성을 느꼈을 때, 맑은 기쁨인 카타르시스를 만나며 "잠시 고인 눈물에서 깊은 평화를 얻는다"고 한다. 인생의 긴 여정을 상징하는 '비극의 무대'는 물질이다. 화자는 인생의 여정이 끝났음을 의미한 '긴 인생'이라는 말로 인생을 비물질로 만들어 '비극의 무대'로부터 분리시킨 것처럼, 눈물 또한 물질이면서 비물질이다. 금세 말라버리는 눈물은 몸에 쌓인 나쁜 에너지를 밖으로 배출시켜주는 것이라고 한다. 어둠에서 빛으로 환원되는 순간이다.

현대 사회에서 폐품은 버려지는 일 외에 어떤 가치도 없다. 그러나 성찬경은 그 가치 없는 것에서 '눈물'처럼 소중한 생명을 발견해낸다. 버려진 물질에 생명성을 불어 넣는 것은 성찬경의 시적 방법론이다. 화자는 이러한 관점으로 비물질인 눈물을 통해서 세상을 비춰보고 물질이었던 비극의 무대에 인생을 올려놓기도 한다. "본시 슬픈 인성이/ 스스로의 참모습을 발견하는 기쁨이리"라는 구절에 나타나 있듯이 비극의 근본을 체험한 후 그가 발견하고 창조하는 세계는 긍정적이다.

3. 놀이 안에서의 생명

성찬경에게 있어서 놀이가 아닌 것은 없다. '거리가 우주를 장난감으로 만든다'라는 시집 제목은 시인이 우주를 장난감으로 느끼고 있음을 알 수 있게 한다. 우주는 거대하고 감히 접할 수 없는 것이며 과학자들이나 관심을 가질 수 있다는 일반적인 생각에서 벗어나 그는 언제라도 가지고 놀 수 있는 장난감으로 비유한다. 이는 사물이든 우주든 무겁게 바라보지 않고 그의 손에서 만지며 함께 놀 수 있다는 진정한 놀이 의식을 깔고 있다. 즉 이것은 생명과 세계에 대한 긍정의 개념으로 연결된다. 이러한 놀이 의식은 우주적 생명의 흐름의 무한성에 연결된다. 각 생명체는 자신의 유한성을 뛰어넘어 우주의 근본적 존재를 구성하는 무한한 생명성을 지니고 있듯, 베르그손은 "정신의 본래적 운동은 생명적 운동의 방향을 따르며 이미 만들어진 것이 아니라 스스로 만들어 가고 있는 것이다"[19]라고 했다.

이렇듯 "오늘도 나는 피땀 어린 마음의 몸부림/ 설렘의 파동으로 아득한 별을 쏜다"(『몸부림』)는 구절은 시인이 자신의 의지를 지속적으로 펼칠 수 있는 생명성의 시공간을 보여준다. 지금 이 순간에 과거의 시간을 통합하며 그때의 실감을 이 순간에도 실감할 수 있음은 원초적인 생명력이라는 것이다. 다음의 시에서 이를 구체적으로 확인할 수 있다.

> 실감이 시간을 통합한다. 실감의 불꽃이 점점 뜨거워져
> 느낌으로 섭씨 몇 백도 쯤은 넘어설 때 살아있는 베토벤
> 이 내 앞에 나타난다. 말도 없다. 둘레의 쇳조각 돌멩이
> 따위 물체는 실감의 고온을 틈타지 않는데, 시간만은 과
> 거 현재 미래가 유리처럼 하나로 녹아내린다. 지금 베토
> 벤의 마지막 현악 4중주곡 중 비바체 악장이 울리고 있는
> 데, 그것이 발휘하는 원초적 생명력이 무시무시하다. 어
> 느 풍엔가 미래에 태어나는 어느 아름다운 영혼도 나타나
> 서 이 실감 놀이에 합세한다. (… …) 이 실감 놀이의 주동자는
> 베토벤이다.
>
> ― 「실감이 시간을 통합한다」 부분
> (『거리가 우주를 장난감으로 만든다』)

성찬경은 베토벤 음악을 듣는 순간 그때의 '지금'을 오늘날의 현재에서 실감한다. 아직 태어나지 않은 어느 아름다운 미래의 영혼도 나타나서 실감을 느끼는 순간으로 합류한다. 이렇게, 과거·현재·미래의 시간들이 베토벤의 마지막 현악 4중주 중 비바체 악장이 울리고 있는 순간에 혼융

---

19) 앙리 베르그손, 앞의 책, 576쪽.

되고 있음을 화자는 실감하는 것이다. 실감나는 시간을 발휘하는 것은 무시무시한 원초적 생명력이며 이러한 실감 놀이의 주동자는 베토벤이라고 진술한다.

성찬경은 슈베르트의 음악을 들으면서 "영감이 주렁주렁 열리는 순간"이라고 「미완성 교향곡」에서 피력한다. "영혼에서 보면/ 아무리 긴 시간도 순간,/ 순간에서 보면/ 아무리 짧은 순간도 영원"이라고 말한다. 음악에서 얼마나 많은 영감을 얻고 있는지 알 수 있다. "음악은 순간/ 여운은 영원"이라고 한 뒤 "나는 「미완성」이다"라고 하여 자신을 미완성이라고 강조한다. 삶이란 완성에 이르는 길 위에 있는 순례자란 뜻이다. 끝없이 새롭게 도전하고 오체투지로 뛰어드려는 성찬경의 열망을 엿볼 수 있다.

그런데 놀이는 그 자체로서 만족감을 주는 것이지 다른 무언가를 이루기 위한 조건이나 수단이 아니다.[20] 성찬경 또한 구름에 가려진 해를 오래 보며 충분히 놀 수 있는 자유로운 놀이를 말한다. 「거리가 우주를 장난감으로 만든다」에서 거대한 우주를 우리 일상과 가깝게 느껴질 수 있도록 8분, 정기총회, 우주 구석구석, 재미나는 장난감 등 일상 언어를 배치하여 우주와 인간은 별개의 것이 아니라 서로 재미나는 장난감 놀이임을 강조한다.

> 알맞게 구름이 끼어 있으면
> 해도 잘 익은 감 정도여서
> 오래 보며 놀 수 있다
> 사실은 지구에서 해까지
> 광속으로 8분 걸리는 거리 덕택으로
> 해가 저렇게 예뻐 보이는 것이다.
>
> 개똥벌레의 정기총회 같은

---

20) 스티븐 나흐마노비치, 앞의 책, 67쪽.

하늘의 별자리.
구경치곤 세상에서 으뜸이다.
그러나 저 별까지 엄청난 광년의 거리가 있기에
(… …)
거리만 있다면야
장비도 골리앗도 무서울 게 없다.
막 폭발한 성운의 사진이
(… …)
거리가 있기에 우주 구석구석이 서로 재미나는 장난감
이다
인간 둘레
무량 광명
거리가 자비다.

─「거리가 우주를 장난감으로 만든다」부분

(『거리가 우주를 장난감으로 만든다』)

　　지구에선 태양의 얼굴을 바라볼 수 있다. 약간의 구름이 가려주면 "해
도 잘 익은 감 정도여서" 오래 보며 친근하게 놀 수 있다. '태양'은 우주적
인 거리이지만 머리 위에 떠 있는 해는 친근함을 유발시킨다. 성찬경은
지구에서 해까지 '광속으로 8분' 걸리는 거리에서 '8분'을 부각시킨다. '광
속'은 일상에서 사용하지 않는 계산하기 힘든 숫자이지만 '8분'은 우리 일
상생활과 밀접한 관계가 있는 시간이다. 우주와 인간의 거리가 '광속' '광
년'으로 계산할 수 없는 별개의 거리가 아니라 '8분'처럼 아주 가까운 거
리의 개념으로 바뀌는 것이다. 우주적인 상상 속에서 현실을 넘어서고 싶
은 낭만주의적인 면이 풍기기도 하지만 성찬경이 말하는 '거리'는 실존의
거리이다. 광속, 광년의 무한대의 시간과 8분이라는 일상의 시간을 병치
함으로써, 엄청난 거리에 있는 '태양'을 바로 우리 머리 위에 떠 있는 '해'
라는 놀이 대상으로 바꾸어버린다. 성찬경은 거대한 우주가 우리 일상에

서 가깝게 느껴질 수 있도록 8분, 정기총회, 우주 구석구석, 재미나는 장난감 등 일상 언어를 배치하여 우주와 인간은 별개의 것이 아니라 서로 재미나는 장난감 동무임을 강조한다. 한 편의 짧은 시 속에서 전 우주의 비전과, 하나의 혼의 비밀, 존재의 비밀, 그리고 여러 대상의 비밀을 동시에 드러내고 있다.[21]

그러므로 '거리'가 상징하는 것은 우주의 '거리'뿐 아니라 인간 둘레의 '거리'도 포함하고 있다. 소통되지 않는 인간과 인간의 거리, 멈추지 않는 전쟁과 테러로 인한 국가의 단절은 지구에서 별까지 엄청난 광년의 거리보다 훨씬 먼 거리일 것이다. 그러나 "거리만 있다면야/ 장비도 골리앗도 무서울 게 없다"는 진술에서 보듯, 거리는 인식에 따라서 달라진다. 지구에서 태양까지의 거리와 머리위에 떠 있는 해와의 거리는 실제적으로 몇 광년이 걸리는 까마득한 거리이다. 지구에서 태양까지의 거리는 몇 광년으로 느껴지면서 내 머리 위에 떠 있는 해는 손에 닿을 것 같은 가까운 거리로 느껴진다. 어느 사회에서나 소통되지 않는 관계는 태양과 지구 사이의 거리처럼 닿을 수 없게 느껴지지만, 그 벽이 무너지그 소통됐을 때는 머리 위에 떠 있는 해처럼 가깝고 친근하게 느껴지는 것을 나타내고 있다. 이렇듯 인간과 인간의 관계는 '무량 광명'이며, 그러한 거리가 자비임을 시사하고 있다.

성찬경의 긍정적 사고는 그의 시 정신이라고 할 수 있으며, 이것은 생명성에서 나온 것이다. 그의 시 안에서 발현하는 생명성은 물질과 무생물에서 출발하지만, 장난감이라는 물질 속에 우주라는 거대한 비물질을 결합시킴으로써 물질과 비물질이 서로 장난감으로 놀 수 있는 진정한 놀이의식으로 격상된다. 개별적 의식의 자유는 바로 거기에 존재한다.[22] 그의 놀이 의식은 시 · 공간을 뛰어넘는 무한성에 접근하는 것이다.

---

21) 가스통 바슐라르, 앞의 책, 147쪽.
22) 앙리 베르그손, 앞의 책, 576쪽.

4. 물질의 권리에 대한 인식

　문명의 발달은 자연도 인류도 흉측한 모습으로 변형시킨다. 죽음으로
내몬다. 지구가 파괴되었다는 말은 진부하다. 그러나「물권시」에서 죽음
은 다른 생명체에 스며들어 새로운 생명으로 이어진다. 쇠붙이에 '존재'를
부여해 생명을 창조할 뿐 아니라 우리가 일상 안에서 매일 만나는 식품에
서도 생명의 소중함을 깨닫게 한다. 지구상의 생명은 유한성이다. 생명체
는 죽어서 다른 생명체에 스며든다. 본래의 모습은 사라지면서 다른 생명
체의 모습으로 소생한다. 생명은 반드시 어떤 생명체에 목숨을 내어주었
을 때, 희생했을 때에만 새로운 생명으로 이어진다.

> 놀라운 사실이 있다.
> 우리의 육신의 자양이 되는 것은
> 공기, 물, 소금 등 몇 가지를 제외하곤
> 모두가 생명체이다.
> 물고기나 짐승들은 말할 것도 없고
> 쌀, 보리, 밀, 팥, 콩, 무, 배추, 깨, 온갖 과일,
> 뭣 하나 생명체 아닌 것이 없다.
> 어떤 목숨이 죽어야 우리가 산다.
> 딴 생명의 희생으로 생명이 이어진다.
> 눈물로 보답은 못할망정.
> 지구는 우리의 유일한 집.
> 온 우주에서 제일 아름다운 집.
> (… …)
> 지금은
> 피부도 내장도 썩어들어가
> 빈사상태에 임한
> 지구.
> 　　　－「물권시(物權詩)」부분(『나의 별아 너 지금 어디에 있니?』)

성찬경은 일상에서 흔히 만날 수 있는 물질 안에서 생명성을 발견한다. 그 생명체에 감사하며 지구는 우리의 집임을 강조한다. 크게는 지구와 인류를 지키며 생명의 소중함을 일깨우는 정신이다. 이는 생명의 존엄성에 바탕을 두고 있다. 그렇다고 날로 발전하는 문화와 문명을 저지하며 중단하라는 메시지는 아니다. 자본주의 도래 이후 지구에 가해진 폭력과 이 시대와 사회에 만연해 있는 생명 경시 풍조를 생각하게 하는 것이다.

물권말살시대다.
물권말살도
정신말살에 못지않은 죄다.
잔혹이다.
(… …)
칠성사이다의 '칠성'자가 찌그러져서
마치 안토니 카로의 조각처럼 보인다.
짓눌려서 더 넓적해지긴 했지만,
콜라통아,
너의 공간은 어디 갔느냐.
너의 숨통은 어디 갔느냐.
　　　　 ―「물권말살시대」부분(『나의 별아 너 지금 어디에 있니?』)

내가 물권(物權)을 옹호하니,
과연 물질만능시대로고! 하고
빈정대지는 말라.
사람을 사랑하지 않는 사람이
물질을 사랑할 줄 알 리가 없다.
(… …)
바위도 산도 물질 아닌가.
그 좋은 자연도 물질 아닌가.
우리의 육신처럼
모든 것이 다 형제.

(… …)
물질에 대한 학대는
탐욕과 허영에서 나온다.
(… …)
왜 멀쩡한 물건을
저렇게 거리에 마구 버리는가.
　　　　　　　－「설교」 부분(『나의 별아 너 지금 어디에 있니?』)

　"물권은 재산권의 하나이다. 즉 사람의 행위를 개입하지 않고 물건에 관한 이익을 누릴 수 있는 권리"이며, "물질도 스스로 인간처럼 주장할 수 있는 권리/ 더 나아가 사랑을 받을 수 있는 권리"임을 새롭게 말하고 있다. 일반적인 '물권'은 소유권·지상권·영소작권永小作權·지역권·유치권·선취득권·질권·저당권·전세권·광업권·어업권 등 인간의 끝없는 탐욕을 옹호하는 권리이다. 그러나 성찬경이 주장하는 '물권'은 상식적인 개념과 반대이다. '사람을 사랑하지 않는 사람이 물질을 사랑할 줄 알 리가 없다'고 「설교」를 통해서 밝히고 있는 것처럼, 사람과 물질을 진정으로 사랑하는 것이 '물권'을 주장하는 이유다. 우리가 우리의 육신만 사랑할 뿐, 물질의 풍요 속에서 오는 과도한 소비와 환경파괴의 세태를 모르는 것에 대한 신랄한 비판인 것이다.

　우리 삶에 있어서 나만을 채우고자 하는 욕망은 엔트로피의 개념과 동일하다. 인간의 욕망은 '物神'을 좇아 생명 경시 풍조를 낳고 있다. 제레미 리프킨은 생명의 유한성을 일깨워주며, 아주 작은 생명체도 소중히 여겼을 때, 지구의 생명을 다음 세대들에게 잘 전할 수 있다고 강조했다. 그러니까, "이 세상 모든 것은/ (사금파리 하나라도 예외일 수 없다)/ 의식과 영성이 심연에서 서로 만나/ 영어靈語로 교감하며/ 기뻐한다."(「영어산록靈語散錄」)에서 밝히고 있는 것처럼, 그는 우리에게 남아 있는 한정된 자원을 잘 보존하고, 존재하는 것들의 정신까지도 교감할 수 있기를 희망한다. 성찬경의 이러한 의식 활동이 시행 속에서 자유롭게 의미를 설정하고 변화하면서 새로운 미적 체계를 이루고 있다.[23)

> 인간은 잘못을 뉘우치고 고백하는 순간에도
> 그 말이 남의 칭찬을 받게 되기를 바란다. ― 파스칼
>
> 물질에 언어가 없다고 생각하는 것은 인간의 오만이다.
> 물질 언어의 소리를 인간이 못 알아들을 뿐이다.
> (⋯ ⋯)
> 쇠에서는 쇠소리가 나고
> 나무에서는 나무 소리가 난다.
> 물질은 언어뿐만이 아니라 표정도 있다.
> (⋯ ⋯)
> 바람의언어도 물질 언어의 한 갈래다.
> 솔을 새는 바람소리.
> 솔은 흡족하고 바람은 행복해진다.
> 침묵은 물질 언어의 ABC다.
> (⋯ ⋯)
> 죽은 이는 더러 물질의 언어를 빌어 말한다.
> 박재삼 시인 묘소에 갔을 때 박 시인은 내게 와 줘서 고
> 맙다고 말했다.
> 신동집 선배 시인이 돌아가셨을 때 그분은 나의 문상을 반
> 겨주셨다.
> (⋯ ⋯)
> 세상은 말씀 안에 있다.
> 언어와 유리된 존재란 없다.
> 물질을 사랑할 때 물질 언어의 귀가 열리기 시작한다.
>   ―「물질의 언어」부분(『거리가 우주를 장난감으로 만든다』)

---

23) 김수복, 앞의 책, 58쪽.

성찬경은 물질에도 제각기 그 언어가 있으며 따라서 인간에게만 언어가 있다는 생각을 뒤엎는다. 물질의 언어가 없다고 생각하는 것은 인간의 오만이라고 말한다. 쇠에서는 쇳소리가 나고 나무에서는 새들이 앉았다가 우르르 날아가는 소리, 이파리들끼리 부딪히는 나무 소리를 발견한다. 이러한 소리들을 물질 언어로 관찰하고 물질의 표정은 심연이라는 것을 발견한다. 돌은 망치로 때리면 이지러진 표정을 지으며 쩍 갈라진다.

눈에 보이지 않는 바람도 물질의 언어로 간주한다. 눈에 보이고 만져지는 것만이 물질이라는 고정관념에서 벗어난 성찬경은 "솔을 새는 바람소리", "침묵은 물질 언어의 ABC다"라고 한 발 앞서 간다. 이와 같은 언어의 가능성을 통해 같은 언어를 사용한 동족끼리도 소통되지 않는 사회, 불신이 만연해서 말만 많은 사회를 비판하고 있다.

물질들이 내는 언어 혹은 소리는 제각기 꾸밈없이 있는 그대로다. 주검은 차가운 물질이다. 생명이 사라진 죽음은 물질의 한 덩어리이다. 그러나 성찬경은 죽은 자도 말을 하게 한다. "박재삼 시인 묘소에 갔을 때 박 시인은 내게 와줘서 고맙다고 말했고" "신동집 선배 시인은 나의 문상을 반겨주었다"라고 죽은 자들의 소리를 누구보다도 잘 듣고 있다. 여기에서 소리는 생명이다. 침묵의 소리에서 나오는 울림은 크다. 죽은 자들이 "잘 왔다고 문상을 반겨주는 인사"는 주검이라는 물질 안에 깃든 생명의 소리이다. 죽음 또한 자연의 한 부분으로서 허영과 가식이 없이 있는 그대로 가장 순수한 모습을 보여주고 있음을 의미한다. "세상은 말씀 안에 있다"는 구절이 나타내듯이 생명의 힘을 지닌 말은 시간과 공간을 뛰어넘어 세상 안에서 지속적으로 살아가는 생명성으로 작용한다. 이러한 생명성이 바탕이 되었을 때 물질의 언어에 귀가 열리게 될 것이다.

양의도 모를
한의도 모를

몸말의 문법이 있다.
두드러기에 관한 것인데
(… …)
차라리 이 문법은
꽃나라의 어조사
바람고을의 감탄사
돌 제국의 접속사 따위와
맥이 통할 것이다.
(… …)
무명(無明)의 차원에 피어오른
몸말.
몸말의 문법도 모르면서
몸으로 하루하루를 때운다.
　　　─「몸말의 문법(文法)」 부분(『거리가 우주를 장난감으로 다듬다』)

　사람이 하고 싶은 말로 표현하지 못하거나, 미처 하고자 하는 말을 찾
지 못했을 때, 그 말들은 사라지는 것이 아니라 우리 몸속에 쌓인다고 한
다. 일종의 스트레스라고 하기도 하지만 사실 몸속에 쌓여 있는지도 모른
채 살아가는 경우가 많다. 알 수 없는 말들이 몸 밖으로 나가지 못하고 몸
안에서 축적됐을 때, 몸이 대신해서 말을 해준다. 말 대신에 몸에서 두드
러기로 나타나든가, 다른 질병으로 나타난다. 몸으로 도현되고 있는 삶의
고단한 면을 "몸말의 문법도 모르면서/ 몸으로 하루하루를 때운다"고 성
찬경은 몸의 문법으로 나타내고 있다.

　　　　새와 사람은 물론이고
　　　　풀과 사람이
　　　　아니 그것은 물론이고 흙과 사람이
　　　　돌멩이와 사람 물 불 공기 벌레 별
　　　　무엇이든 저희들끼리도 가릴 것 없이
　　　　다정하게 말을 주고받는다.

앓는 것도 성한 것도
사랑과 아픔과 기쁨을 나눈다.
있는 것 모두가 그냥 식구다.
 ─「실재(實在)와 문법」 부분(『거리가 우주를 장난감으로 만든다』)

성찬경의 시 세계에서는 새·풀·흙·돌멩이·물·불·공기·벌레·
별이나 사람을 가릴 것 없이 생명이 있는 것들은 다정히 말을 주고받는
다. 언어의 통일성이라 할 수 있다. 새소리와 물소리, 바람소리, 사람의 소
리는 분명히 서로 다르다. 그러나 순수한 상태에서 자연을 있는 그대로
바라봤을 때, 서로 주고받는 대화를 할 수 있다고 성찬경은 말한다. 이것
은 또한 아픔과 기쁨도 함께 나누는 한 식구를 보고 있는 것과 같다. 이것
이야말로 우리 인간 사회에서 가장 필요한 소통의 방식인 셈이다. 물질이
나 비물질이나 모두 제각기 다른 모습이지만 열린 시각으로 다가서면 소
통되지 않는 것은 없다는 매우 긍정적인 시선인 것이다.

성찬경은 칼날에도 피부를 입힌다. 녹슨 쇠붙이를 갈고 닦는다. 버려진
철조각도 성찬경 손에 들어오면 생명을 지닌 '존재'로 변한다. 성찬경과
함께 숨을 쉬며 말을 하며 한 가족의 공동체가 되는 것이다. 기능을 상실
한 녹슨 쇠붙이에 애정을 쏟는 그의 열정은 물질에 '존재'를 부여하고 물
질이 지닌 본래의 절대적 가치를 형상화해낸다.[24] 새로운 생명성을 담고
다시 태어난 온전한 개체인 '타자'를 맞이하는 일이다. "육신을 지닌 인간
이 자연과 깊은 교감 속에서 서로 아끼고 사랑하며 감사하고 찬미하며 행
복하게 지낼 수 있다면 얼마나 좋을까." 이것은 "오늘날 꿈같은 말로 들릴
지 모르는 문명에 향하는 이상향"이라고 성찬경 스스로 말하고 있다. 흉
하게 녹슬어 있는 쇳조각은 물론 자연은 아니다. 인위적인 것이다. 여기
에 비추어 시인의 내면을 들여다보고 반추하는 그의 정신은 인류가 생명

---

24) 고명철, 앞의 책, 261쪽.

을 소중히 여기는 것을 염원하는 바람을 바탕에 깔고 있다. 낡은 것, 사소해 보이는 사물에서 존재의 깊이를 발견해 내며 물질 본래의 참 모습과 생명성을 노래하는 이러한 시적 지향은 생명 파괴적인 것을 노골적으로 드러내기보다는 물질에 존재를 부여함으로써 '타자' 안에서 생명성을 발견하고 창조하는 즐거움을 보여준다.

구멍 뚫린 오브제.
구불구불 굽은 오브제.
녹이 슨 오브제.
강철의 오브제.

이 강철의 오브제가 그렇게 좋다.
(⋯ ⋯)
굴려 본다.
강아지 모양이 되기도 하고,
동물 모양이 되기도 하고,
성기(性器) 모양이 되기도 하고,
무기 같기도 하고,
그래서 그대로 위대한 실패이기도 하고,
(⋯ ⋯)
겉으로 흉하게 녹이 슬어 있어도
조금만 갈면 네겐 칼날처럼 빛나는
피부가 드러난다.

네겐 나에게 없는 겸양이 있다.
나에게 없는 인내가 있다.
나에게 없는 무심이 있다.
나에겐 있는 허영이 없다.
너의 정신은
내가 갖고 싶은 정신의 전형(典型)이다.

(… …)
너를 어루만지면
시린 감촉이지만
뭐라 말할 수 없는 따뜻함이 있다.
(중략)
꺼지지 않는 너의 본질이기도 하다.
— 「마당에 뒹구는 쇠의 오브제」 부분
(『나의 별아 너 지금 어디에 있니?』)

이 시인의 집은 '응암물질고아원'이다. 그는 '존재'를 부여한 사물 속으로 들어가 그 내부 속으로 다른 사물도 들어올 수 있도록 사고의 문을 활짝 열어놓는다. 그는 사물과 쉽게 일체가 된다. 자유롭게 놀이를 한다. 강아지를 만들었다, 성기 모양을 만들었다 실패하기도 하고 우스꽝스럽게 완성시키기도 한다. 성찬경은 사물과의 상·하 수직관계가 아니라 넋을 앗아가는 어쩔 수 없는 사랑, 운명으로 등가적 자신을 표현한다. "내가 갖고 싶은 정신의 전형이다. 차라리 나의 육체와 같은 운명이다"라는 시구가 그 점을 밝히고 있다. 사물 속에 숨겨져 있는 의미와 아름다움을 밝혀내어 인간 생명의 흐름을 풍요하게 하는 내적 기능을 갖는[25] 이러한 성찬경의 쇠붙이에 대한 사랑은 식을 줄 모른다. 그는 인간과의 관계에서 따뜻함뿐만 아니라 물질 안에서도 따뜻함을 발견해낸다. 물질의 표면은 차갑고 시리다. 하지만 물질의 내면은 따뜻함이 있다는 생명성을 부각시킨다. 이는 물질과 사랑하고 교감하는 따뜻한 마음에서 비롯된다. 시인의 이러한 의식은 대상에 대한 관심과 자유로운 상상력으로 새로운 존재에 생명력을 불어넣어 그의 시세계의 지향성을 높이는 데 기여한다.

그러나 그의 시는 사물의 외양보다 본질을 파고드는 추상미술처럼 순수성을 지향한다. 녹슨 못과 귀퉁이가 떨어진 헬멧 등 부조화의 것들을

---

25) 성찬경, 앞의 책, 344쪽.

순간 포착하여 남루하고 조각난 그것들의 상처 안에서 본래의 울음소리를 듣는다. 또한 녹을 닦아낸 나사를 암나사, 수나사로 새롭게 태어나게 한다. 본래로의 환원이자, 새로운 생명으로의 변용인 것이다.

그렇다. 나는 기인이다.
길에서 유리조각을 주워
집에 가지고 와서 잘 씻어 유리병에 넣는다.
유리병이 차츰 유리조각으로 차오른다.
나는 유리병에 '파편, 순수물질, 너는 너다.'
라고 써 붙였다.
(… …)
일하다가
일보다 더 재미있는 일이 생각나
하던 일에 괄호를 여는 기분으로 새 일을 시작한다. 그르다가 더 멋진
일이 생각나
또 괄호를 열고 그 일을 시작한다.
그러다가 더욱 더 기막히는 일이 생각나
다시 괄호를 열고 활동에 착수한다.
(… …)
그러나 나는 절대 절망하지 않는다.
아직도 아슬아슬하게 끊기지 않고 있는
희망의 끈을 꽉 붙잡고 있다.
나는 결코 시대의 흐름을 방해하지 않는다.
(… …)
현실과 환상의 경계선, 으뜸가는 매혹의 땅
(… …)
이때 피카소는 나의 코치 겸 교수다.
나는 지금까지 나의 재능의
잔가지밖엔 꽃피우지 못했다.
(… …)

인생의 바탕은 비극.

환상은 희극.

'슬프지 않은 음악이 어디 있으랴.' 슈베르트의 이 말에 나는 전적으로
공감한다. '영혼의 눈으로 악보를 지휘하는 자다

명지휘자요.'

(…… ……)

인생은 정리整理와의 전쟁이다.

엔트로피와의 혈투다.

필요한 것은 지속의 의지다.

(…… ……)

유행엔 관심 없다.

이것이 내 식이다.

　　　　－「이것이 내 식이다」 부분(『거리가 우주를 장난감으로 만든다』)

　이 시의 "파편, 순수물질, 너는 너다"는 이 시의 주제행이라고 할 수 있
다. 성찬경의 원초적 관심은 '파편'이다. 녹슨 쇳조각, 유리 조각, 녹슨 못,
헬멧 조각 등 버려진 물질의 형태에서 순수한 물질성을 발견해내기 때문
이다. 세상에서 버려진 쓸데없는 파편 조각에 '너는 너다'라고 존재를 부
여한다. 아무리 작은 파편 조각일지라도 내 손에 들어와서 내가 작품을
만든 것이므로 '내'것이라는 고정관념에서 벗어나 '너'라는 타자성을 부여
하는 것이다. 너라는 타인에 대한 배려 의식이 없을 때, 나만의 욕망과 나
만의 시야에 갇히기 쉽다. 그래서 더욱 '너는 너다'라는 짧은 시행 안에서
성찬경의 윤리관과 생명성이 확연하게 드러난다.

　성찬경은 "그러나 나는 절대 절망하지 않는다"라고 평생을 한결같이
오체투지의 몰입으로 창작 활동에 착수했다. 파편을 발견하고 그 파편을
통해서 타인의 존재를 보고, 그 존재 안의 생명이 "현실과 환상의 경계선"
이기도 하며 "으뜸가는 매혹의 뜻"이기도 하다고 말한다. 그는 "피카소는
나의 코치 겸 조수다"라고 밝힌다. 피카소의 손 안에 들어온 물건이 다른

사람의 것과 똑같을지라도 자신만의 새로운 것으로 탈바꿈시키고 재생시키는 피카소, 그를 자신의 코치 겸 조수라고 비하시키는 것이 아니라 성찬경 자신도 피카소 못지않게 뜨거운 창작의 열정으로 오체투지의 몰입 상태임을 강조하고 있는 것이다. 성찬경의 타인에 대한 존재 의식과, 버려진 것을 새로움으로 탄생시키는 그의 생명성은 인생의 깊은 심연에 고여 있는 비극의 지점을 거치고서 출발한다고 볼 수 있다. 우리의 삶 안에서 필요한 생명성은 사라지고 불필요한 성분이 갈수록 늘아가는 것을 '엔트로피와 혈투'라고 말하는데, 그는 포기하지 않고 인류에 필요한 생명성을 널리 펼치기 위해 '필요한 것은 지속의 의지다'고 강한 의지를 밝히며, 길에서 주운 녹슨 나사에 녹을 벗기고 기름칠을 해서 암나사, 수나사의 쌍을 맞춘다. 이러한 쌍의 나사는 갓 결혼한 신혼부부처럼 새로운 삶을 출발하는 새로운 존재로 재생됨과 동시에 창작자의 손과 정신에서 갓 태어난 신생아라 할 수 있다.

> 길에서 나사를 줍는 버릇이 내게는 있다.
> 암나사와 수나사를 줍는 버릇이 있다.
> 예쁜 암나사와 예쁜 수나사를 주우면 기분 좋고
> 재수도 좋다고 느껴지는 버릇이 있다.
> 찌그러진 나사라도 상관은 없다.
> 투박한 수나사도 쓸만한 건 물론이다.
> 나사에 글자나 數子나 무늬가
> 음각이나 양각이 돼 있으면 더욱 반갑다.
> 호주머니에 넣어 집에 가지고 와서
> 손질하고 기름칠하고
> 슬슬 돌려서 나사를 나사에 박는다.
> 그런 쌍이 이젠 한 열 쌍은 된다.
> 잘난 쌍 못난 쌍이
> 내게는 다 정든 오브제들이다.

미술품이다.

아니, 차라리 식구 같기도 하다.

－「나사 1」전문(『소나무를 기림』)

성찬경은 길에서 주운 나사에게 '타자'를 인정하면서 하나의 개체로서 존중해준다. 그러면서 가족공동체로 생각한다. 해가 바뀔수록 늘어나는 것은 쓰레기와 공해이다. 플라스틱, 부서진 헬멧, 비닐, 쇳조각 등 무수히 떠도는 미아들이다. 성찬경은 이러한 미아들을 눈에 띄는 대로 집으로 데려와서 '물질 고아원'을 만들었다. 일일이 이들을 손질해서 돌봐주고 멋진 오브제로 태어나게 했다. 물질, 비물질 속에 생명성을 부여해서 가족공동체를 이룬 것이다. 우리가 살고 있는 이 시대는 바로 우주공동체의 동반자적 관계다. 인간들에 의하여 심각하게 파괴된 시대이기에 더욱 다른 존재와 더불어 겸허하게 살아가야 한다는 의식의 변화가 필요하다.[26] 인식의 변화는 개인, 사회를 변화시키면서 죽음을 생명으로 바꿀 수 있다. 에리히 프롬의 말을 빌리면, 인간의 성격이나 본성은 우리의 의지나 사회적 환경에 따라 죽음을 생각하는 방향을 취할 수 있고, 생명을 사랑하는 방향으로도 갈 수 있다.[27] 우리가 살고 있는 시대는 생명의 방향보다는 죽음으로 치닫고 있다고 할 수 있다. 공해와 환경 문제 등은 지구촌이 맞닥뜨린 절체절명의 문제이다. 그럼에도 생명을 사랑하는 힘이 우리의 마음을 전적으로 움직이게 된다면, 죽었거나 죽어가고 있는 이 세계는 생명의 장으로 살아날 수 있게 될 것이다.[28]

꽉 막힌 곳에서
나사를 꺼내본다

---

26) 정효구, 앞의 책, 34쪽.
27) 위의 책, 72쪽 재인용.
28) 위의 책, 73쪽.

이곳을 열고 나갈
열쇠가 되라고.

나사는 말이 없다가
이윽고 나직히 속삭인다
막힐 대로 막혔으니 열쇠 없어도
열릴 때가 왔다고.

－「나사 5」전문(『소나무를 기림』)

물질인 나사를 생명성을 지닌 존재 '타자'로 인식하고 있는 성찬경은 1
연 '꽉 막힌 곳'을 답답한 세상으로 표상한다. 인생을 살아가면서 해결책
이 없는 문제에 봉착했을 때, 지푸라기 열쇠라도 들고 문제를 해결하기
위해 지푸라기가 헤질 때까지 씨름할 것이다. 그런 열쇠는 세상살이에서
대부분 없는 것이 당연하다. "막힐 대로 막혔으니 열쇠 없이도 열릴 때가
왔다"고 말이 없던 나사가 나직이 속삭인다. 여기에서 나사는 실존하는
생명성이다. 우리 내부 깊숙이 들어앉아 있는 생명의 소리를 나사가 대신
속삭이고 있다고 할 수 있다. 이 속삭임은 내부의 소리에 귀 기울이지 못
하고 내부 안에 그러한 생명의 소리가 있는지도 모르는 현대인들에게 애
타게 호소하는 물질의 내면적 발화이다. 평생을 열쇠 찾기에 허비하는 현
대인에게 외부 세계로 향하는 시선을 자신 안에 담긴 내부의 세계에도 비
추어보기를 권하는 충고이기도 하다. 또한 타자와 서로 긴밀한 관련을 맺
고 상호 영향을 주고받을 수 있는 '나와 너'의 관계성을 이어주는 끈이다.

인간의 가장 근본적인 것은 생명성이다. 인간은 실존적 존재이면서 사
회적 존재이고, 자연적 존재이면서 우주적 존재이다. 생명 경시 풍조가
만연해지면서 '타자'에 대한 배려보다는 내 것을 앞세우고, 나를 채우기
에 급급한 욕망의 시대에 '타자 의식'은 막힌 곳에 '나사'를 꺼내보는 역할
이라고 볼 수 있다. 성찬경은 인간의 존엄성이 나 아닌 너, 즉 '타자'에서

부터 시작되고 있음을 버려진 나사인 물질을 통하여 강조한다. 이러한 의식은 지구 전체는 물론 우주적 세계까지도 생명공동체로 맥을 같이 할 수 있음을 시사한다.

이러한 과정을 통해 성찬경 시의 화자는 사물과 일체가 된다. 자유롭게 놀이를 한다. 이는 피안으로 도피하지 않고 현실(대지)세계에 정위함으로써 삶의 긍정, 세계 긍정의 태도로 생명의 생성과 놀이를 향유하는 니체의 현실긍정적, 생명긍정적 사유를 보여준다.[29]

성찬경은 인간에게 언어가 있듯이 물질에도 언어가 있고 물질에도 물질의 권리가 있다고 '물권'을 주장한다. 우리는 어떻게 자연의 언어를 배우고 자연과 교감하며 생명을 얻을 수 있는 것인가? 니체에 따르면, 자연에 대한 존경심은 우리 자신이 자연의 일부임을 깨닫고 자연의 구성원으로서 자연에 대한 겸손한 태도를 견지하며 자신의 몸의 언어를 읽는 데서 유지될 수 있다.[30]

성찬경의 물질관과 자연관은 생명성으로 향하고 있다. 인간중심 사고에서 벗어나 자연과 버려진 물질과 소통하기 위에 그들의 소리에 귀를 기울인다. 성찬경은 다른 시에서 죽음·영혼·태극 등 극대화된 관념어를 부분적으로 쓰고 있지만 물질시에서는 일상적인 언어를 구체적으로 사용하고 있다. 비현실적인 측면, 즉 허구적 관념의 세계를 구체적인 언어의 사용을 통해 현실감으로 살려놓고 있는 것이다.

---

29) 김정현, 우리사상연구소 편, 「니체의 생명사상」, 『생명과 더불어 철학하기』, 철학과현실사, 2000, 61쪽.
30) 위의 책, 56쪽.

Ⅳ. 환원되지 못하는 생명성

1. 일상 안에서 포착하는 사회적 현실

첫 시집『우리를 적시는 마지막 꿈』에서부터 아홉 번째 시집『시간의 부드러운 손』에 이르기까지 김광규의 시는 단순하고 꾸밈없는 언어로 이루어져 있다.『아니다 그렇지 않다』,『크낙산의 마음』,『좀팽이처럼』등 1980년대에 나온 시집은 군사정권의 암울한 시대 상황을 암시적으로 보여주는 것들이었다. 그에 반해 여덟 번째 시집『처음 만나던 때』나『시간의 부드러운 손』은 2003년과 2007년에 간행되었는데, 2000년대의 김광규에게서는 시적 변화를 읽을 수 있다. 시적 대상을 사회적 범주에서 자연으로 옮겨가고 있기 때문이다. 물론 1980년대, 1990년대 시집에서도 자연을 도외시한 적은 없지만 도심에서 멀리 떨어진 산글이나 풍광이 좋은 전원주택으로 옮겨간 것은 아니다. 그는 도시 주변부. 도심 안에 공존하는 나무와 풀, 눈에 잘 띄지 않는 밥풀, 쓰레기를 좇는 비둘기, 까치들을 쉽게 만나고 그려왔다. 속도에 편승하는 현대의 흐름 속에서 시인은 침묵의 소리, 새들의 소리에 귀를 기울이고, 콘크리트 사이에서 죽어가던 나무가 어느 순간에 잎을 피우고 저 혼자 살아가는 것을 보며 대지의 꿈을 가진 나무임을 발견한다.

생명의 유한성은 생명적 흐름 자체의 무한성에 연결된다. 베르그손은 "각 생명체는 자신의 유한성을 뛰어넘어 우주의 근본적 존재를 구성하는 생명성 자체와 일치할 가능성 속에서 자신의 무한성을 실현하는 것이다"고 했다.[1] 또한 생명의 능력은 우한한 것이며, 새로운 시작을 준비할 수 있게 형체는 사라지면서 다시 태어날 생명에 스며들어 그 능력이 발휘되면서 빨리 소모되는 것이다.[2] 김광규는 이와 같은 관점으로 생명 현상을 드러내는 동시에 시간과 존재 사이의 환원 불가능을 주목하고 있다.

초기의 한 작품에서 군용트럭에 깔려 죽은 게를 그리고 있는데, 그 게는 죽어서 다른 모습으로 바뀐다. 민주화를 위해 바친 목숨이 끝내는 민주화를 이루지만 그 생명은 돌아오지 않는다. 베르그손에 따르면 우주 안에서 엔트로피 법칙을 거스르는 운동을 하는 존재는 생명체뿐이다. 그는 생명체가 물질에서 에너지를 취해 축적하고 필요할 때 소비하는 유기조직이라고 했다.[3]

김광규의 시는 이렇듯 일단 소모되는 생명성에 관심을 둔다. 그런 현실을 투명하게 비추기 위해 그는 일상적 언어를 사용해 시를 읽는 사람이 현실을 쉽게 파악할 수 있도록 한다. 이러한 시적 언어는 시대를 통찰할 수 있는 직관의 힘을 느끼게 한다. 보이는 것 같지만 보이지 않는 것, 잡힐 듯하지만 잡히지 않는 것, 어둠이지만 어둠 속에 갇히지 않는 어둠의 신비를 아홉 번째 시집까지 이끌고 온다. 그의 시는 일상 안에서 포착되는

---

1) 황수영, 앞의 책, 196쪽.
2) 베르그송, 송영진 역, 『베르그송의 생명과 정신의 형이상학』, 서광사, 2001, 141쪽.
3) 앙리 베르그송, 앞의 책, 578~579쪽.

사회적 현실, 순수의 시간과 타락의 시간, 지속과 정지의 시간, 유한한 생명성의 역설[4]과 아이러니[5]를 펼쳐놓는다.

어렸을 적 고향에는 신비로운 산이 하나 있었다.
아무도 올라가 본 적이 없는 靈山이었다

영산은 낮에 보이지 않았다
(⋯ ⋯)
어렴풋이 그 있는 곳만을 짐작할 수 있을
뿐이었다.
(⋯ ⋯)
애 마음을 떠나지 않는 영산이 불현듯 보고 싶어 고속
버스를 타고 고향에 내려갔더니 이상하게도 영산은 온데
간데 없어지고 이미 낯선 마을 사람들에게 물어보니 그
런 산은 이곳에 없다고 한다.
— 「靈山」 부분(『희미한 옛사랑의 그림자』)

'靈山'은 명사화된 이름을 갖고 있지 않지만 그것은 물리적 공간에 실재하는 산이라기보다 사실적 논리를 초월하는 지향성의 공간에 자리하고

---

4) 역설은 아이러니에 포함시키기는 어렵지만, 그 효과를 높이는 하나의 방법으로 간주될 수 있다. 브룩스가 그의 역설이 리챠즈의 아이러니에서 차용된 것임을 밝힌 바 있듯이 역설은 사실 아이러니와 밀접한 관련을 지닌다. 다만 역설이 전혀 관련성이 없는 표면과 이면을 동시에 드러내는 데 반해 아이러니는 상반된 표면만을 드러낸다는 점이 다르다. 그러나 역설은 그러한 모순을 극복하여 초월적 진리로 승화되는데, 그 자체가 아이러니로서 작용하게 된다. — 손종호, 앞의 책, 75쪽.
5) 리챠즈는 아이러니를 상호 모순되는 충동(opposite impulse)의 조화(equilibrium)라고 간주한다. 그에 의하면, 이질적인 경험들을 배제하고 같은 방향으로 평행되는 충돌들로만 조립된 시는 배제의 시(Poetry of exclusion)로 나쁜 시로 간주되며, 서로 상반되는 충동들이 균형과 조화를 이룬 시는 포괄의 시(Poetry of inclusion)로 좋은 시다. 전자는 불안정한 체계를 이루는 데, 이는 반어적 시각이 나타나지 않기 때문이며, 후자는 안정된 체계를 이루는 데 이는 충동들의 특수한 이질성들이 상호 반응하면서 상반성의 균형을 이루기 때문이다. — 손종호, 위의 책, 72쪽.

있다. 그 산은 일상적으로 마주하는 숱한 산들이 아니라 그 산들 너머에
보이지 않지만 느낄 수 있는 존재로 남아 있는 산이다. 생명의 본질적인
면은 환원 불가능성이다. 낮과 밤이 공존하듯 생명은 죽음 안에 삶을, 삶
안에 죽음을 내포하고 있다. 김광규는 이런 본질적인 환원 불가능성을 어
둠으로 나타내고, 깊은 어둠 안에서 생명의 태동을 구체적으로 관찰하고
있다.

　1990년대에 나온『누군가를 위하여』,『물길』,『가진 것 하나도 없지
만』등의 시집은 1980년대와 2000년대를 잇는 징검다리로서 사소한 일
상, 만원버스에 실려 다니는 도시인의 생활을 담담히 그리고 있다. 때로
는 거기에 연민과 따뜻한 시선이 짙게 담기기도 한다.

> 배고픈 암사자 한 마리
> 머리를 바싹 낮추고
> 누린 갈대숲을 지나 살금살금
> 얼룩말에게 다가간다
> 한 놈 잡아야 할 터인데
> 보는 사람도 사자와 함께 침을 삼키는 순간
> 낌새를 알아채고 달아나는 얼룩말
> 뒤에서 사자가 덮쳐
> 야성의 두 몸뚱이가 흙먼지를 일으킨다
> 얼룩말의 팽팽한 엉덩이를 물어뜯는
> 사자가 넘어지며 말 뒷발에 걸어차이고
> 얼룩말은 날쌔게 초원을 가로질러 도망간다
> 보는 사람도 말과 함께 달려가버린다
> 사냥에 실패한 사자는 이미
> 화면에서 사라졌고
> 　　　　－「동물의 세계」전문(『가진 것 하나도 없지만』)

　1990년대는 그 동안 분출하지 못했던 소비 욕망이 강하게 대두된 시대

이다. 독재정치의 종말과 민주화의 혼란 속에서 터져 나오는 사회적 욕망을, 김광규는 감정을 절제하는 객관적인 언어로 드러냈다. 그리하여 외침이나 구호가 아닌 1990년대를 살아온 보통사람의 목소리를 담는 데 성공하고 있다.[6] 위의 시에서처럼 텔레비전에서 보여주는 '동물의 세계'를 통해서 물질문명과 사회를 비판하고 풍자한다. 현실에 대한 문제의식이자 반성의 힘이다.[7] 여기서 배고픈 암사자는 그 동안 억눌려 있던 1990년대의 소비와 사회적 욕망을 나타낸다. 이처럼 김광규는 현대 소비사회에서의 '배고픈 욕망'을 평이한 어투로 날카롭게 담아낸다. 한 마디로 현대의 이와 같은 먹이 경쟁은 성취의 순간을 겨냥하지만, 사실은 타락의 늪으로 가는 시간들이다. 다음에서 이를 구체적으로 살펴보기로 한다.

2. 순수의 시간과 타락의 시간

창조적 지속은 절대성이며 영원성일 수 있다. 개념적이고 가상적인 것이 아니라 모든 지속이 농축, 응고되어 있는 살아있는 영원성을 말하는 것이다.[8] 김광규의 시 속의 시간은 생명성을 지속적으로 창조하는 순수의 시간과, 생명성이 파괴되고 단절되는 타락의 시간으로 구분할 수 있다. 순수의 시간은 일상 안에 묻혀 있다. 그것은 눈에 띄지 않는 구석진 곳에서 생명체가 태동하고 움트는 시간이며 이러한 생명체를 발견하여 창작하는 시간이다. 이와 대조적으로 타락의 시간은 창조하는 시간을 만나지 못하는 권태의 시간이다. 생명성을 재생할 수 없는 죽음의 시간이고, 회복할 수 없는 사물의 시간이다.

---

6) 김수이, 「시름의 도시 쓸쓸한 희망」, 『현대시』, 1998, 232쪽.
7) 김수이, 위의 글, 232쪽.
8) 차건희, 「베르그송의 시간과 생명의 드라마」, 『과학사상』, 1996 여름, 105쪽.

하지만 식물도 자라지 못하는 사막, 불모의 땅에서 탱크와 미사일과
폭격기를 동원하여 전쟁을 벌이는 짓은 이해할 수 없습니다. 교활한 테
러리스트 한 명을 잡으려고 사막처럼 광대한 나라를 흔적도 없는 폐허
로 만들고, 가난하게 천년을 시달려온 종족들을 무차별 살상하는 폭력
을 이해할 수 없습니다.

－「사막에 대한 견해」부분(『처음 만나던 때』)

한반도가 남북으로 나뉜 것은
그들이 알 바 아니었다
이처럼 세계가 완전히 무장 해제된
평화의 봄에
전투기와 미사일 및 대량 살상 무기를
강매하려는 압력은 더욱
거세지고 있다

－「2002번째 봄 2」부분(『처음 만나던 때』)

풀 한 포기 없는 콘크리트 축사에 갇혀
인공 골분 사료를 되새김질하며
몸무게를 불리던 소들은
푸른 초원이 그리워 마침내
미쳐버렸다
비실비실 미끄러지다가 넘어지고
도살되어 네 다리를 쭉 뻗은 채
태연하게 불타는 소
불쌍해라
(……)
수백만 마리의 소 값 때문에
눈물 한 방울 흘리지 않고
미쳐버린 사람들

－「불쌍한 사람들」부분(『처음 만나던 때』)

인간의 무리한 욕심과 증오는 최대 엔트로피의 상태인 죽음과 생명성의 파멸로 귀착될 수밖에 없다. 전쟁이란 어느 나라가 승리했는가가 문제가 아니라, 그 자체만으로도 전 인류의 참담한 패배, 즉 엔트로피로 향하는 인류 전체의 행진인 셈이다. 전쟁을 치르기 위해 인간들은 끊임없이 강력한 무기를 생산할 수밖에 없다.[9] 또한 잃어버린 생명성에서 오는 단절은 물질이나 돈에 대한 욕망의 확대로 이어질 수 있으며, 이로 인해 인간성의 상실, 개인의 말살을 유발시킨다.[10] 이러한 시간은 타락의 시간이며 생명성이 파괴된 시간이다. 화자는 전쟁의 참상과 "태연하게 불타는 소와 미쳐버린 사람들"을 주목한다. 지구촌 곳곳에서 자행되고 있는 생명 파괴의 잔혹성이 순수의 시간으로 돌아갈 수 없게 만든다는 것이다. 이렇듯 생명과 자연의 훼손, 그리고 소통되지 않는 사회구조, 게다가 전쟁과 폭력의 광기에 대한 그의 날카로운 비판정신은 김광규의 첫 시집 『우리를 적시는 마지막 꿈』에서부터 아홉 번째 시집 『시간의 부드러운 손』에 이르기까지 멈추지 않고 있다.

그러나 후기시에서는 또한 달라진 점을 발견할 수 있다. 김광규 시에 많이 등장하는 것은 전체적으로 자연이다. 그 자연은 거대한 폭포나 몇 백 년 묵은 소나무 혹은 광활한 들녘보다는 집 가까이에 있는 까치나 단풍나무, 버드나무, 고양이, 마당의 대추나무, 모과나무 등이고, 버려진 화분에서 다시 살아나는 '이대목'과 같은 일상 주변의 자연물들이다. 물론 전쟁이나 문명의 이기, 공해, 소통되지 못하는 사회의 모순 등에 그의 관심은 여전히 지속되고 있지만 자연 상관물이 많다. 이렇듯 후기 시의 특징 중 하나로 자연에 순응하는 생명성을 들 수 있다. 인위적인 허위의 문명을 비판하기에 앞서 일상에서 만나기 쉬운 나무, 새, 꽃 등 우리가 잊거나 놓치고 살았던 자연을 노래한다. 다시 말해, 도심에서 벗어나 산이나 강

---

9) 앞의 책, 276쪽.
10) 앞의 책, 278쪽.

을 찾아가는 일상에서의 도피보다는 집 주변이나 골목길, 그리고 야산의 자연이 주는 위로를 시종일관 담담한 언어로 나타낸다.

그런데 이때 나타나는 식물적 이미지는 자연의 질서 혹은 자연에 순응하여 살려는 의지를 반영하기보다는 역동적인 삶의 의지와 결부되어 있다고 볼 수 있다.[11] 물론 그의 시적 시선은 직접화법의 진술이거나 드러냄이기보다는 객관적 묘사로 이어진다. 특히, 시집 『시간의 부드러운 손』은 일상의 사소한 부분을 드러내다가 사회적인 문제와 전쟁을 날카롭게 직시하며 밝히고 있다. 그러니 그의 비판 의식이 약화되었다고 볼 수 없다. 순수한 시간 속에 타락의 시간을 병치함으로써 안일하게 살아가는 일상의 단면을 일깨워주고 있는 것이다.

> 안산 중턱 팔각정 앞마당에
> 내려앉은 비둘기 때
> (… …)
> 어디로 갔나
> 아프가니스탄이던가
> 이라크이던가
> 공습이 시작되던 때부터 갑자기
> 한 마리도 보이지 않네
> 　　　　　－「비둘기들의 행방」 부분(『시간의 부드러운 손』)

> 참으로 오래간만에 이웃과
> 동네의 소식 들려왔다
> 탈북자 일가족이 선양에서 붙들려
> 북으로 강제 송환되었다는 기사도
> 오래간만에 촛불 켜놓고
> 구겨진 신문 한구석에서 읽었다
> 　　　　　－「잠깐 동안 정전」 부분(『시간의 부드러운 손』)

---

11) 오생근, 성민엽 편, 「삶과 시적 인식」, 『김광규 깊이 읽기』, 문학과지성사, 1993, 135쪽.

「비둘기들의 행방」에서는 작은 비둘기와 아프가니스탄이 대비를 이룬다. 아주 작은 것, 극미한 것을 통해서 전쟁을 말하고 있다. 「잠깐 동안 정전」에서는 시의 제목처럼 잠깐 정전이 된 상태에서 굴러다니는 초 토막을 켜놓고 구겨진 신문 한 조각을 읽는다. 신문 귀퉁이에 "칼북자 일가족이 선양에서 붙들려/ 북으로 강제 송환되었다는 기사"를 통해 남북문제에 관해 발언하고 있다. 큰 목소리로 외치거나 강조하기보구는 비둘기나 촛불 등 지극히 작은 것을 통해서 시대를 통찰하고 있음을 알 수 있다. 이처럼 그 이면의 사회적·역사적 맥락으로 영역을 넓히고, 심화해 보여주는 것이 후기시의 특징이기도 하다.

순수의 시간은 어둠 속에서 나타나는 생명성이다. 김광규에게 있어 어둠은 아주 친숙하며 어둠을 통하여 빛을 발견하는 모습이다. 칠흑 같은 어둠이라도 어둠 속에 오래 앉아 있다 보면 주위의 것들이 하나 둘 보이기 시작한다. 밝은 낮에도 보이지 않던 것들이 보이며 어둠이 어둠으로 그치는 것이 아니라 "까맣고 부드러운 어둠/ 아득히 거슬러 올라가면/ 모든 빛의 고향/ 일찍이 우리가 태어난 곳/ 이 암흑 속에서/ 창 안을 들여다보면/ 어둠의 품에 안겨 아기처럼/ 잠든 우리의 모습이 나타납니다/ (… …) 어둠 속에서 비로소/ 자신을 만납니다"라고 「까맣고 부드러운 어둠」에서 밝히고 있다. 그는 어둠 안에서 진정한 빛을 본 것이다. 속도에 밀려가는 현대인들은 과연 하루 중에서 자신을 만나며 들여다볼 수 있는 순수의 시간이 얼마나 될까? 현대인들이 이러한 본질적인 시간을 놓치고 사는 것마저도 습관이 되어버리는 현실을 반추하게 해주는 '까만 어둠'이다.

3. 지속과 정지의 시간

김광규는 『가진 것 하나도 없지만』의 표제 글에서 "시를 쓰는 작업이 생계에 도움이 되지 않는다는 죤을 생각하면, 현대시는 아마도 자본주의 사회에서 돈을 벌기 위해서 부르지 않는 마지막 노래일 것이다"라고 말하고 있다. 이렇듯 현대에서 시는 대부분이 부르지 않는 노래이며, 죽었다 해도 과언이 아니다. 시와 상관없이 세상은 눈부시게 발전되어 간다. 문학 중에서도 시는 경제 논리와 거의 무관하다. 이러한 척박한 환경에서 고독과 빈곤을 무릅쓰고 세상을 향해 소통하려는 탁월한 작품은 황금만능주의에서 가장 소중한 생명성으로 작용한다. 현대의 흐름에서 시는 후퇴하고 멈춰버린 것 같지만, 시의 생명성은 시간과 공간을 뛰어넘는 무한성이다. 가장 지속적인 첨단의 '역진보'로 볼 수 있다.

창 밖에서 산수유 꽃 피는 소리

한 줄 쓴 다음
들린다고 할까 말까 망설이며
병술년 봄을 보냈다
힐끗 들여다본 아내는
허튼소리 말라는
눈치였다
물난리에 온 나라 시달리고
한달 가까지 열대야 지새며 기나긴
여름 보내고 어느새
가을이 깊어갈 무렵
겨우 한 줄 더 보탰다

뒤뜰에서 후박나무 잎 지는 소리
　　　　　　　－「춘추」 전문(『시간의 부드러운 손』)

　하나의 작품을 쓰기 위해서 때로는 봄이 가고, 여름이 가고, 가을을 맞이한다. 이러한 화자의 심정을 담은 작품이 「춘추」이다. "한 달 가까이 열대야를 지내며 기나긴/ 여름 보내고 어느새/ 가을이 깊어갈 무렵/ 겨우 한 줄 더 보탰다"라고 표현하듯이 창작자의 고통은 세월이 흘러도 백지 앞에서 처음 글을 쓸 때의 심정으로 되돌아간다고 말한다. 감정의 높낮이가 드러나지 않는 어투가 「춘추」에서 잘 그려져 있다. 이는 그의 몸에 배어 있는 어법이다. 많은 시들이 꽃이 피고 지듯이 태어나고 사라지고 또 태어난다. 산수유 꽃 피는 봄에 시작하여 깊어가는 가을에 시 한 편 마무리한다. 이렇듯 지난하고 고된 시간 속에서 시를 숙성시켜도 세상에 태어나자마자 시는 사라지기 쉽다. 그러나 김광규는 이러한 세상과 아랑곳없이 담담한 언어로 시를 쓰고, 묵묵히 시를 탄생시킨다.

> 우리 집 대추나무는 너무 늙어서 몇 년 전부터 열매가
> 맺지 않는다. 그래도 정정한 늙은이처럼 잎은 여름마다
> 무성하게 돋아나 산비둘기와 매미들을 불러들인다.
>
> 이 대추나무 줄기를 타고 능소화 덩굴이 높이 올라가며 불그스름한
> 꽃을 탐스럽게 피워놓았다.
> (… …)
> 여름이 깊어가자 호박꽃이 피었던 자리마다 열매가 맺어 굵어지기
> 시작했고, 가을로 접어들자 대추나무 가지마다 커다란 늙은 호박이 주
> 렁주렁 매달렸다.
> — 「詩나무」 부분(『처음 만나던 때』)

너무 늙어서 열매 맺지 못하는 대추나무를 화자는 詩나무라고 명명한다. 해마다 잎은 푸르러 산비둘기나 매미들을 불러들이지만 열매를 맺지 못하는 것을 시 쓰기와 흡사하다고 보고 있는 것이다. 시를 쓰기 위해 시간을 내고 시를 떠나본 적이 없지만 시에 대한 열매를 맺지 못하는 화자의 심상이 잘 드러나 있다. 하지만 대추나무 줄기를 타고 능소화 덩굴이 높이 올라와 불그스름한 꽃을 탐스럽게 피워놓고 가을로 접어들자 대추

나무에 호박이 주렁주렁 매달려 있다고 묘사하고 있는데, 이는 대추나무가 있기에 능소화도 올라와서 꽃을 피우고 호박 덩굴도 올라와 열매를 주렁주렁 매달 수 있다는, 즉 시로 열매를 맺지 못할지라도 한 사람의 시인의 가치는 황금으로 환산할 수 없음을 내포하고 있다.

대추나무를 타고 올라와 능소화가 꽃을 피우고 호박이 열매를 맺듯이, 물질만능과 효율성만을 앞세우는 현대에서 정신적인 가치를 소유하고 있는 시인들이 많이 존재함으로써 우리 사회의 문화적 성장이 꽃을 피우고 열매를 맺게 되는 것이라고 판단한다. 이렇듯 대추나무가 늙어서 열매를 맺지 못하듯이 시 또한 세상에서 열매를 맺기 어렵다. 하지만 시가 있기에 잃어버리고 사라지는 생명성이 다시 환원된다. 진정한 시는 영혼에서 우러나온다. 물질의 안락이 우선시되는 사회에서 시는 죽어갈 수밖에 없지만 그래도 새로운 시가 계속 탄생하는 것은 생명의 신성한 존재가 지속됨과 같다는 의미로 읽힌다.

> 한가위 달빛 아래
> 유리창에 비치는 후박나무
> 그림자
> 보았나
>
> 가을바람에 가늘게 흔들리는 나무
> 가지와 잎사귀들 수런거리는
> 소리
> 들어보았나
>
> 꼼짝 않고 멍하니 아무 생각도 없이
> 혼자서
> 창문 앞에
> 앉아 있었나

아니면 나뭇잎들 사이로 들여다보는
달과
둘이서 한밤
새우고 있었나

                        −「달밤」 전문(『시간의 부드러운 손』)

    거리의 소음은 저절로 들리지만, 침묵의 소리는 오래도록 기다려야 들을 수 있다. 내면으로 깊숙이 내려가야만 가능하다. 오래도록 지켜보며 관찰할 때 미세한 소리가 들리고 평소에 보이지 않던 부분도 선명해진다. 한가위 달은 밝다. 그러나 이런 달빛을 오래 보고 관찰한 이들은 많지 않다. 현대인의 속도는 한가함과 거리가 멀다. 나뭇잎 사이로 언뜻언뜻 비치는 달빛을 들여다보는 시간은 침묵과 가장 가깝게 닿아 있다. 달과 일치하려는 순간이며 가장 우주적인 시간이다. 우주 안에서 자연이 아닌 것은 없다. 나무나 인간이나 우주 안에서는 모두가 자연이다. 이러한 자연과 하나가 되며 일치하는 순간은 우주라는 전체 속에 인간이라는 작은 부분이 일치되는 순간이다. 이러한 순간은 꼼짝 않고 아무 생각 없이 오롯이 창문 앞에 혼자 있는 시간이 있어야만 가능하다. 사람과 사람 사이의 대화도 중요하듯이 달빛과 마주 보는 것, 나뭇잎들과 속삭임 또한 소중한 대화이다.

후박나무 잎에 내리는 가을비
늘어진 담장이 넝쿨 흔들면서
유리창을 후드득 두드리는 빗줄기
수녀원 회랑을 스쳐가는 옷자락 소리처럼
그것은 일종의 침묵이라고 생각했다
목련꽃 소리 없이 떨어뜨리고
라일락 향기를 살짝 풍기는 봄바람
(… …)

돌개바람이
중앙로의 가로수를 뽑아버리고
서해대교 강판을 몇 개나 떨어뜨렸을 때
그것은 침묵이 아니었다
말없이 오랫동안 참아온
바위와 나무와 조개의 침묵
그 침묵의 소리도 이제는 듣고 싶다
                    - 「귀」 부분(『처음 만나던 때』)

창을 두드리는 빗줄기나 바람을 조용히 바라보면 내면의 소리를 들을 수 있다. 내면의 소리에 귀를 열고 있는 화자는 조개의 침묵이나 나무의 침묵, 거친 바람에도 흔들리지 않는 바위의 침묵을 배우고 싶어 한다. 침묵의 소리는 어디서도 만나기 어렵다. 침묵의 소리를 들을 수 있는 곳은 신성한 곳이다. 외부적인 것에서 내면의 세계로 침잠되지 않으면 빗방울이나 바람소리에서 침묵을 들을 수 없다. 침묵의 소리를 듣기 위해서는 현대의 속도에서 잠시 이탈하거나 멈춰야 한다. 흘러가는 시간에서 자유스러워졌을 때 내면의 귀를 열 수 있다. 그렇게 고여 있는 시간이 지속되면 존재는 침묵으로 가라앉으며 내면이 고양된다. 이 시간은 생명이 움트기 직전의 긴장 상태와 같다. 그러나 이 긴장은 팽팽하기보다는 생각을 환기시켜주고 이완시켜준다. 이 시간은 멈추어 있지만 정지한 시간이 아니다. 고요히 가라앉아 있는 침묵이지만 그 안에서 생명성이 역동하고 창조력이 풍부하게 발아하는 시점이다.

이때 깨어나는 본능이 직관이다. 본능은 생명성을 내부로부터 인식하며[12] 침묵의 소리를 듣게 한다. 바위가 안고 있는 무한히 깊은 침묵, 거대한 바다 밑에서 거센 파도와 회오리바람을 보며 속을 키워가고 있는 조개의 침묵, 땅 속 깊이 뿌리를 뻗고 하늘 높이 가지를 뻗어가는 나무의 침묵

---

12) 앙리 베르그손, 앞의 책, 569쪽.

에 귀를 기울이며 내부로 침잠했을 때 생명의 소리가 들려온다. 바위와 나무, 조개의 침묵은 말없이 오랫동안 참아온 우주의 소리일 것이다. 이렇듯 고요해지는 침묵 안에서 생명이 태어나고 창조의 에너지가 분출된다. 속도를 멈추고 평온함을 취하는 일은 그 행위 자체가 코상이 된다. 창작의 생명성이 발아되기 때문이다. 화자는 이러한 시간을 기다리며 "그 침묵의 소리도 이제는 듣고 싶다"고 진술한다.

> 낡은 혁대가 끊어졌다
> 파충류 무늬가 박힌 가죽 허리띠
> 아버지의 유품을 오랫동안
> 몸에 지니고 다녔던 셈이다
> 스무 해 남짓 나의 허리를 버텨준 끈
> 행여 바람에 날려가지 않도록
> (… …)
> 이제 나의 허리띠를 남겨야 할
> 차례가 가까이 왔는가
> 앙증스럽게 작은 손이 옹알거리면서
> 끈 자락을 만지작거린다
>
>   ─「끈」 부분(『처음 만나던 때』)

이 시에서 '허리 띠'를 주고받는 행위의 의미는 세대가 다음 세대로 이어짐을 상징한다. 생로병사의 흐름이 자연스럽게 흘러가는 것을 끈을 통하여 그 의미를 보여주고 있다. 생성하고 소멸하는 생명체들의 활동이 끊이지 않고 존속하는 그 무엇이 생명이다. 끊어진 낡은 혁대는 이제 쓸모없는 물건이며 버려질 '존재'의 의미이기도 하다. 낡은 혁대는 쓸모없지만 그것의 효용가치는 우리가 성장할 때까지 균형을 잡아주고 세파의 심한 바람에도 넘어지지 않게 붙잡아주는 역할을 하였다. 위험한 곳이나 어두운 뒷골목에 빠지지 않게 중심을 잡아주는 것도 혁대의 역할이었음을 상기시켜 준다. 현대의 속도전에서 나 자신의 중심을 잃어버릴 수 있는 것을 잡아주는 것 또한 혁대의 역할임을 말해주고 있다. 여기서 혁대는 아버지한테 물려받은 구체적 유품이면서, 또한 아버지가 자식에게 평생 지침이 되도록 남긴 유언의 의미도 담겨 있다. 유언은 침묵이며 혁대도 침묵의 끈이다. 이러한 침묵 속에 담긴 소리는 평생을 이끌어가는 생명성이다. 그러니 '끈이 사라진 것이다'는 발언은 세대교체의 의미가 있다. 한 세대가 가고 그 세대를 물려받은 화자는 다른 세대에게 넘겨주어야 할 '차례가 가까이 왔는가'라고 스스로에게 질문한다.

어느새 새로 태어난 새 생명의 '작은 손'이 옹알거리며 그의 끈을 '만지작거린다'는 마지막 행의 의미는 시간의 지속이다. 세대가 다음 세대로 지속되는 생명의 연장선이라고 할 수 있다. 세대에서 다음 세대로 계승되는 생명성은 반드시 그 세대에서 소멸하고, 소멸된 그것은 자연스럽게 다른 생명체에 스며든다. 영원히 살아 있는 생명은 없다. 그러나 생성과 소멸의 과정을 통해서 생명성은 지속되고 환원된다. 우리의 인생 또한 생로병사를 통해서 다음 세대로 이어지는 연쇄 작용을 한다. 이렇듯 이 시는 생명성을 낡은 끈을 통해서 이어지고 있음을 보여준다.

> 국토를 망친다고
> 분묘를 욕하시나요
> 땅에 바친 신라의 공양이
> 천년 묵은 소나무 숲에 높다란
> 잔디 언덕들 우람하게
> 빚어놓았고
> 부드러운 돌 웃음을
> 새겨놓았습니다
> 경주를 남겼습니다
> 불타버린 황룡사보다

파묻힌 돌부처가 아름답지 않나요
　　　　　　－「대능원 가는 길」 전문(『처음 만나던 때』)

　황룡사는 터만 남아 있다. 터만 남아 있지만 황룡사의 전설은 사라지지
않고 전해지고 있다. 황룡사 금당 벽에 그린 솔거의 소나무 그림에 새들
이 날아와 앉으려다 떨어지기도 했는데 후대에 개칠한 이후로는 그런 일
이 없어졌다는 유명한 일화가 『삼국사기』에 실려 있다. 또한 황룡사의 옛
모습 또한 복원할 수 있게 설계도와 주춧돌이 남아 전해지고 있다. 천 년
이라는 시간이 흘렀어도, 경주 안의 시간은 주춧돌처럼 살아 있다. 그 시
대는 천 년 전에 정지하고 소멸했지만 "부드러운 돌 웃음"과 "파묻힌 돌
부처"는 현재의 생명이 불러내는 생명의 영속성을 의미한다. 이 때 이곳
에 흐르는 시간은 창작자가 고뇌하는 순수의 시간이며, 시의 생명성을 잉
태하는 자리이기도 하다. 여기서 시인은 역사 속의 생명성을 더듬어 가기
에 이른다.

　　　가진 것 하나도 없지만
　　　무명 바지저고리
　　　흰 적삼에 검은 치마
　　　맨발에 고무신 신고
　　　나란히 앉아 있는
　　　머슴애와 계집아이
　　　사랑스럽지 않은가
　　　착한 마음과 젊은 몸뚱이밖에는
　　　아무것도 가진 것 없지만
　　　이들이 부지런히 일하는 곳마다
　　　땅에는 온갖 꽃들 피어나고
　　　지붕에는 박덩이 탐스럽게 열리고
　　　시원한 바람이 땀을 식히고

해와 달과 별들이 하늘에 가득하네
팔을 꽉 끼고 함께 뭉치면
믿음직한 친구
빰을 살며시 마주 대면
사이좋은 지아비와 지어미
아득한 옛날로 거슬러 올라가면
너와 나의 어버이
가진 것 하나도 없이 태어났지만
슬기로운 머리와 억센 손으로
힘들여 이룩한 것 많지 않은가
어느새 여기에 와 앉아 있네
우리의 귀여운 딸과 아들
　　　　－「가진 것 하나도 없지만」 전문(『가진 것 하나도 없지만』)

　이 시에선 우리의 역사와 한 개인의 역사가 중첩된다. "흰 적삼에 검은
치마/ 맨발에 고무신 신고" 근대화는 시작되었다. "가진 것 하나도 없이
태어났지만/ 슬기로운 머리와 억센 손"의 생명성은 대를 잇고 대를 이어
간다. 어떠한 역경이 이 나라에 닥친다 하여도 생명성은 소멸하지 않고 지
속된다. 누구나 태어나서 죽지단 우리 역사의 생명성은 한 번도 죽은 적
이 없었음을 말해주고 있다. 이렇듯 시의 시야를 민족과 역사의 생명성으
로 확대시킨 김광규는 그러나 여전히 현실 속의 생명에 깊은 눈길을 주고
있다.

가끔 다람쥐가 쪼르르 달려가는
전나무 숲 산책길을 가로질러
민달팽이 한 마리
기어간다
혼자서
가족도 없이

걸어잠글 창문이나
초인종 달린 대문은 물론
도대체 살면서 지켜야 할 아무런
집도 없이
(… …)
눈을 눕힌 채
생각도 없이
느릿느릿

− 「느릿느릿」 부분(『가진 것 하나도 없지만』)

인간의 관점에서 보면 달팽이는 느리게 이동한다. 또한 여러 가족을 거느리고 다니는 것이 아니라 늘 혼자서 간다. 현대의 속도와는 정반대의 느릿느릿한 걸음으로 온몸으로 기어간다. 언제 바퀴에 깔려서 사라질지 모를 생명이다. 이러한 생명은 자연 전체의 환유이다. 언제 사라질지 모르지만 그래도 생명성은 지속되고 있다. 우리의 몸에 가득 찬 욕망을 내려놓으면 자연을 닮아서 단순해진다고 한다. 여기에서 달팽이의 모습은 현대에서 가장 필요한 모습 중의 하나이며 현대성이 추구해야 할 생명성이다. "걸어잠글 창문이나/ 초인종 달린 대문은 물론/ 도대체 살면서 지켜야 할 아무런/ 집도 없이"라고 진술한 부분은 현대인의 삶을 비판한 듯 보인다. 눈을 눕힌 채 느릿느릿 살아가는 생명성은 빨리 변질되고 빨리 생성되는 현대의 생명성과 크게 대비된다. 느릿느릿 온몸으로 기어가며 눈에 띄지 않는 생명성은 거대한 현대가 놓치고 있는 소중함 중의 하나이다.

호텔과 오피스텔 빌딩 하늘 높이 치솟고
지하철 공사 땅속 깊이 파들어가는 곳
(… …)
어디서 날아왔나
잠자리 한 마리

(… …)
옛날의 잠자리 한 마리
이제는 어디로 날아가나
(… …)
점점 높이 날아오르다가
힘없이 팔랑개비처럼 아래로 떨어지는
잠자리 한 마리
태어난 뒤 처음으로
죽어서 땅 위에 내려앉는다.
　　　　　　　　　－「마포 사거리」 부분(『가진 것 하나도 없지만』)

　　서울에서 맨땅을 발견하기란 쉽지 않다. 잠자리가 잠시 쉴 수 있는 곳
도 유리벽이나 콘크리트 벽이다. 이러한 도심에서 잠자리 한 마리가 날아
가는 것은 신기한 일이다. 오랜만에 잠자리를 본 화자는 잠자리를 잡던
어린 시절로 잠시 돌아간다. 그때는 벌레 소리도 많이 들렸고 푸른 숲이
많았다. 그때나 지금이나 잠자리의 모습은 그대로이지만 잠자리가 날아
다니다 쉴 수 있는 공간은 어디에도 없어 보인다. 그저 힘없이 땅으로 떨
어지는 모습을 묘사한 화자는 죽어서 겨우 땅에 닿는 모습을 보고 차라리
안도하는 모습이다. 이 도시 공간에서는 어디를 날아가도 땅에 닿지 못한
다. 죽어서 땅에 닿는 잠자리는 금세 뭉개지겠지만 그래도 몸의 일부는
흙속에 스며들 것이다. 개미의 입속이나 잡초의 뿌리에 스며드는 것은 도
시의 공중에서 사라져버리는 것과 다를 것이다. 비록 죽어서 땅에 닿는
것이 작은 생명일지라도 흙속으로 스며들어 다행이라는 화자의 심상이
드러나 있다. 시인은 도시가 잃어가는 생명성을 잠자리를 통하여 다시 한
번 확인한다.

　　초등학생처럼 앳된 얼굴
　　다리 가느다란 여중생이

유진상가 의복 수선 코너에서
엉덩이에 짝 달라붙게
청바지를 고쳐 입었다
그리고 무릎이 나올 듯 말 듯
교복 치마를 짧게 줄여달란다
그렇다
몸이다
마음은 혼자 싹트지 못한다
몸을 보여주고 싶은
마음에서
해마다 변함없이 아름다운
봄꽃들 피어난다

　　　　　　　　　－「이른 봄」 전문(『시간의 부드러운 손』)

　봄은 칼바람과 눈보라를 뚫고, 얼어붙은 얼음장 밑에서 온다. 봄은 생
명의 질서를 잘 보여준다. 봄은 생명의 원천이며 동시에 타오르는 생명
그 자체가 되기도 한다.[13] 화자는 동네 상가 수선집에서 엉덩이가 달라붙
게 청바지를 고치고, 교복치마를 짧게 줄여달라는 여중생을 본다. 육순을
넘긴 화자는 세월의 무상함을 토로하기보다는 "마음은 혼자 싹트지 못한
다"고 관조적인 시선으로 여중생을 보고 있다. 여기서 자연의 이치를 보
고 있는 것이다. "해마다 변함없이 아름다운 봄꽃들 피어난다"는 대목은
자연의 순리를 수용하며, 이른 봄의 생명력을 찬미하고 있는 셈이다. 겨
울의 찬 공기에서 봄의 따뜻한 공기로 순환하는 흐름은 죽음에서 생명으
로 환원하는 우주의 기운이자 원리이다. 이와 같이 순환하는 우주 속에서
우리의 생명성은 봄에서 겨울로, 겨울에서 봄으로 돌아오고 돌아간다.「이
른 봄」은 자연에 대한 근본적인 이해와 더불어 생명의 너면성과 가치를
강조한다. 생명의 처음과 끝은 존재하는 것 같지만 존재하지 않는다. 사

---

13) 정효구, 앞의 책, 142쪽.

라지면서 새롭게 탄생하고 다시 사라진다. 지속과 정지를 동시에 포함하고 있는 생명성이다.

말을 한다는 것은 말하는 대상을 재창조하는 것이다.14) 날마다 새로운 언어가 호명되지만 태어나는 순간 새로움을 잃는다. 그러나 시인의 눈으로 발견되고 호명된 사물은 새로운 생명을 안고 태어나 언어의 마술성을 작동케 한다. 이러한 시적 언어는 '말할 수 없는 순간'을 말로 표현한다. 세상을 변화시키는 것은 정치적 구호나 화려하고 고급스런 언어가 아니라 생활 안에서 우러나오는 실존적인 언어의 힘이라는 것을 김광규는 「이대목의 탄생」에서 담담하게 그려낸다.

> 손바닥 모양으로 갈라진 커다란 잎이 벽오동과 비슷해서, 이 화초를 우리 집에서는 그냥 벽오동이라고 불러왔다. 여름에는 바깥에 내놓고, 겨울에는 거실에 들여놓으며, 이 벽오동을 길러온 지, 어느새 삼십 년이 넘었다 (… …) 그런데 오늘, 대서를 앞둔 초복 날 아침에, 벽오동 밑동의 줄기에서 연초록 이파리가 작은 주먹을 펼치듯 돋아나고 있지 않은가 (… …) 끈질긴 생명의 경이와 환희를 보여준 이 화초의 본명을 찾아주기는 쉽지 않아, 우선 새 이름을 붙여주었다. 대를 이어 되살아난 나무, 이대목이라고.
>
> — 「이대목의 탄생」 부분(『시간의 부드러운 손』)

세상의 모든 존재는 근본적으로 단절되어 있으면서 동시에 연속되어 있다. 삶과 죽음 또한 단절과 연속의 긴장 속에 놓인 삼라만상의 존재 방식이다.15) 요컨대 모든 생명체가 한정된 삶을 누릴 수밖에 없고, 종국에는 죽음이라는 평형상태에 이르게 됨은 엔트로피 법칙으로 보았을 때, 지극히 당연한 일이다.16) 그러나 「이대목의 탄생」에서 시간은 죽음을 넘어

---

14) 옥타비오 파스, 앞의 책, 35쪽.
15) 정효구, 앞의 책, 207쪽.
16) 김건, 앞의 책, 70쪽.

선 시간이다. 실재적인 것은 연속적인 형태 변화이다. 죽었다고 생각한 나무 밑동에서 파란 이파리가 태어났다. 화자는 어둠 속에서 생명이 태어나는, 죽음에서 다시 생성되는 시간의 연속성을 대를 이어 되살아난 나무라는 의미의 이대목이라는 새로운 이름을 붙여준다. 경이와 환희에 찬 생명의 존재가 서정적 풍경 속에 되살아나는, 생명의 시간이 지생되는 장면이다. 또한 여기서의 "죽은 나무"는 깊은 고요가 찬란한 빛보다 어둠 속에 머물고 있다는 것을 잘 보여준다. 고요 속에서 현실을 직시하고 분석하여 시적 언어를 재생시킴으로서 어둠 속에서 생명을 이끌어낸 정신의 개화이다.

그의 시는 이렇듯 작가와 독자, 즉 발신자와 수신자 사이의 진정한 커뮤니케이션을 회복하는 일에 중요한 의미를 부여해왔다. 난해한 메타포를 피하고 평이한 일상어로 독자에게 내용을 쉽게 전달함으로써 시의 지평을 넓히는 것이다.[17] 이와 같은 특징은 「지하실 있는 집」에서도 잘 나타나 있다. 이 시는 고양이 새끼가 태어난 전후의 상황을 잘 보여주고 있다. 현재엔 과거와 미래가 포함되어 있다. 이는 한 생명이 어떤 상태에서 다른 상태들로 끊임없이 옮겨가는 것과 같다.[18]

「지하실이 있는 집」에서 양옥집은 출입구가 어딘지도 모르게 자꾸 고치고 수리하지만 지하실은 과거처럼 온갖 잡동사니를 담고 먼지에 쌓여 있다. 그 지하실은 구차한 것을 모아둔 장소이지만 현재의 시간과 과거의 시간이 함께하고 있다

> 서른세 해 동안 나는 한 집에서 살고 있다. (… …) 한번은 도둑고양이가 지하실 입구의 신발장 속에서 새끼를 두 마리 낳았다. 사람이 접근할 때마다 온몸의 털을 곤두세우고, 하악하악 경계의 비명을 질러댔다.

---

17) 성민엽, 앞의 책, 28쪽.
18) 앙리 베르그손, 앞의 책, 555쪽.

어미 고양이와 새끼들은 방해하지 않으려고, 지하실 출입을 삼가다보니, 이제는 거의 드나들지 않게 되었다. (… …) 누군가 숨어 살고 있는 것만 같았다. 아버지의 양복장에 (… …) 고장난 석유난로에 라면을 끓여 먹으며, 누군가 보이지 않는 사람이 냄새도 소리도 없이 몰래 거주하고 있는 것이 분명했다. (… …) 삼십여 년간 같은 집에 살다보니 이제는 우리 집에서 떼어버릴 수 없는 한 부분이 된 지하실, 어두컴컴하고 거미줄이 낀 이 공간에 누군가 자취 없이 살고 있다는 것이 나로서는 별로 이상하지도 않다. (… …)

– 「지하실이 있는 집」 부분(『시간의 부드러운 손』)

   30년 동안 한 집에 살면서 살림집은 개조보수공사를 하지만 지하실은 오래된 물건을 넣어두고 살피지 않는다. 그곳은 단절되고 곰팡이가 피고 거미줄이 쳐져 있다. 시간이 멈춰진 장소이다. 그 지하실 입구 신발장 속에 도둑고양이가 새끼를 낳았다. 사람이 접근할 때마다 악을 쓴다. 화자는 고양이를 보호하기 위해 그곳에 가지 않는다. 죽은 나무에서 푸른 잎이 돋아나듯이, 어둡고 방치된 공간에서 생명이 탄생한 것이라 받아들인다. 생명이 멈추면 시간도 멈춘다. 생명은 시간과 깊은 연관성이 있다. 버려진 지하실에서 누군가 살고 있는 낌새를 화자만이 눈치 채고 있다. 아버지의 양복장에서 옷을 꺼내 입고 금이 간 항아리에 김치를 담그고, 고장 난 석유난로에 라면을 끓여 먹으며 냄새도 소리도 없이 몰래 거주한 이가 있다고 화자는 확신한다. 시공을 초월해서 누군가 지하실에서 살고 있다는 것을 독자에게 자연스럽게 스며들게 하는 것이다. 이 시에 나타나는 어둠 속의 생명체는 시적 화자의 현재와 과거를 끊임없이 들락거린다. 베르그손의 말을 빌리면 이때의 과거, 현재, 미래는 영원성이라는 유일한 순간으로 수축되어 나타나는데,[19] 어둠 속의 지하실은 정지된 시간과 지속되는 시간 속에서 고양이, 그리고 시라는 생명을 탄생시키는 공간이 된

---

19) 앙리 베르그손, 위의 책, 471쪽.

다. 생명성은 흐르는 변화와 생성의 도상에 있기에 언제나 지속된다.[20] 김광규는 구체적인 일상 속에서 생명의 지속성을 표현해낸다. 다음 장에서 이를 살펴보자.

4. 유한한 생명성의 역설과 아이러니

아이러니irony는 은폐(dissimulation)라는 어원을 지니고 있듯이 말해진 것과 의미하는 것 사이에 상이성 혹은 상대성을 포괄하는 담화의 한 유형이다.[21] 김광규의 시 또한 이러한 아이러니를 잘 드러내고 있는데 상호 모순된 관점들을 통해 진정한 생명이란 무엇인가를 질문한다.

김광규의 관심은 일상 너머의 저편이 아니라 일상적 삶 자체에, 그리고 그것을 의미 있는 곳으로 변화시키는 데에 있다.[22] 다시 말해 김광규는 일상의 사소한 것에서 생명성을 발견하고 거기에서 의미를 생성시키고 변모시킨다.

> 크낙산 꼭대기 바위 틈에서
> 똑똑 떨어지는 물방울 모아서
> (…… ……)
> 옹달샘 하나
> 표주박으로 떠먹어도
> 너무 얕게 고여서
> 아래로 흘러갈 물 전혀 없다
> 한달 가물어
> (…… ……)

---

20) 홍경실, 앞의 책, 19쪽.
21) 손종호, 앞의 책, 94쪽.
22) 성민엽, 김광규, 「두 개의 시간」, 『가진 것 하나도 없지만』 해설, 문학과지성사, 1998, 122쪽.

이끼 낀 우물
서문 밖으로 나서면
어디서 봤나 가느다란 여울
귀 기울이지 않아도
바라보지 않아도
혼자서 흘러간다

—「서문 밖 여울」 부분(『가진 것 하나도 없지만』)

여기서 김광규가 발견한 생명성은 비록 작은 물방울이지만 흙먼지가 폴싹거리는 골짜기를 지나 가느다란 여울로 내려온 것이다. 그리고 "귀 기울이지 않아도/ 바라보지 않아도/ 혼자서 흘러간다"는 강인한 생명성을 표출한다. 일상의 후미진 곳에서 존재하는 생명성은 소멸되지 않고 지속된다. 이것은 김광규가 발견하는 생명성이다. 물질 만능의 세계에서 시가 살아남은 생명성과 흡사하다. 아무도 바라보지 않아도 혼자서 흘러가는 것이 시 정신이며, 진정한 시인이 가는 길이다. 김광규는 이러한 시 정신으로 주위의 하찮은 것에서 생명성을 발견하고 흙먼지가 나는 미세한 것에서도 깊은 사유를 찾아낸다. 생명은 유한하다. 그러나 시인이 발견하는 생명성은 무한하다. 시의 생명처럼 사라지지 않는다. 유한한 생명과 무한한 생명은 상호 모순이면서 조화를 이룬다.

오래간만에 모처럼 하늘이 갠 오후
밑동보다 높이가 스무 배쯤 됨 직한
느티나무 줄지어 늘어선 공원에서
남녀노소가 겨울 아침 짐승들처럼 햇볕을 쬔다
노인들은 여기저기 모여 앉아 이야기를 나누고
꼬마들은 그네와 시소에 매달리고
힙합바지 청소년들은 스케이트보드를 타고
뚱보 마줌마가 자기보다 더 큰 개를 끌고 간다

수풀 사이 길로 중년 부부가 자전거를 타고 지나가는
순간 이 공원 풍경이 잠시
커다란 안경을 통해서 보이듯
두 개의 자전거 바퀴 속으로 들어간다
몇 백 년 묵은 성당의 첨탑이나 화려한
번화가의 북적임 없이 햇빛에 반짝이며
굴러가는 앞바퀴와 뒷바퀴 속에서
빛바랜 흑백사진에 담긴
세월의 앞뜰과 뒤뜰이 보인다
그네 타던 꼬마가 중년이 되어
큰 개를 끌고 지나가는
몇 십 년 후의 갠 날도 언뜻 보인다
　　　　　－「오래된 공원」 전문(『시간의 부드러운 손』)

모처럼 갠 하늘에서 나온 햇볕은 참으로 반가운 것이다. 나뭇잎 사이로 비치는 햇살은 남녀노소를 불러들인다. 화자는 반짝이는 햇빛을 보는 순간 시간의 강을 타 넘게 된다. 몇 백 년 묵은 성당의 철탑이 빛바랜 흑백사진에 담긴 것처럼 선명하게 나타나며, 공원에서 그네 타는 꼬마가 중년이 되어 큰 개를 끌고 가는 몇 십 년 후 갠 날의 미래가 언뜻 스치고 지나감을 보게 된다. 그러나 밑동이 굵은 느티나무도 오랜 세월이 가면 사라진다. 뚱보 아줌마도, 스케이트를 타고 가는 청소년들도 언젠가는 죽음을 맞는다. 그러나 사라지지 않는 것은 햇빛이다. 인류가 생성되기 이전부터 태양은 있었고, 앞으로도 무한할 것이다. 화자는 이런 햇빛의 영원성을 붙잡아 유한한 생명성의 과거와 미래를 조망한다. 늙음이나 죽음은 자연적 시간이 가져다주는 변화이다.[23] 하지만 햇볕이 지니는 자연적 시간은 유한성이 아니라 무한성을 지닌 아이러니를 품고 있다. 따라서 시인은 반짝이는 햇빛의 찰나 속에서 몇 백 년 전의 세월과 몇 십 년 후 미래를 보게

---

23) 성민엽, 앞의 책, 123쪽.

되는 것이다. 하지만 생명은 한 순간이다. 이러한 순간 안에서 몇 백 년 세월도 흑백사진으로 찍히게 된다. 순간 안에서 수백 년이 작동한다는 아이러니다.

> 중앙선을 넘어온 화물 트럭이 순식간에
> 소형 승용차를 꾸겨진 종이 뭉치로 만들었다
> 피해자의 운전면허증은 아직도 4년이 유효했다
> 무료 변호를 마다 않고 수원으로 달려가던
> 인권 변호사가 이렇게 죽었다
> 사형 제도 폐지를 앞장서 주장했던 그
> 선량한 친구의 때 아닌 죽음을 보고
> 부모를 찔러 죽인 자식들과
> 총칼로 돈을 번 국제 상인들이
> 보란 듯이 화려하게 훨씬 오래 살아감을
> 오히려 기뻐하게 되었다
> 되도록 늦게까지 살아남아 그들이야말로
> 이 세상 온갖 쓰라림과 괴로움 모두 겪도록
> 나도 이제는 사형에 반대한다
> ― 「사형에 반대한다」 전문(『가진 것 하나도 없지만』)

　　교통사고로 갑자기 죽은 인권 변호사는 평소 사형 제도 폐지를 주장했다. 그런데 '사형에 반대한다'는 마지막 연은 인권 변호사가 주장했던 사형 제도 폐지론과 전혀 다른 의미를 담고 있다. 시의 화자는 인권 변호사의 죽음을 듣고, 부모를 찔러 죽인 파렴치한이나 무기 판매로 돈을 번 국제상인들은 보란 듯이 화려하게 잘 살아가고 있는 점을 오히려 기뻐하게 되었다고 한다. 그 이유는 사회에 악덕을 끼친 자들이 오래오래 살아서 삶의 고통과 인생의 괴로움을 겪어 보라는 뜻이다. 화자의 이런 희망으로 인해 불안한 미래와 죽음, 삶의 고통에 맞섰던 인권 변호사의 삶이 더 가치를 갖게 된다는 것이다.

미국 텍사스 주에서 10대 소녀 성폭행범에게 4060년이라는 형량을 주었다고 한다.[24] 평생을 감옥에서 살아도 벗어나지 못할 형기를 주는 것은, 죽어서도 형기를 채워야 하는 것은, 사형 제도보다 더 무서운 징벌이라는 인식을 심어준다. 이렇듯, 시인은 현실속의 삶의 쓰라림과 괴로움을 사형 제도를 통해서 나타내고 있다. 이와 같은 아이러니는 김광규의 경우, 이른바 사상가와 종교인 등 저명인사들을 겨냥한다.

> 광부 어부 농민 노동자 소매상인……
> 제 발로 모여든 수십만
> 청중을 웅변으로 열광시키고
> (… …)
> 나무 한 그루 손수 심은 적 없지만
> 생명의 존엄을 역설하고
> 자유 평등 박애를 부르짖어 당신은
> 세상의 이목을 사로잡을 수 있습니다
> 별다른 직업도 없이 평생을
> 그렇게 살아온 당신의
> 손은 갓난아기보다도 곱습니다
> 굳은 못 박인 두 손으로
> 당신의 보드라운 손
> 잡아본 사람은 문득 깨닫게 됩니다
> 인생을 이렇게 살아갈 수도 있구나
> 삶의 새로운 길을 보여준 당신을
> 모두들 사상가라고 부릅니다
> — 「당신의 보드라운 손」 부분(『처음 만나던 때』)

생명은 또한 도둑이다. 살아있는 세포는 스스로를 성장시키려면 에너

---

24) 2009년 미국 텍사스 주에서 10대 소녀 3명을 2년 동안 성폭행한 40대 남자에게 4060년 징역이라는 형벌이 내려졌다.

지를 생성시키는 반응을 훔쳐 와야 한다. 세포는 분자들을 분해함으로써 몸을 얻는 방법을 습득했다. 많은 세균들은 가장 흔한 물질들을 이용하여 살아있는 에너지를 뽑아먹는다.[25] 세포뿐만 아니라 인간의 모습 또한 이와 흡사하다. 나무 한 그루 손수 심은 적 없이 생명의 존엄성을 역설하고, 자유·평등·박애를 부르짖으며 세상의 이목을 사로잡는 그의 손은 아기 손보다 더 곱다. 늘 누군가의 도움으로 가족의 생계문제가 해결되어 별다른 걱정 없이 평생을 살아온 그의 손은 아기 손보다 더 보드라운 손이라고 시인은 사상가의 진면목을 역설적으로 나타내고 있다. 이 시는 어떠한 삶이 진정한 삶인지 사상가를 예로 들어 보여주고 질문하고 있다. 이처럼 김광규는 일상적 현실 속에서 왜곡된 진실을 포착해내고, 그 안에 깃든 생명과 반생명을 독자에게 보여준다.

---

25) 리처드 포티, 이한음 역, 『생명 40억년의 비밀』, 까치, 2007, 33쪽.

V. 김광섭 · 성찬경 · 김광규의 시에 나타난
생명성 비교

1. 종합에의 의지

　가스통 바슐라르에 따르면, 생명성은 불, 향유, 노래, 삶, 탄생과 죽음 등 다양한 교감의 유희라고 말했다. 잠을 깨우는 노래의 남성적인 불과 잠재우는 향기로 가볍게 흔들리는 여성적인 온기, 이러한 것이 중대한 이미지로 나타나는 자웅동체, 이것은 둥지이며 무한한 공간이라는 것이다.[1] 이러한 것들은 생명성의 총체이다. 생명체의 생명성은 생명의 수많은 능력으로 존재론적 특성을 형성한다. 그것은 생명성이란 어떤 원리가 생명체 안에 현전現前함으로 생기는 것이 아니라, 그 생명체가 어떻게 어떤 존재인지를 드러냄으로써 이루어지는 것이기 때문이다. 그것은 수많은 다수성이 아니라 그 다수성이 총체적으로 얽혀 있는 특별한 양식으로의 단일성이다.[2] 인간을 포함한 모든 생명체는 엔트로피 증가 법칙에 대

---

1) 가스통 바슐라르, 안보옥 역, 『불의 시학의 단편들』, 문학동네, 2004, 142쪽.

응하여 살아가는 존재라고 말할 수 있다. 이는 모든 생명체가 에너지로부터 고립돼 독자적인 생명 활동을 할 수 없음을 뜻한다. 베르그손은 생명의 능력은 유한한 것이며 그 능력이 발휘되면서 소모된다고 했다.[3] 영원히 머무를 수 없는 생명의 탄생과 성장, 그리고 소멸과 다시 환원하는 생명성에 대한 의식은 김광섭·성찬경·김광규 시의 특징이다. 생명의 본질적인 면은 환원 불가능성이지만 시인의 시속에서 그것은 환원하는 생명으로 바뀌는 것이다.

존재론적 가치에 중점을 둔 김광섭은 삶과 죽음이라는 근원적인 문제에 중점을 두고, 성찬경의 시는 생명이 없는 물질에 생명성을 부여하여 자신만의 독특한 생명관을 보여준다. 또한 김광규의 시는 일상 안에서 사회적인 면을 포착하여 의미를 확장시키는 힘을 통해 생명현상과 반생명현상을 대립적으로 보여주고 있다. 이렇듯 세 시인의 생명성은 각기 다른 특성을 지니고 있다.

생명은 유한하다. 죽음을 하나의 존재로 받아들이고 일상생활 안에서 죽음과 대면하며 함께 살아가기란 쉽지 않다. 김광섭 시의 특징은 죽음을 받아들이고 긍정하는 사유가 깊이 천착되어 있다. 깊은 병마 이후 그의 의식이나 생활 전반에 걸쳐 배어 있는 죽음은 아이러니컬하게도 그를 능동적인 삶의 자세로 이끌어간다.

> 얼음을 등에 지고 가는 듯
> 봄은 멀다
> (……)
> 나무는 나무로
> 꽃은 꽃으로

---

2) 신승환, 한국하이데거학회 편, 「생명해석학과 철학함」, 『하이데거와 자연, 환경, 생명』, 철학과현실사, 2000, 255쪽.
3) 베르그송, 앞의 책, 141쪽.

버들강아지는 버들가지로
사람은 사람에게로
산은 산으로

죽은 것과 산 것이 서로 돌아서서
그 근원에서 상견례(相見禮)를 이룬다.
(… …)
봄빛을 따라 나와
산골짜기에서 겨울 산 뼈를 씻으며
졸졸 흐르는 시냇가로 간다.
―「봄」 부분(『성북동 비둘기』)

뿌리에 눈이 있어서
(… …)
한자리에 모두
마주 앉으면 천혜(天惠)의
하늘이 주신 아름다운 소동이
(… …)
그러다가 길가에 머물러 있기도 하고
산기슭에 앉아 있기도 한다 울타리 밑에도 서 있다
어떤 것은 봄에 피지 못하고
늦게 가을에야 핀다.
국화는 어데 갔던지
향기를 가득 품고 왔다.
그래 가을 서리 속에서
향기(香氣)가 짙어가며 겨울 속으로 들어간다.
―「꽃」 부분(『반응』)

「봄」은 김광섭이 1965년 뇌출혈로 쓰러지고 난 후에 쓴 작품이다. 병마를 딛고 일어난 그의 개인적 성취뿐 아니라 자연과 인류 공동체적 삶의 중요함을 나타낸다. 니체의 말을 빌면, 대긍정의 생명성에서 오는 디오니소스적 비극성을 볼 수 있다.4) 그러니까 "죽은 것과 산 것이 서로 돌아서서/ 근원에서 상견례(相見禮)를 이룬다"는 표현은 삶과 죽음을 승화시킨 지점이라 할 수 있다. 시인의 사유가 아무리 깊고 심오해도 새롭지 않은 표현이면 낡은 시며 죽은 시다. 김광섭은 산 것과 죽은 것이 서로 만나는 것을 '상견례'라고 독특하고 새롭게 표현했다. 이처럼 그의 언어엔 죽음을 본 자의 생생한 육성이 담겨 있다. 이것이 그의 시가 죽지 않고 생명성을 지닌 채 살아가는 힘이다.

이처럼 '상견례'라는 표현은 「봄」을 매번 읽어도 새로운 봄으로 다가오게 한다. 다시 말해, '상견례'라는 어휘가 지니는 힘으로 그의 봄은 죽지 않고 무한히 살아간다. 유한성을 지닌 모든 생명과 대조적이다. 이는 그가 많은 시간을 죽음과 대면해온 자리에서 탄생한 '상견례'라고 판단할 수 있다. '상견례'는 만남 이전의 기다림과 설렘 등의 복합적인 뜻을 지니고 있는데, 이는 리 스핑크스가 "세계를 절대적으로 긍정하는 한 비극적 존재양식이지만" 가장 심오하면서도 얼마든지 실현 가능한 긍정의 체험을 가져다주는 행위5)라고 한 것과 바탕을 이룬다. 얼음을 등에 지고 가는 듯 병마에 깊었던 화자에게 있어 봄은 멀게 느껴지기도 하지만, 전체적으로는 긍정성을 바탕으로 한 시다.

시인은 「꽃」의 꽃이 피어나는 것을 "하늘이 주신 아름다운 소동"이며 "향기를 가득 품고 왔다"고 한다. 여기서의 꽃은 우주의 삼라만상을 함축한다. 꽃은 계절에 따라 피어난다. 늦가을 서리를 맞고 피는 꽃도 있고, 겨울 눈 속을 뚫고 피는 복수초도 있다. 이러한 자연의 이치는 삶과 죽음을 아우르고 있다. 여기서 또한 시의 화자는 "국화는 어데 갔던지"라고 말한 뒤 "향기를 맡고 짙은 향기를 가득 품고 왔다"고 한다. 아이러니다. 이때

---

4) 백승영, 앞의 책, 675쪽.
5) 리 스핑크스, 앞의 책, 280쪽.

의 국화는 이미 사라져 갔던 것이지만 시인의 의식 속에서 되살아나는 국화이다. 이는 「봄」에서의 '상견례'처럼 기억과 현존이 다시 만나는 지점이다. 이것이야말로 새롭게 재생되는 생명성이며, 망각 속에서 건져 올리는 생명성이다. 그러니까, 현존의 '시간'을 통해서 내재적인 생명의 영원회귀에 가 닿아 있음을 보여주는 것이다.

> 시간은 처음 났을 땐
> 아기처럼 기다리다가도 달아난다
> 세우고 무너뜨리고
> 못된 것은 아주 쓸어버린다
> 새롭게 하고 건설도 한다
> 다만 젊게 만은 못 한다
> 늙게 하여 욕심을 버리게 하며
>
> 기력이 모자라 살 생각이 없을 때
> 神의 부르심에 눈을 꼭 감겨서
> 삶의 고통을 덜어주는 어진 친구가 된다
> (… …)
> 시간은 달리다가도
> 허술한 집에 들러
> 시인의 말을 빛내주고
> 성인의 뜻을 받들어 전한다
>
> ─ 「시간」 부분(『반응』)

현존의 시간은 존재를 변모케 한다. 시간은 또한 존재의 시원을 거슬러 올라가게 한다. 시인은 주위의 존재들을 언어로 호명하며 그것들과의 관계 속에서 자신을 성찰한다. 그리하여 스스로의 "욕심을 버리게" 하고, "신의 부르심"에 고요히 눈을 감게 하는 '절대의 시간'을 응시한다. 죽음으로 귀향하는 시인의 마음은 모든 목숨붙이들과 존재들과의 우애와 일치의 마음으로 이어진다.[6] 결국 시인은 '시간'을 통하여 전 생애가 빠르게 지나가는 것을 느낀다.

인간의 불가항력적인 비극적 운명과 고통스런 삶에 대한 긍정을 니체는 디오니소스적 비극성이라고 했다. 진정한 존재자는 자기 스스로를 구원하기 위해 늘 매혹적 환영, 즐거운 가상을 필요로 한다. 니체는 우리를 둘러싸고 있는 것이자 우리 스스로 둘러싸고 있는 것인 그 가상이라는 것을 우리는 존재하면서 존재하지 않는 것으로, 다시 말하면 시간과 공간과 인과율 속에서 부단히 생성 변화하는 것으로, 경험적 현실로 이해해야 한다고 한다.[7] 고통스럽고 외로운 현실을 스스로 구원하기 위해 이 유한성은 무의 불안함을 일깨운다. 그러기에 유한성은 우리 존재의 근본 양태다.[8] 이처럼 시인은 무한의 시간 속에서 인간의 유한성을 뼈저리게 느끼면서 "시인의 말을 빛내주고/ 성인의 뜻을 받들어"전하는 시간을 주목한다. 여기엔 영겁의 세계를 향한 열망이 포함되어 있는데, 이는 유한한 생명체로서 느끼는 유한성의 발현이다. 따라서 시간은 유한한 인간의 "거짓은 아주 폭로하여/ 성공을 패망의 탑으로" 만드는 것이니, 삶의 질곡 속에서 성공과 패망은 공존하고 인생의 어떠한 상처도 시간이 지나면 아물고, 어제와 오늘은 애인처럼 웃게도 하고 토라지게도 한다고 시인은 밝히고 있다.

인간은 아직도 시간의 세계를 가로질러 헤매고 있다. 이 시간은 본질적인 시간과는 거리가 먼 현상적 시간이다. 기술적으로 건축해낸 세계는 건축물에 불과하다. 근원적인 거주로서의 '집'이 아닌 것이다. 이와 같은 시인의 의식은 과학과 기술이 생각하는 자연은 결코 이 근원적인 거주의 장소가 못 된다는 것인데,[9] 시인이 마지막으로 가지게 된 공간은 "허술한

---

6) 강학순, 한국하이데거학회 편, 「하이데거의 환경철학」, 앞의 책, 61쪽.
7) 백승영, 앞의 책, 639쪽.
8) 신승환, 한국하이데거학회 편, 「생명해석학과 철학함」, 앞의 책, 245쪽.
9) 이수정, 한국하이데거학회 편, 「하이데거의 환경철학」, 앞의 책, 82쪽.

집"이다. 여기에서 "허술한 집"은 세상의 성공과 관련이 없는 집이다. 번듯하고 높은 현대의 집과 상관없는 집이다. 분쟁과 경쟁을 벗어나 자유롭게 존재론적 가치를 추구하는 성인의 뜻이 전해지는 집이며 인간의 본질적인 삶을 지향하는 지속적인 시간이 존재하는 집이다.

> 갈라진 일도 오라 가라 함도 없이
> 거기 섰다가
> 꿈처럼 가던 길 다시 돌아와
> 비인 자리에 고이 피네
> 만물 속에 홀로 웃는 미소
> 사랑의 증건가
> 옛빛 새로 있음
> 꽃은 빛 꽃은 마음
>
> 꽃의 아름다움
> 마음의 아름다움
> 그렇다
> 떨어진들 어떠리
> 우리 사이엔 겨울에도 꽃이 있는 걸
>
>   ─「꽃」 전문(『반응』)

시인은 이 세계를 하나의 발성, 즉 '꽃'의 이름 속에 불러 모은다. 그 발언은 하나의 부드럽고 절제된 빛남으로 머물고, 그 빛남 속에서 세계는 마치 처음으로 보이듯 나타나게 된다.[10] 인간의 존재 이해와 존재 사유는 현존재자와 타자, 자연의 실상과 그것들의 근원적인 연관을 존재 진리 안에서 탈 존재적으로 조망한다. "갈라진 일도 오라 가라 함도 없이/ 거기 섰다가/ 꿈처럼 가던 길 다시 돌아와/ 비인 자리에 고이 피네"라고

---

10) 위의 책, 91쪽.

진술하는 화자는 '타자'와 헤어지고 만나는 일도 없이 '타자'와 따라서 '꽃'을 두고 항상 함께하는 시간을 꿈꾼다. 그러나 현실은 혼자이다. 그 빈 자리에 타자와 자아가 함께 있는 시간과 공간이 꽃으로 고이 피고 그 꽃은 만물 속에서 홀로 웃는다. 고통 속에서도 고독 속에서도 웃는 꽃의 미소가 "사랑의 증거가"라고 도묻는 화자에게 있어 꽃은 옛날 빛나던 그 빛이자 지금도 여전히 새로운 빛으로 빛나고 있다. 꽃은 지워지지 않는 빛이며 아름다움이다. "만물 속에 홀로 웃는 미소/ 사랑의 증거가/ 옛빛 새로 있음/ 꽃은 빛 꽃은 마음"처럼 인간들은 단순히 존재자들 중의 하나가 아니다. 인간 자신을 비롯하여 신, 동물, 식물의 존재에 대한 지배가 아니라, 존재자 전체가 그것의 고유한 존재에서 존재하도록 돕는 것이다.[11] 따라서 화자는 "그렇다/ 떨어진들 어떠리/ 우리 사이엔 겨울에도 꽃이 있는걸" 하고 말하게 되는데, 꽃들이 떨어져 사라져도 타자와 자아 사이엔 꽃이 남아 있음을 토로한다. 화자에게 있어 꽃의 존재는 시간의 비밀 속에 그 얼굴을 드러냈다 감추었다 하는 존재의 비은폐(Unverborgenbeit)와 은폐(Verborgenbeit)의 사랑을 증언하기 위해 노심초사하며 깨어 있는 정신이며 영원회귀이다.[12] 사라지지 않는 생명성인 것이다. 현실은 춥고 외로운 겨울일지라도 화자에게 있어서 꽃의 아름다움은 찬연하게 빛난다.

이처럼 김광섭이 당대의 역사와 개인의 체험 속에서 생명성을 발견해냈다면, 성찬경은 물질과 비물질의 관계 속에서 생명성을 탐색해낸다. 성찬경에게서 발견되는, 물질을 아끼고 생명을 돌보는 정신은 물질적 성장만을 추구하는 현대와 맞서는 일이다. 성찬경 시가 지니고 있는 생명성은 엔트로피 개념과 반대인 항抗엔트로피라고 할 수 있다. 인간의 무리한 개발로 인한 환경 파괴는 지구상의 수많은 생명체의 종들을 멸종시킬 수 있으며, 그런 위기에 처해 있는 생명과 인류의 미래가 어떻게 관련이 있는지

---

11) 강학순, 앞의 책, 57쪽.
12) 위의 글, 60~61쪽.

를 시적으로 밝히는 것이 성찬경의 세계다. 폐기물의 파편에서 생명을 발견하고, 버려진 물질에서 생명을 창조하는 성찬경의 생명성은 죽음에서 환원되는 생명성이다.

'snug as a gun'
세이머스 하니의 이 시구가
까닭 모르게 머리에서 뱅뱅 돌 때
길에 버려진 굴착기의 잔해 같은 것을 발견하고
집에 가지고 와서 공들여 닦고 문지르고 한다.
방아쇠도 있고
제법 총 모양이다.
쓰다쓰다 버림받은 폐물이지만
이만하면 물건은 물건이다.
'총처럼 손에 익은'
나는 중얼거리며 계속 닦는다.
차츰 무딘 빛을 내며
오브제 구실을 하기 시작한다.
모양이 총 모양이라 좀 섬뜩하지만
그 바람에 이상하게 마음이 더 끌린다.
'그대도 총의 찬미파인가?'
이런 의문을 던져보며 계속 닦는다.
굴착기의 잔해는 차츰 잔해에서 벗어나
형용키 어려운 금속성 빛을 내며
쓸모와는 완전히 절연된
그것 자체가 되어 갔다.
　　　　　 － 「굴착기」 부분(『거리가 우주를 장난감으로 만든다』)

　인간이 자신의 정열과 시각을 생명 사랑하기라는 방향으로 가기 시작할 때, 생명은 생명을 낳고, 또 그 생명은 다른 생명을 낳는, 이른바 생명 탄생의 연쇄 작용이 일어난다.[13] 광물로 만들어진 물건을 사랑하는 성찬경은 길에서 주운 쇳조각이나 버려진 폐기물에 생명성을 부여한다. "길에 버려진 굴착기의 잔해 같은 것을 발견하고/ 집에 가지고 와서 공들여 닦고 문지르고 한다."에서 알 수 있듯이, 그에게 있어 폐품은 보물이다. 폐품으로 무엇을 만드는 것으로 그치는 것이 아니라, '생명'을 부여해서 말을 하며 그 사물과 소통하기 위해 먼저 마음을 열고 물질의 본질을 존중하고 있는 것이다. 화자는 "나는 중얼거리며 계속 닦는다./ 차츰 무딘 빛을 내며/ 오브제 구실을 하기 시작한다"라고 말하며, 스스로 한 말의 힘을 믿고 있다. 말은 살아서 움직인다. 에밀리 디킨슨의 "어떤 이들은 말한다,/ 입 밖에 나오는 순간/ 말은 죽는다고/ 나는 말한다, 말은/ 바로 그날/ 살기 시작한다고"한말처럼, 성찬경은 물질과 대화하고 그 말을 그대로 옮겨 놓는다.

> 너에게 자연히 이어지는 말들이 있다.
> 골이나 염통의 구실이 아니라
> 너처럼 나사 구실을 하는 말들
> > ─「나사 3」부분(『소나무를 기림』)

> 자아, 그럼
> 영원한 행복을 누리기 위해
> 가라.
> > ─「나사 12」부분(『소나무를 기림』)

> 나사를 만날 때마다 나는 중얼거렸다.
> > ─「나사 14」부분(『소나무를 기림』)

> 나사여 너 내 사랑하는 은유가 되어다오.
> > ─「나사 15」부분(『소나무를 기림』)

---

13) 정효구, 앞의 책, 75쪽.

성찬경은 폐기된 물질을 재생시키며 무한한 생명성으로 환원시킨다. 생을 마치는 지점은 삶이 끝나는 종결 지점이 아니라 성찬경의 시세계에서는 출발 지점이 된다. 버려진 물질에서 태동하는 생명성은 긍정으로 향하는 측면이 매우 강하다. 그의 시 안에서 발현하는 생명성은 물질과 무생물에서 출발하지만, 그가 꿈꾸고 실현시키는 시의 세계는 생명체가 무한히 움직이는 자유스러움이다. 그는 이렇게 몰입의 과정을 통해서 카타르시스를 체험한다. 성찬경이 '나사'에 탐닉하고 몰입하는 행위는 새로움을 향해서 끊임없이 간구하는 창작의 과정과 동일하다. 날마다 새로울 것이 없는 일상 안에서 작은 티끌이라도 발견하여 창작에 몰입하기 위해 녹슨 나사를 닦고 기름칠을 하며"내 사랑하는/ 은유가 되어다오"라고 간절히 염원하고 있다.

指紋이 닳아 없어진 것을 보면
네가 얼마나 무자비하게
혹사 당했던가를 알 수 있겠다.
그래서 너는 老衰가 아니라
아마 삼십고개도 못 넘기고
거구러진 것일 게다.
몽키 스패너에 시달려
六角形의 머리가
둥그스름하게 이지러지고
英氣라곤 찾아볼 길이 없어,
아아, 네 모양이 참혹하구나.
그래도 딱 부러지지 않고
어쭙잖게 휘어 있는 것을 보면
원래가 약간 물렁쇠였던 모양이다.
돌리면 돌고
두드리면 얻어맞고
지라 하면 감당키 어려운 짐을 지고

견디는 순간까지 견뎠으리라.
쇳가루가 뜯겨 나가면서도
忍從을 유일한 좌우명으로 삼고
참았으리라.
굴욕이 달더냐.
꿀처럼 달더냐.
　　　　　　　　　　　－「나사 6」 부분(『소나무를 기림』)

가운뎃손가락 길이만 한 나사.
엄지손가락 둘레만 한 나사.
이 두 개의 늙은 나사가
1979년 5월 25일 금요일
시카고의 '오해어' 공항에서
279명의 목숨을 앗아간
DC 10기 추락사고의 주범으로 등장했다.
　　　　　　　　　　　－「나사 13」 부분(『소나무를 기림』)

　쇠붙이는 현대 물질문명의 폭력성을 대변할 뿐 아니라 인간의 자연 친화적인 정서와 정반대의 지점에 서 있는 반인간적 이미지로 인식되고 있다.[14] 「나사 6」은 인간의 욕망어 의해 물질이 혹사당하는 것을 밝히고 있다. 참혹하게 얻어맞고 감당하기 어려운 짐을 지고 마지막까지 견뎠을 나사의 모습은, 물질을 향한 무분별한 현대성의 폭력적 모습과 우리 인생 여정의 고달프고 비참한 모습을 내포하고 있다. 「나사 13」은 수명이 다 된 늙은 나사로 인해 수백 명의 목숨을 잃어버린 예이다. 무엇이든 가혹하게 사용하는 인간 중심적인 사고가 하나뿐인 생명을 앗아가는 것이다. 인간의 인간 중심적 또는 인간의 전횡이라고도 할 수 있는 이러한 상황 속에서 자연은 물론 인간 자신까지도 한낱 부품으로 전락하는 위험에 처

---

14) 고명철·성찬경, 앞의 글, 48쪽.

하게 된다. 「나사 13」이 그 엄청난 결과를 보여주고 있다. 가장 중요한 핵심은 이러한 위협이 인간을 그 본질에서 갉아먹고 있다는 것이다.[15] 사물을 사물로서 존재케 함으로써 인간도 비로소 인간다워진다.

이에 비해 김광규는 일상적 삶의 성찰을 통해 '환원되는 생명성'을 보여준다. 문명의 속도에 밀려가는 현대인들에게 있어서의 순수의 시간이란 과연 무엇일까? 김광규는 '어둠'이라는 거울을 통해서 순수의 시간'을 본다. 여기서 순수의 시간은 생명성이 드러나는 시간이다 인간의 본질과 삶을 통찰할 수 있는 시간이며 존재의 내부를 들여다볼 수 있는 시간이다. 실존하는 어둠은 밤과 낮의 어둠일 수 있으며, 현실 속에서 사라져버린 것, 소멸해버린 것일 수도 있다. 「땅거미 내릴 무렵」, 「까맣고 부드러운 어둠」, 「밤새도록 잠 못 이루고」, 「소쩍새」, 「누가 부르는지 자꾸만 3」 등의 시에 깃든 어둠은 생명성을 내포하고 있다. 어둠 속에서 홀로 깨어나 아득히 어둠 속으로 거슬러 올라가는 화자를 통해서 내면의 어둠 속을 들여다보며 일찍이 우리가 태어난 곳, 생명의 근원지인 본질적인 지점을 만나게 한다. 그곳은 부드러운 어둠으로 싸여 있는 "모든 빛의 고향"이다. 이러한 빛은 밝은 낮에는 볼 수 없다. 어둠 속에서만 비로소 순수한 생명체인 자신을 만날 수 있다는 화자의 깨달음은 잃어버린 생명성이 다시 환원하는 모습을 담고 있다.

> 밤새도록 잠 못 이루고, 기침을 하면서, 지나간 생애의 어둔 골목길을 더듬더듬 걸어갔다. (… …) 하기야 지금까지 나를 스쳐간 사람들이 대부분 모르는 이들이었다. 아니면 사투리가 반갑고 음식 냄새가 구수해도, 경계해야 할 동포들이었다. 사람들이 잠들고, 돈만 깨어 있는 밤중에는 더욱 그렇다. 그런데, 불도 켜지 않은 채, 모서리 창가에 앉아, 밤새도록 구시렁거리는 저 노틀은 누구인가. 어느 집 어르신인가, 늙은 정년 퇴직자인가. 그렇다면, 저 아래 어

---

15) 이수정, 앞의 책, 85쪽.

둔 골목길을 헤매고 있는 사람은 또 누구란 말인가.
　　　　　　－「밤새도록 잠 못 이루고」 부분(『가진 것 하나도 없지만』)

누가 부르는지 자꾸만
그 넓은 안을 들여다보고
안절부절 둘레를 빙빙 돌다가
다시 건너편을 바라보고
누구에게 대답하는지 자꾸만
그 움푹한 안을 들여다보고
안타깝게 손짓하다가
갑자기 방책을 넘어
안으로 뛰어 들어갔다
누구를 껴안으려는지 한껏
두 팔 벌리고
구르듯 비탈을 달려 내려가
산굼부리 한가운데로
사라져버렸다
아물지 않은 상처를 뚫고
누가 끌어들이는지 홀연
옛 땅의 핏줄 속으로
빨려 들어갔다
쫓기다 쫓기다 마침내
굴속에서 죽은 이들이
수풀로 뒤엉켜
살아 있는 곳으로
　　　　　　－「누가 부르는지 자꾸만 3」 전문(『처음 만나던 때』)

　　김광규는 어떤 경우에도 흥분하지 않고 감정의 과잉을 범하지 않는다.
이러한 절제력은 그의 시에서 오히려 강력한 설득력을 낳는다고 성민엽
은 말했다.16) 그의 시의 특징은 간결, 명료하여 알기 쉽다는 점이다. 주로

일상에서의 체험들을 작품화하고 그 속에 정치, 경제와 개인 사이의 감정을 담아내고 있다. 김광규 시의 또 다른 특징 중 하나는 눈앞에 존재하는 것보다는 부재를 통하여 나 자신을 비춰보는 것을 들 수 있다. 위의 두 시는 실재와 비실재가 혼용되어 있다. 이때의 '어둠'은 인간의 본질과 삶을 통찰할 수 있는 시간이며 존재의 내부를 들여다볼 수 있는 거울이다.

「누가 부르는지 자꾸만 3」의 마지막 행 "죽은 이들이/ 수풀로 뒤엉켜/ 살아 있는 곳으로"는 생명성이 소멸하고 생성하는 곳이다. 생명은 유한하지만 죽음을 거쳐 다른 생명체로 태어난다. "누가 부르는지"에서 부르는 소리는 죽음과 생명, 삶을 내포한 다양함을 담고 있지만, 생명성이라는 '단일함'의 소리로 드러난다. 죽음을 통하여 생성되는 생명성은 존재 속에서 서로 역동적으로 관계 맺고 있는 것으로 이해할 수 있다. 또한 '있음'과 '없음'의 불교적 토대로 이해할 수도 있다.[17)

그것은 「靈山」에서 극명하게 드러난다. 어릴 적 고향 마을의 신비한 산, 언제나 짙은 안개와 밤의 어둠에 휩싸여 있던 그 산, 어느 날 불현듯 고속버스를 타고 고향에 내려가 고향 사람들에게 물어보니 "그런 산은 이곳에 없다고 한다." 실존하지 않는 그 산은 그의 마음을 좇고 떠나지 않는다. 그의 초기 시에서 나타나는 불교적인 토대는 아홉 번째 시집에 이르기까지 깔려 있다고 볼 수 있다.

「밤새도록 잠 못 이루고」에서는 "불도 켜지 않은 채"라는 진술을 통해 '어둠'을 강조한다. '어둠'에 의해서 존재와 실재의 허위를 본다. 화자는 창가 모서리에 앉아 밤새도록 잠 못 이루고 지나간 생애의 어두운 골목길을 더듬어 간다. '인간은 어떻게 살아가며, 어떻게 사는 것이 진정한 삶인가'라는 근원적인 질문을 자기와 나누는 대화 속에서 자신이 충족해야 할

---

16) 성민엽, 김광규, 「두 개의 시간」, 『가진 것 하나도 없지만』, 문학과지성사, 1998, 123쪽.
17) 한스-위르겐하이제, 김진혜 역, 성민엽, 「나의 노스탤지어에 붙은 벌칙금」, 『김광규 깊이 읽기』, 문학과지성사, 1993, 255쪽.

욕망을 가려내고,[18] 자기 자신과 주변 사물의 존재에 대해 갈등하고 번민하고 받아들인다. 인간이 오늘날 어느 곳에서든지 더 이상 자기 자신을, 다시 말해 자신의 본질을 대면하지 못하고 있는 것을 김광규는 '어둠'의 거울에 비춰보고 있다. 그 자신 스스로 「밤새도록 잠 못 이루고」에서 "어둔 골목길을 헤매고 있는 사람은 또 누구란 말인가" 하는 말을 주고받음으로써 자신의 본질을 만나고 있다. '어둠'이라는 자신의 영역에 칩거하여 밖의 소음을 두절시킴으로써 자신을 들여다볼 수 있는 거울의 세계를 만든 것이다. 뿐만 아니라, 김광규는 '어둠'이라는 거울을 통하여 세상의 다른 구성 요소들과 소통할 수 있는 가능성을 탐색하고 있다.

인간이 자연과 맺는 관계의 방식에도 여러 가지가 있다. 김광규는 '어둠'과 관계를 맺음으로써 자신의 욕망을 펼쳐가는 삶의 태도, 그러한 삶을 외면하거나 부정하지 않고 그래도 인정하는 삶의 방식이 진정한 인생이 아닌가, 라고 묻는다. 특히 「밤새도록 잠 못 이루고」에서 겁 많고 소심한 늙은 정년 퇴직자의 모습과 끝없이 나라는 '존재'의 물음에 대해서 헤매는 자의 모습을 비교하고 삶의 의미를 되묻고 있다. 자신의 유한성을 인정하지 못하는 인간은 결코 유한한 존재가 아니다. 유한성을 깨닫지 못하는 인간은 자연에 자신의 무한한 욕망을 쏟아 넣어 뿌리 끝까지 캐내려 할 것이다. 인간은 유한한 존재, 즉 죽을 수밖에 없는 존재란 모든 가치의 종말을 슬프고 괴롭게 인정하는 인생의 자세에 대한 상징이다. 하지만 이러한 어둠 속에 생명이 자리한다. 생명성은 죽음의 자리에서 다시 태어난다.

「누가 부르는지 자꾸만 3」에서는 앞을 향한 무한질주, 끝없는 욕망과 결핍을 느끼는 의식, 즉 현대성의 비극적 운명을 그리고 있다. 현대성의 상징적인 기호들은 인간의 삶을 소외시킨다. "아물지 않은 상처를 뚫고/

---

18) 배학수, 한국하이데거학회 편, 「하이데거와 건축」, 『하이데거와 자연, 환경생명』, 철학과현실사, 2000, 179쪽.

누가 끌어들이는지 홀연/ 옛 땅의 핏줄 속으로/ 빨려 들어갔다/ 쫓기다 쫓기다 마침내/ 굴속에서 죽은 이들이/ 수풀로 뒤엉켜"에서처럼 현대성은 그 자체로 불안이고 절망이다. 문명은 인간의 삶을 풍요롭게 만들었지만, 그 풍요는 절대 다수에게로 환원되지 않는다. 풍요는 늘 그늘을 낳고 절망을 낳는다.[19] 현대는 안절부절 둘레를 빙빙 돌며 멈추지 못하고 계속 돌 것이다. 그러나 "살아 있는 곳으로" 누가 부르는데 자꾸만 부르는 그 소리는 구원의 음성이다. 생명이 소멸하고 사라지는 어둠의 자리에서 다시 환원하는 생명이 태동하는 소리라고 할 수 있다.

이상에서 보았듯이 세 시인은 각기 다르면서도 함께 묶일 수 있는 생명성의 시적 형상화를 보여준 사람들이라 할 수 있다.

> 동창에 달이 드니
> 방 안이
> 우주(宇宙)의 달밤일세
>
> 지붕을 넘는
> 시원한 38만 킬로
> 둥둥 떠가는 노래
>
> 암스트롱 세퍼드도 없이
> 망향의 파초 혼자 붙잡혀 섰네
> 달은 노래 아마도 태백(太白)일세
>
>   − 김광섭, 「달」 전문(『반응』)

끈에 묶인 관계. 끈끈한 보이지 않는 끈으로 엮은 큰 그물. 모든 것이 이 그물코에 매달려 있다. 하늘의 그물이다. 그물이 출렁일 때 오묘한 리듬이 퍼진다. 리듬의 장단에 따라 모든 것이, 개인도 역사도 모두가

---

19) 김석준, 『비평의 예술적 지평』, 포엠토피아, 2003, 115쪽.

춤을 춘다. 이것이 우주의 역사다. 마침내 물의 생리학에 '끈이론'이 등장했다. '끈이론'은 일반상대성원리와 양자역학을 물질의 파동과 입자를, 극대의 세계와 극미의 세계를 하나로 묶는 끈이다. '끈이론'의 세계를 11차원의 세계라 한다. 그렇다면 영계(靈界)는 33차원쯤 되는 건가. 끈에 매혹을 느끼시는 분은 나의 졸시「그물」을 참조하시기 바란다.

— 성찬경,「끈」전문(『해』)

세상 어느 먼 끝에서
이 끝으로 오는 이 드문 파동.
누군가가 지금 아름다운 생각을 하고 있구나.

떼를 지어 그물에 걸려드는
크고 작은 고기들이 춤을 춘다.
(… …)
내가 그대에게 던졌던 그 그물은
나의 그의 솜씨와 정성의 극한으로 짜인 것이었다.
그 그물을 열심히 짜는 일만이
나에게 마지막 남은 자유였다.
(… …)
실은 그대가 나의 그물에 걸려든 것이 아니라
그대가 미리 쳐놓은 그물에
내가 걸려든 것이 아니었던가 하는 생각이 든다.
(… …)
소백산맥 천문대의 망원경 시야 안에
비 오듯 쏟아지는 저 별똥별들.
잘도 걸려든다. 그물이 출렁인다.

五官의 그물에 오묘한 무늬가 인다.
이 무늬를 엮어
누구나가 나름대로의 宇宙 집을 짓는다.
(… …)

나는 그것을 그물 끝에 싣고
그물 줄을 잠시 출렁였다.
파동이 먼 시간을 출렁이며 출렁이며 건너간다.
　　　　　　　　　　　— 성찬경, 「그물」 부분(『묵극』)

낡은 혁대가 끊어졌다
파충류 무늬가 박힌 가죽 허리띠
아버지의 유품을 오랫동안
몸에 지니고 다녔던 셈이다
스무 해 남짓 나의 허리를 버텨준 끈
행여 바람에 날려가지 않도록
(… …)
이제 나의 허리띠를 남겨야 할
차례가 가까이 왔는가
앙증스럽게 작은 손이 옹알거리면서
끈 자락을 만지작거린다
　　　　　　　　　　　— 김광규, 「끈」 부분(『처음 만나던 때』)

　달은 세세 대대로 내려오면서 많은 시인들에 의해 가장 많이 불리는 이름 중의 하나이다. 때로는 동창에 떠서 우주의 달밤을 느껴보게도 하고, 지붕을 넘어 산맥을 넘어 세상 끝까지 둥둥 떠간다. 그 모습을 구름 속에 감추기도 하지만 달빛이 안 닿은 곳은 없다. 달빛은 가는 실로 이어진 그물이다. 성찬경의 「끈」이 보여주는 "그 그물이 출렁일 때 오묘한 리듬이 퍼진다"는 구절은 '끈'이 대대로 이어지는 달빛처럼 현재 진행형임을 말해준다. 이태백이 살던 과거와 21세기의 오늘날 그리고 미래에도 슬픔은 슬픔대로, 기쁨은 기쁨대로 달빛 속에서 분리되기도 하고 섞기기도 한다. 미세한 실로 이어진 달빛의 그물코가 또한 이를 말해준다.
　성찬경의 끈은 그물과 같은 것이라고 할 수 있다. 끈과 끈이 모여서 그물이 된다. 촘촘한 그물에 걸려들지 않을 것은 없다. 성찬경은 작은 미물도 빠져나가지 못하는 그물에서부터 시작하여 거대한 우주까지 잡을 수 있을 정도로 그물망을 확대시킨다. "五官의 그물에 오묘한 무늬가 인다./ 이 무늬를 엮어/ 누구나가 나름대로의 宇宙 집을 짓는다"라고 그가 말하고 있듯이, 그의 그물은 보이지 않는 끈으로 엮은 커다란 그물이다. 모든 것이 이 그물코에 매달려 있다. 하이데거는 은폐된 것을 드러낸다는 점에서 빛을 진리와 결부시킨다. 빛은 우리를 보지만 우리는 빛을 보지 못하고, 신은 우리를 보고 있지만, 우리는 신을 보지 못하고 알지 못하듯이,[20] 우리는 인생이라는 촘촘한 그물에 걸려 살면서도 진정한 생이 무엇인지 놓쳐버리기 쉽고 잘 알지 못한다. 하지만 이 시의 화자는 "잠재의식의 가장 깊은 곳에서 분출하는 영혼의 상태와 격렬한 감정"과 감각적인 눈으로 간파할 수 없는 내면의 현실을 "극대의 세계와 극미의 세계를 하나로 묶는 끈"으로 보고자 한다.

모든 존재가 실체가 없다는 불교의 '연기설'[21]에 따르면, 어떤 존재도 개별적으로 존재하는 것은 없다. 말하자면 '인연'으로 존재하지 않는 것은 아무것도 없다는 것이다. 모든 존재는 여러 요인에 기대어 존재하기 때문이다.[22] 김광규의 「끈」이 주는 의미는 세대가 다음 세대로 이어지는 것을 상징한다. 그의 끈은 아버지가 물려준 낡은 끈이다. 각 세대는 생성되고 소멸하지만 끈으로 묶인 관계이다. 끈은 한 세대에서 다음 세대로 이어지지만 낡아가는 것이 자연스럽다는 화자의 생각을 내포하고 있는

---

20) 임철규, 『눈의 역사 눈의 미학』, 한길사, 2006, 371쪽.
21) 이를테면 '장미'라는 하나의 생명이 존재하기 위해서는 여러 요인, 가령 햇빛, 공기, 땅, 습기 등등이 있어야 하듯이, 그 자체로 존재하는 것은 아무것도 없다. '나'라는 존재가 있기 위해 여러 요인이 있어야 하듯이, '나'라는 존재도 그 자체로 존재하지 않는다. 자체성이 없다는 것, 이것이 모든 존재의 진정한 본질이다. 자체성이 없다는 것이 '나'를 포함한 모든 존재가 실제로 눈앞에 존재하지 않는다는 것을 의미하는 것이 아니다. 우리의 눈앞에는 분명 여러 존재가 존재한다. 자체성이 없다는 것은 모든 존재가 여러 인연에 의지하지 않고는 존재할 수 없기 때문에 어느 존재도 고유의 본성을 가지지 않는다는 것이다. — 임철규, 앞의 책, 389쪽.
22) 위의 책, 389쪽.

심상이다. 그 낡아가는 것은 끝내는 소멸하기도 하지만 아버지와 아들, 아버지와 손자로 이어지는 세대의 의미도 함축하고 있다. 태어나고 죽고 다시 태어나는 생로병사의 흐름이 자연스럽게 흘러가는 것을 끈을 통하여 제시한다. 본고에서 이 세 시인을 묶어본 것은 바로 이러한 공통점 때문이다.

2. 거리에 대한 인식의 비교

의식은 세계를 새롭게 인식할 수 있는 최초의 계기이다. 생명과 생명이 아닌 경계를 허물고 세계의 존재 전체를 생명성의 오묘한 법칙으로 이해할 때,[23] 존재 사이에 거리가 있다. 거리는 삶에서 시작되어 다시 삶으로 돌아온다. 인간에게 실재를 생각하게 만드는 시의 실재죽 힘은 응시의 시선 속에 이루어지는 교감이다.[24] 김광섭·성찬경·김광규의 시에 나타난 '거리' 인식은 삶은 죽음을, 죽음은 삶을 서로 응시하더 삼라만상이 공존하는 거리라 할 수 있다. 절대 대 상대, 존재 대 비존재, 한계 대 초월, 안 대 밖, 유 대 무와 같이 이항대립으로 존재하는 세계, 바로 그 세계 속의 '나'는 존재성이며, 이항대립으로 생긴 거리를 안아 넣는 적멸 같은 오묘한 지점에 서 있다. 삶과 죽음 너머에서 이 세계 전체를 응시하는 그 무엇은 실재이면서 비실재이고, 존재이면서 비존재라고 할 수 있다.[25] 메를로 퐁티는 이렇듯 사물을 보는 시선에 따라 자신의 현존을 불러일으킴으로써 곧 사물의 현존의 관능적 공식을 마련할 수 있다고 갈한다.

라스코 동굴 벽에. 그려진 동물들이 동굴 벽에 존재하는 방식은 벽면

---

23) 김석준, 「상상적 대화」, 『현대성과 시』, 역락, 2008, 20쪽.
24) 김석준, 「현대성과 시」, 위의 책, 55쪽.
25) 김석준, 「현대성과 선의 시적 원리」, 위의 책, 188쪽.

의 갈라진 틈이나 석회암 종유석이 동굴 벽에 존재하는 방식과 다르다. 그러나 동물들이 다른 곳에 존재 하는 것은 아니다. 동굴 벽에 그려진 동물들은 화면 약간 앞이나 화면 약간 뒤에서, 화면에 의해서 지탱되되 화면을 능숙하게 이용하며, 그림과 화면을 잇는 잡을 수 없는 밧줄을 결코 끊지 않으면서, 화면 주위로 퍼져 나온다.[26]

각자 바라보는 방법이나 방향에 따라 그림이 어디에 있는지 말하기 어렵듯이 '거리' 또한 어느 장소에 고정되어 있지 않으며, 세 시인의 시선은 큰 존재의 후광 속을 서성인다고 볼 수 있다. 혹은 말브랑슈의 신랄한 딜레마가 암시하듯 마음이 눈을 통해 밖으로 나와서 사물들 사이를 거닌다는 것이다.[27] 본다는 것은 자기 내부에서 사유되는 것, 자기 내부에서 표현되는 것, 자기 내부에서 가시화되는 것을 포착하고 투사하는 것이며 거리를 두고 소유하는 것이다.[28] 눈은 세계를 본다고 할 수 있다. 개인의 삶과 표현, 인식, 역사 등은 목표와 개념을 향해서 똑바로 전진하지 않고 비스듬히 나아간다. 메를로 퐁티는 바로 이 점 때문에[29] 초월적 의식은 환

---

26) 모리스 메를로 퐁티, 앞의 책, 45쪽.
27) 『말브랑슈, 바랑, 베르그송에게서이서 영혼과 육체의 통일』에서 메를로퐁티는 영혼-육체 이원론에 대한 말브랑슈의 해법을 불가피한 딜레마로 설명한 바 있다. ― 김정아, 앞의 책, 55쪽.
28) 모리스 메를로 퐁티, 앞의 책, 55~60쪽.
29) 현상학은 독일 철학자 후설에 의해 고안된 철학적 사고의 한 방법으로, 우연적인 현실 존재보다는 본질에 관심을 둔 '엄밀한 학으로서의 철학'을 지향한다. 원래 후설의 현상학은 초월론적 관념론의 성향이 강한 것이나, 이것이 하이데거의 존재론을 거쳐 프랑스로 건너와서는 사르트르의 실존주의의 옻향을 받아 내재화된 존재론적 현상학으로 성격이 바뀌었다. 메를로 퐁티는 후설 현상학의 영향을 받은 프랑스 1세대 철학자들 중 한 사람으로, 지각의 본질을 실존 속에 재정립하는 지각 이론에 입각해 현상학을 존재론적으로 연구했다. 후설의 현상학에서 본질을 직관하는 데 필요한 '형상적 환원'은, 세계를 투명하게 볼 수 있는 초월적 의식으로의 귀환을 의미한다. 반면에 메를로 퐁티가 형상적 환원을 통해 갖고자 한 것은, 세상 속에 살고 있는 우리의 실존과 분리되지 않은 세계, 즉 우리 몸이 '사유하는 세계가 아니라 살고 있는 세계'의 본질이다. 다시 말해서 우리는 사유하면서 세계를 이해하는 것이 아니라 세계에서 우리 자신이 살아가는 모습을 지각하면서 세계를 이해한다는 것이다. ― 모리스 메를로 퐁티, 『간접적인 언어와 침묵의 목소리』, 책세상,

원을 통해서 완전히 투명성에 도달할 수 없으므로 의식은 항상 세상의 모호성 속에 놓일 수밖에 없음을 확인하고, 세상의 의미는 주체에 의해 구성되는 것이 아니라 늘 새롭게 발생할 수 있는 것이라고 설명한다. 이러한 의식이 깃든 '거리'에 대한 김광섭 · 성찬경 · 김광규의 시선은 생명성에 대한 차이점과 유사점을 지니고 있다. 이러한 차이와 유사점을 그들의 시를 비교 분석하며 살펴보기로 한다.

김광섭에게 거리는 시인 자신이 죽음 직전까지 갔다가 다시 깨어난, 죽음과의 거리이다. 그 거리를 극복하고 돌아간 김광섭의 회귀는 '나'라는 존재 실체 속에 '또 다른 나(생명성)'가 고착 농축되어 있다는 의미이다.[30] 이러한 생명성을 안고 돌아온 거리는 죽음이 죽음으로 사라지는 것이 아니라 죽은 자와 산 자의 사이에 영원성을 생성하는 거리로서 존재한다. 부재가 가져다주는 비애와 적막도 사금처럼 반짝이는 감각적 영상으로 변모되며,[31] 그래서 그에게 있어 죽음은 삶과 함께 공존한다. 투병 이후에 깨달은 거리에 관한 인식은 '너'와 '나' 사이에 대립과 갈등이 무화되는 거리이며 죽음과 삶이 간절히 말하고 바라보는 거리이다. 그의 병마는 너와 나, 이웃과 사회, 자연 속 형상들과 관계의 거리, 그 경계를 무너뜨린다. 대립 공간에서 벗어나 모든 거리의 본질을 투시하고 그 통합과 화해의 경지를 통찰하고 있음은 놀라운 일이 아닐 수 없다.[32]

성찬경의 '거리'에 대한 인식은 『거리가 우주를 장난감으로 만든다』 등에서 나타나듯이 놀이를 통해서 두드러진다. 녹슨 쇳조각이나 버려진 폐품 등 오브제를 가지고 강아지를 만들거나, 고양이를 만드는 등 시인이 만들고 싶어 하는 것으로 무엇이든 변형시키며 놀이를 한다. 「굴착기」, 「나사」 연작시 등에서 물질과 비물질을 가지고 놀이하는 성찬경은 그 안

2005, 106~107쪽.
30) 김석준, 「서정의 인간학적 차원과 그 표정」, 『현대성과 시』, 역락, 2008, 105쪽.
31) 이숭원, 앞의 책, 29쪽.
32) 손종호, 앞의 책, 159쪽.

에서 자신만의 고유한 생명성을 창조한다. 성찬경에게는 거대한 우주도 놀이의 대상이다.「역학의 아름다움」,「추상적 점괘」,「화성을 보다」,「다이아몬드의 별」등에서 보여주는 놀이는 우주를 심오하고 접근하기 어려운 대상으로 여기는 일반적인 생각에서 벗어나, 우주 또한 장난감처럼 자유롭게 갖고 놀 수 있다는 어린이 같은 천진성을 보여주고 있다. 이러한 인식은 그의 일자시에도 잘 나타나 있다. 여기에 대해 이승하는 본문은 어디로 가고 없고 각주만 붙어 있는 희한한 시, 가히 한국 시사에 일어난 혁명이라고 볼 수 있다고 했는데,33) 시에 최대한의 의미의 밀도를 넣으려는 노력이 밀핵시, 일자시 등의 다양한 실험으로 이어진다. 또한 그는 물질과 천체를 언어로 말함으로써 생명성을 증가시킨다. 그 는 물질에 생명성을 부여함으로써 그 물질을 인간화하는 언어(langage humanisant)로 말한다. 또한 놀이를 통하여 우주도 장난감처럼 등장시킨다. 해, 별, 달, 금성, 오로라 등 천체를 우주화 하는 언어(langage cosmicisant)로서 인간과 우주를 이해할 수 있게 한다.34) 생생하게 살아 있는 은유적 언어의 내재적 한계를 벗어나 언어의 외재적 지시 관계를 가지게 되는 존재론적 함의를 지니게 된다.35) 성찬경은 우주의 해,36) 달,37) 별38)과 놀이를 하며, 녹

---

33) 이승하, 앞의 책, 225쪽.

34) 가스통 바슐라르, 앞의 책, 236쪽.

35) 윤성우,『해석의 갈등』, 살림, 2005, 180쪽.

36) 사람이 경험할 수 있는 세계에서 단연 왕좌를 차지하는 것이 해다. 세상에 해 보다 더 크고 밝고 고마운 존재는 없다. 지구상의 모든 것을 다 담고 있다. '해'의 자음 ㅎ은 밝음과 높음과 신성함의 표상으로 울린다. 하늘의 자음은 ㅎ 아닌가. 영어도 그렇다. holy, heaven, white의 경우가 보기다. (중략) 우리말 해는 저 고마운 해가 동시에 우리와 친하기도 하다는 것을 나타내고 있다. 남향집의 고마움은 살아본 사람만이 안다. — 성찬경,『해』, 고요아침, 2009, 13쪽.

　　성찬경은 해, 달, 별과 같이 천체에 대한 생각을 일자시집『해』에서 농도 짙은 고견을 밝히고 있다. 일자 시는 글자 하나가 곧 시의 제목이며 동시에 시의 내용이다. 일자시는 벌써 시 곧 문학의 울(울타리)에 머물 수 없으며, 문학과 미술(공간)의 융합의 국면을 띄게 된다고 시집 후기에서 밝힌다. 이러한 심상은 그의 놀이성 (우주나 폐품)에서 유감없이 확대되고 있다.

37) 우리말 중에서 빛을 나타내는 말에는 영락없이 'ㄹ'이란 말 하나에 담아져 있다. '불'이 그렇고 '별'이 그렇다. 서양 말도 그렇다 light가 그렇고 illumination도 그렇다. 필경 깊은 원

슬고 차가운 폐품을 만지는 순간 성찬경은 그들에게서 생명성을 찾아내는 마술의 손의 주인공이 된다.

김광규의 '거리'에 대한 인식은 어둠 속에서 나타난다. 존재의 원형질인 생명성을 어둠 속에서 만나고 싶어 하는 것이다. 그는 어둠 속에서 자신과의 거리를 좁히며 어둠의 본질인 빛을 발견한다. 「어둠의 무리」, 「새들이 잠든 뒤」 등에서 어둠은 빛을 품고서 어둠 속에서 존재한다고 본다. 과학이 발달할수록 인간 안에 내재되어 있는 자신만의 고유한 목소리를 듣기 힘들며 소음과 불빛으로 가득 찬 도시의 밤은 어둠 속에 담긴 근원적인 빛을 만나기 힘들다. 그러나 화자는 마당 한 구석어서 어둠과 하나가 되기 위해 어두워지기를 기다리거나, 모두가 잠든 한밤중에 일어나 어둠을 맞는다. 어둠속에 오래 앉아 있다 보면 어둠이 덮고 있는 사물들이 선명하게 보이듯이 화자는 근원적인 생명성에 닿기 위히 어둠에서 변화를 일으키는 심상을 찾아낸다.

①
시간은 처음 났을 땐
아기처럼 기다리다가도 달아난다

리가 숨어 있어서 그렇게 되는 것이며 결코 우연이 아니리라. (중략) 서양 미술의 인상파를 흔히 외광파(外光派)라고도 한다. 그런데 화가 샤갈은 이를테면 햇빛의 외광파가 아니라 '달빛의 외광파'라고 한 글을 읽은 적이 있다. 빛에 대한 샤갈의 감도(感度)가 그만큼 섬세하다는 말이 되겠다. 달빛 받아 아련히 떠 있는 세계는 선명도 높은 낮의 현실과는 전혀 다른 꿈의 환경이다. 삶의 파란을 겪은 이 치고 반쯤 비치는 병풍 두른 이러한 환경에 끌리지 않을 이 누가 있겠는가. 이 밤도 나는 달빛 받으며 너무 눈이 부셨던 낮의 광란(狂亂)을 엷고 결고운 한(恨)의 무늬로 변용시켜, 사랑의 상처에 어스름 향유를 바르리라. 달 둘레 멀리 퍼지는 보랏빛 우수로 나의 시정을 포근히 덮으리라. ─ 성찬경, 위의 책, 15쪽.
38) 서북 어두운 밤 하늘에 외롭게, 그러나 말고 밝은 빛으로 반짝이는 저 별이 지금 이 순간 지구 위 한 곳에 홀로 서 있는 나에게 오기까지의 그 유구한 시간과 여정. 저 별을 지면에 띄우기 위해서는 그만큼 넓은 순백의 허공이 필요하다. (중략) 네가 내 별이자 시(詩) 별이지. 사람의 이상(理想) 별이지. 허무별이지. 기쁨별이지. 슬픔별이지. 별아. 별아. (중략) 시작도 없고 끝도 없다. 원처럼 영원한 순환과 반짝임이 있을 뿐이다. 별아, 별아 …… ─ 성찬경, 위의 책, 17쪽.

세우고 무너뜨리고

(… …)

늙게 하여 욕심을 버리게 하며

신의 부르심에 눈을 꼭 감겨서
삶의 고통을 덜어주는 어진 친구가 된다

누가 묻거든 오래전에 잊었어
지금 남은 것이'나'다

(… …)

시간은 달리다가도
허술한 집에 들러
시인의 말을 빛내주고
성인의 뜻을 받들어 전한다

　　　　　　　　　　　　　　　－ 김광섭 「시간」 부분(『반응』)

②

해의 위광도 구름 앞에선 무력하다.
구름이 알맞게 해를 가리면
눈멀지 않고 해를 오래오래 구경할 수 있다.
그런 때 해는 탐스럽고 혈색 좋은 동그라미.
잘 구워져 말랑말랑한 빵이다.

　　　　－ 성찬경 「하늘구경」 부분(『거리가 우주를 장난감으로 만든다』)

③

울어라, 먼 곳에서 먼 곳으로 가는 팽팽한 실.
울려라, 땅과 꿈을 잇는 대롱.

　　　　　－ 성찬경 「내 나의 시간의 봉우리에서」 부분(『時間吟』[39])

---

39) 성찬경, 『時間吟』, 문학예술사, 1982.

④
너를 어루만지면
시린 감촉이지만
뭐라 말할 수 없는 따뜻함이 있다.
그것이 너의 본질이기도 하다.
웃음처럼은,
거품처럼은,
꺼지지 않는 너의 본질이기도 하다.

아아, 아침에 내 넋을 앗아가는
마당에 뒹구는 강철의 오브제여.
친한 벗이여.
덕 있는 희극배우여.
　　　　　　　　　　－ 성찬경 「마당을 뒹구는 쇠의 오브제」 부분
　　　　　　　　　　　　（『나의 별아 너 지금 어디에 있니?』）

⑤
동록의 종은 구리의 침묵 깨뜨려
몇백년 간직해온 함성과 신음 되살려주고
그윽한 울림 사라지면서
더욱 큰 고요를 남기는 듯
　　　　　　　　　－ 김광규 「종」 전문（『가진 것 하나도 없지만』）

　　시간은 유한한 '거리'이다. 이러한 특징은 언젠가 죽음을 맞아야 하는 생명성의 그것과 동일하다. 시간은 어느 누구도 기다려주지 않는다. 시간과 생명은 시작이 있고 마지막이 있다. 그러나 시간은 생명처럼 유한성으로 국한된 것은 아니다. 각자 고유한 존재에 따라 계속 흐르거나 짧게 멈춘다. 제레미 리프킨은 시간은 에너지의 변화가 농축된 상태로부터 분산된 상태로, 질서로부터 무질서의 상태로 일어나는 것을 나타내고 있다고 말했다.40)

김광섭은 「시간」을 통해서 인간 삶의 전 후반을 드러내는가 하면 사회적인 홍망사를 담아내기도 한다. 성찬경의 「하늘구경」은 순간이 품고 있는 무한성을 나타내고 있다. 세잔은 '세계의 순간'을 그리고자 했다. 그리고 그 순간은 오래전에 지나갔다. 그러나 세잔의 캔버스는 지금도 우리에게 그 순간을 쏟아낸다.[41] 이처럼 성찬경은 수없이 변하는 하늘의 한 순간을 붙잡고서 그림을 그리는 놀이를 한다. 그의 시간은 「내 나의 시간의 봉우리에서」처럼 "먼 곳에서 먼 곳으로 가는 팽팽한 실"이며 "땅과 꿈을 잇는 대롱"이다. 「마당을 뒹구는 쇠의 오브제」에서는 물질에 생명성을 불어넣어 갖가지 오브제를 만들고 있다. 그에게는 하늘의 해나, 버려진 폐품이나 큰 차이가 없다. 어떠한 경계도 거리도 없다. 「시간」의 중요함은 현재 '나'라는 존재 때문이다. 시간은 나를 중심으로 흐르고 멈추었다가 다시 흐른다. 이러한 시간은 과거와 현재, 미래는 동시에 흘러갔다 흘러오는 거리감 없는 시간이다. 김광규는 이와 같은 관점에서 "시간은 달리다가도/ 허술한 집에 들러/ 시인의 말을 빛내주고/ 성인의 뜻을 받들어 전한다"고 말한다. 이때의 과거와의 거리는 잠시 속도를 멈추고 지금까지 쉬지 않고 달려온 자신을 바라보는 거리이다. 이 거리는 반성하는 시간을 의미한다. 그의 시 「시간」에서 나타나는 '거리'는 특별한 거리감이 없는 자연스런 '거리'이며, 또한 시인의 말을 빛내주고 성인의 뜻을 생각하며 스스로 비춰볼 수 있게 해주는 공간이기도 하다.

성찬경은 「하늘구경」에서 해가 구름 속으로 숨는 순간을 포착하여 해를 반죽하고 잘 구워진 빵처럼 만들며 놀이를 한다. 구름 속에 숨는 해를 바라보는 순간 보이는 세계와 안 보이는 세계를 뒤섞으며 우주를 장난감으로 가지고 논다. 이는 이미지나 본질보다 훨씬 더 생생한 현존이기 때문이다. 해가 구름 밖으로 나오지 않는 시간과 화자의 손에서 빵으로 잘

---

40) 제레미 리프킨, 앞의 책, 65쪽.
41) 모리스 메를로 퐁티, 앞의 책, 67쪽.

구워지는 시간은 놀이 안에 존재하는 '거리'이며 구름 속으로 해가 숨을 때마다 해를 반죽하고 빵도 구워내는 시간으로 존재한다. 「내 나의 시간의 봉우리에서」라는 시에서 시간은 "먼 곳에서 먼 곳으로 가는 팽팽한 실"로 비유된다. 이승하는 이를 흘러가는 시간적 삶의 허망함을 초월하고 궁극적인 실존의 세계를 지향하는 자의 참 모습을 담고 있다고 했다.[42] '팽팽한 실'은 고집스럽게 한 길만 걷는 자의 모습이다. ㄴ이와 상관없이 열정적으로 나아가는 모습이며 팽팽한 긴장감이 서려 있다. 폐품과 우주를 가지고 노는 성찬경은 땅에 발을 딛고 서 있는 실존에서 벗어나 있지 않다. 시간을 "땅과 꿈을 잇는 대롱"이라고 밝히는 그의 상상 놀이는 그가 추구하는 진정한 자유에서 비롯되며, 마르지 않는 창작의 샘에서 흘러나오는 자연스러움이다. 「마당을 뒹구는 쇠의 오브제」는 사물의 눈과 마음이 되어 사물의 언어로 말을 하고 사물의 피부를 만지며 진정한 벗으로 여기고 있다. 화자는 사물의 언어로 말을 하지만 표현은 우리 토착어로 하고 있다. 성찬경은 우리말 하나하나가 마치 다이너마이트 같다고 언어의 밀도를 강조한다.[43] 그는 "생명체를 생명체로 있게 해주는 물질도 생명체 다음으로 영묘한 것이다. 그러한 물질의 존재를 감사하는 마음과 더불어 인정해야 한다는 뜻에서 물권物權이란 새 개념을 도입해본 것이다"라고 「物權」에서 밝히고 있다. 물질과 성찬경과의 거리는 보편적으로는 짐작하기 힘든 우정과 끈끈한 정이 깊게 깔려 있는 거리이다.

성찬경이 「시간」과 「하늘구경」에서 포착한 순간은 일회성으로 그치는 것이 아니라 마음속의 이미지로 새겨진 것이다. 이 「시간」은 전 생애에 대한 시간을 압축한 것이다. 순간적으로 지나가는 시간과 생은 짧지만, 한 인생이 태어나 죽을 때까지 전체적인 시간은 결코 짧지 않음을 묘사와 진술을 섞어가며 나타내고 있다. 또한 「하늘구경」에서도 지구와 해

---

42) 이승하, 성찬경, 「영혼의 눈과 육체의 눈」, 『時間吟』 해설, 문학출판사, 1982, 19쪽.
43) 성찬경, 앞의 책, 235쪽.

의 거리는 계산하기 힘든 거리이며, 태양빛이 지구에 닿기까지의 시간 또한 일반적으로 측정하기 힘들다. 순간과 긴 시간, 측정하기 어려운 거리를 포함하고 있다. 이러한 시간과 거리는 「종」에서도 나타난다. 몇 백 년이란 시간은 계산하기 힘든 시간이다. 한 번 종을 칠 때마다 몇 백 년 동안 간직해온 함성과 신음을 동시에 되살려주는 울림은 서서히 사라진다. 종이 울릴 때 역사의 상혼들이 살아나며 웅장한 침묵을 내뿜는다. 이것은 「하늘구경」과 긴 시간을 함유한다는 점에서 유사성을 지닌다. 성찬경이 구름에 가린 해를 반죽하며 장난감처럼 가지고 놀 때, 신음이나 상처를 찾아볼 수 없다. 깊은 울림과 그늘을 가지고 있는 「종」과 「하늘구경」은 상반된 개념이다. 「하늘구경」은 거대한 우주를 장난감처럼 가볍고 경쾌하게 가지고 노는 놀이성이 내재된 시며, 「종」은 한 번 칠 때마다 멀리 퍼져나가는 울림과 오랜 세월동안 겪은 생의 무거움을 나타내고 있다. 「하늘구경」의 정서와 「종」을 바라보는 시선의 차이가 확연히 다르다.

그러나 시간에 대한 개념은 앞서 밝혔듯이 세 시인의 시에서 유사성을 찾을 수 있다. 「종」은 몇 백 년의 시간을 간직해오고 있다. 「하늘구경」은 지구에서 해까지 도달하는 시간도 몇 광년이 걸린다고 한다. 화자의 머리 위에 떠 있는 해와 지상의 「종」은 천체와 물질이라는 개별성을 지니지만, 몇 백 년의 긴 시간을 함유하고 있다는 점에서 유사하다. 또한 「종」이 울리는 순간 멀리 퍼지는 울림과, 해가 구름 속으로 숨는 순간을 포착하여 지구를 몇 바퀴 도는 물리적 시간을 함축하고 있는 점 또한 흡사하다.

> 한밤중에 문득 잠이 깨어
> (… …)
> 어둠 속을 바라봅니다
> (… …)
> 까맣고 부드러운 어둠
> 아득히 거슬러 올라가면

모든 빛의 고향
일찍이 우리가 태어난 곳
(… …)
낯익은 얼굴이 거기
있습니다
어둠 속에서 비로소
자신을 만납니다
　　　– 김광규, 「까맣고 부드러운 어둠」 부분(『시간의 부드러운 손』)

골목의 가로등 하나 둘 켜질 때
모기들 날아드는 마당 한 구석
낡은 플라스틱 의자에 앉아
밀려오는 어둠에 잠깁니다
(… …)
혼자서 지긋이 견딥니다
(… …)
마당 한 구석에 나를 앉혀 둡니다
차츰 환해지는 어둠 속에서
한 점 물체로 내가
멀어져 갈 때까지
　　　– 김광규, 「땅거미 내림 무렵」 부분(『시간의 부드러운 손』)

　「시간」과 「까맣고 부드러운 어둠」, 「땅거미 내릴 무렵」에서의 기다림
은 대상과의 '거리'에서 비롯되었다. 「까맣고 부드러운 어둠」은 "어둠 속
에서 비로소/ 나 자신을 만납니다"의 시간이다. '떨어져 있던 자신'과의 거
리를 인식하게 되는 것이며, 본질적인 '나'를 만나기 위해서 「까맣고 부드
러운 어둠」과 「땅거미 내릴 무렵」을 견뎌내는 것이다. 시인은 「시간」의
'나'를 만나는 시간이 오기까지 무던히 기다리며 침잠한다. 이때의 침묵
은 언어의 부재 상태가 아니라 의미로 충일된 침묵이며 이는 곧 잠재된

사물의 언어를 짚어내는 행위이며 나아가 사물의 존재성에 관한 성찰의 시간이다. 그런 시간이 왔을 때 성찬경은「하늘구경」에서처럼 그 순간을 낚아채듯 놓치지 않고 포착한다. 긴 순간을 기다리며 그 시간을 포착하는 힘은 생명성의 공통점이다.「하늘구경」은 지구에서 해까지 몇 광년의 거리, 몇 백 년 전의 울림을 담고 있는「종」의 시간과는 차이가 있지만, 화자가 지향하는 본질적인 면과 대면하기 위해 기다리는 태도는 유사하다. 놀이에 깊이 잠기는「하늘구경」이나, 어둠에 깊이 묻히기를 기다리는「까맣고 부드러운 어둠」의 심상은 몇 백 년, 몇 광년의 시간을 초월하여 널리 울려 퍼지는「종」으로 응축된다.「시간」과「까맣고 부드러운 어둠」과「땅거미 내릴 무렵」처럼 '나'를 만나기 위해 기다리는 시간은 어둠 속에서 새로운 '나'를 탄생시킨다. 시인의 시선에 포착된 공간과 거기서 파생된 이미지의 연쇄는 이것에서 저것으로 순차적으로 이어지는 것이 아니라 서로가 서로를 포용하고 방사하는 접합의 상태로 구현된다.[44]

이숭원의 말을 빌리면, 시인은 왜 고립을 통하여 인간의 참다운 자리가 발견된다고 생각했을까. 그것은 고립이 참다운 창조의 근원이자 인간의 본질이 새롭게 발견되는 근원적 자리이기 때문이다.[45]「시간」(김광섭),「하늘구경」(성찬경),「내 나의 시간의 봉우리에서」(성찬경),「마당을 뒹구는 쇠의 오브제」(성찬경),「종」(김광규) 등 다섯 편의 시와「까맣고 부드러운 어둠」,「땅거미 내릴 무렵」에서 나타나는 '거리' 의식은 참된 인간의 자리를 회복하여 세상으로 복귀하기 위한 과정임을 알려주는 '거리'라고 볼 수 있다.

시를 통해 이 세상과 대상과의 거리를 무화시키는 것은 김광섭 · 성찬경 · 김광규 시의 공통점이다. 김광섭의 '거리'는 병마를 통해서 사라진다. '너와 나'의 귀함과 생명의 소중함이 그 거리에 자리하게 된다. 성찬경

---

44) 이숭원, 앞의 책, 29쪽.
45) 이숭원,「외롭고 휘황한 서정의 길」,『초록의 시학을 위하여』, 청동거울, 2000, 40쪽.

은 끝없는 놀이와 실험 정신을 통해서 세상과 대상에서 샹기는 거리를 무화시킨다. 김광규는 침묵과 자연의 소리에 귀 기울이며 ‘거리’를 소멸시킨다. 이렇듯 세 시인이 바라보는 ‘거리’는 모두 다르며 각자의 고유성을 지닌다. 그러나 우주가 하나의 커다란 원이듯이, 이들의 ‘거리’ 의식을 종합해보면 구원의 생명성이라는 하나의 커다란 원을 이루고 있다. 그 안에 들어 있는 생명성은 태양과 같은 뜨거움을 품고 있으면서도 표면상 크게 외치지 않는다는 점에서 또한 같다. 각자의 모습과 방법으로 생명성에 대한 지향을 제시하는데, 그들의 이러한 지향성이 ‘거리’를 무화시킨 셈이다.

그런데 성찬경의 시에서는 좀 더 특별한 ‘거리’ 의식을 발견할 수 있다. 「개기월식」과 「금성일식」은 인간의 참된 자리를 회복하는 의식意識을 내포하고 있지만 재미있는 우주쇼를 통하여 생의 무거움을 털어내는 놀이는 ‘거리’를 보여준다. 이것은 문학과 미술(공간) 장르간의 뒤섞임이며 ‘크로스 오버’의 양상이다.46)

> 1982년도 거의 저물어 갈 무렵
> 강남에서 강북으로 오는 버스에 흔들리며
> 아내와 나는 박 베드로 노인의
> 선종에 관한 얘기를 나누었다
> (… …)
> 가는 버스 따라 달도 간다.
> 간헐적으로 높은 빌딩에 가려
> 달이 숨바꼭질한다.
> (… …)
> 오직 빛뿐인 그 얼굴을 먹고 먹히고 하는
> 이 하늘 무대의 큰 놀이는 엄숙했다.

---

46) 성찬경, 앞의 책, 234쪽.

(… …)
이때 나는 시시각각 시간이 삼켜가는
우리의 삶을 떠올렸는데
아내 역시 그런 생각을
떠올리는 게 아닌가 하는 생각이 들었다.
(… …)
월식이 두 사람의 마음에
서로 잘 보이는 굴을 뚫어 놓은 것일까?
(… …)
그러자 두 마음은 차츰 얇은 필름처럼 되어
다시 하나로 포개지는 것이었다.
　　　　　　　　　　　　　　　 — 성찬경, 「개기월식」 부분(『묵극』)

　1982년에 쓴 「개기월식」은 '시로 쓴 소설'이라는 부제가 붙어 있듯이 이야기 형식으로 나타나 있는 시이다. 평생을 난봉꾼 망나니로 지낸 박노인이 생을 마쳤다는 이야기로 시작되는 시다. 화자의 부부는 박노인을 위해 기도하고 집으로 오는 긴 노선의 버스에서 개기월식을 목격한다. 두 부부는 얇은 필름으로 겹쳐지듯 서로의 마음을 비춰보고 합쳐지는 것을 개기월식을 통해서 확인하고 느낀다. "오직 빛뿐인 그 얼굴을 먹고 먹히듯이" (… …) "시시각각 시간이 삼켜가는 우리의 삶을 떠올렸는데 아내 역시 그런 생각을 떠올리는 것이 아닌가 하는 생각이 들었다./ 이심전심이란 말이 아내와 나의 마음에 동시에 부각되었다는 생각이 들어 신기했다./ 월식이 두 사람의 마음에/ 서로 잘 보이는 굴을 뚫어 놓은 것일까?"라고 개기월식을 통해서 부부의 심경을 보여주고 있다. 달이 밑 부분부터 사라지기 시작해서 완전히 사라졌다가 다시 소생하는 것을 보고, 태어나고 죽고 태어나는 인생의 끈질긴 행사처럼 개기월식 또한 끈질긴 행사라고 보고 있다. 이러한 것을 보고 아내는 혼잣말로 "하늘에서 일어나는 일은 무섭지요"라고 말하자 화자도 "정말 그래"라며 혼잣말을 한다. 화자와 그의 아내는 각각 자신의 심연으로 깊게 내려가서 서로의 마음을 만난다. 두 마음은 하나로 온전히 일치한다. 또한 화자는 박노인의 죽음을 통해 죽음에서 다시 탄생으로 이어지는 둥근 고리와 같이 순환하는 생명의 굴레를 보여준다.

금성은 초저녁이나 새벽에 빛나는 별이다.
(… …)
(2004)6월8일(화)오후
(… …)
기적이다.
처음엔 구름이 실올 만큼 갈라지더니
3시 30분 경 마침내 푸른 하늘이 열린다.
금성 일식이 한창 진행중이다.

해는 광휘 그 자체다.
그 안에 금성이 풍덩 빠져 있다.
작고 까만 동그라미가 선명하다.
금성은 천천히 남하한다.

"눈에 넣어도 아프지 않는 내 새끼."
해의 말이 들리는 듯하다.
행복을 가득 마신 듯
나의 흥분도 저 해같이 탄다.

아내가 말한다
"볼따구니에 붙어 있는 까만 사마귀 같애."
내가 말한다
"극성스런 남편 덕에 좋은 구경하는 줄 알어"
(… …)
그리고 대조의 미다.

땅 위 일이 너무도 지저분하다.
고관에서 말단까지
(… …)
내가 사는 집 우주.
엄정하다.
밝다.
이보다 더 큰 다행이 없다.
　　－ 성찬경, 「금성일식」 부분(『거리가 우주를 장난감으로 만든다』)

　　1982년에 본 「개기월식」과, 2004년에 일어난 「금성일식」을 본 화자의 시선은 차이가 크다. 보는 시간과 장소뿐만 아니라 시각이 다른 점은 아주 당연한 일일 것이다. 개기월식은 박노인의 문상을 다녀오는 후 버스 안에서 아내와 같이 우연히 보게 된다. 개기월식은 삶과 죽음을 순환하는 운명을 담고 있는 육중한 내용의 서사성이 강한 시다. 그러나 그에 비해 금성일식은 그의 놀이성이 잘 나타나 있다. "3시 30분 경 마침내 푸른 하늘이 열린다"고 경쾌하게 시작한다. 찬란한 태양 속으로 금성이 풍덩 빠지는 것을 "눈에 넣어도 아프지 않는 내 새끼"라고 태양의 심정으로 읽어내고 있다. 그의 아내도 "볼따구니에 붙어 있는 까만 사마귀 같애"라고 거대한 우주쇼를 즐기며 말을 한다. 그러나 화자는 땅에서 일어나는 수많은 불행한 일들에 비하면, 우주는 변치 않고 순수하며 밝은 집이라며 큰 다행이라고 말한다. 금성일식을 통해 우주는 땅과 달리 엄정한 질서를 이루고 있다는 화자의 인식을 드러내며 우주와 인간의 내부적인 심정의 거리를 조명하고 있다.

　　「개기월식」과 「금성일식」의 상반된 점은 무거움과 가벼움이다. 「금성일식」은 창공에 뜬 달이 자신의 얼굴을 먹었다가 다시 내놓으며 소생시키는 것이다. 「개기월식」 또한 그렇게 변화되는 시간을 통해서 탄생과 죽음 탄생으로 이어지는 운명의 둥근 고리와, 죽은 이를 위한 기도의 시간과, 노부부의 일치되는 심상을 복합적으로 담고 있는 시이다. 「금성일식」
은 「개기월식」보다는 가볍고 경쾌한 심상을 담고 있다. 개기일식 때와 같
이 금성일식도 아내와 함께 보면서 "그 안에 금성이 풍덩 빠져 있다"라고
화자의 놀이 의식을 짙게 담아내고 있다. 「개기월식」은 앞서 말했듯이 죽
음과 탄생이 마음 안 하늘에서 더욱 컴컴하게 이어져 가고 있는 무거움을
포함하고 있다. 이렇듯 성찬경의 '거리'는 「개기월식」의 무거움과 「금성
일식」의 가벼움으로 그 차이를 드러낸다.

그러면서도 「개기월식」과 「금성일식」의 일치되는 ㅈ점은 두 노부부
의 일치되는 심상이다. 「개기월식」의 화자는 "이심전심이란 말이 아내의
마음과 나의 마음에/ 거의 동시에 부각되었다는 생각이 들어 신기했다.
(… …) 그러자 두 마음은 차츰 얇은 필름처럼 되어/ 다시 하나로 포개지
는 것이었다"고 말한다. 「금성일식」에서는 "아내가 말한다/ "볼따구니에
붙어 있는 까만 사마귀 같애."/ 내가 말한다/ "극성스런 남편 덕에 좋은 구
경하는 줄 알어"라고 부부의 합일되는 지점을 자연스럽게 노출한다. 개기
월식이나 금성일식을 통해서 크게는 탄생과 죽음, 다시 탄생하는 우주의
삼라만상과 운명의 고리를 보고 있는 것이다. 두 개의 천체가 하나로 일
치될 때 까맣게 어두워지는 지점에서 노부부가 투명하게 만나는 자신들
의 심정을 보는 것 또한 「개기월식」과 「금성일식」의 일치되는 지점이며
두 심상의 거리가 무화되는 지점이기도 하다.

「개기월식」에서 화자는 "변덕스럽게 선회하는 운명의 화살표를 생각
하며,/ 먹고 먹히는 삶의 모습과/ 삶에 깔린 어스름을 응시하며/ 두려움과
무명으로 전율했다"며 인간의 삶의 모습을 내비친다. 「금성일식」에서는
화자가 "그리고 대조의 미다./ 땅 위 일이 너무도 지저분하다./ 고관에서
말단까지"라며 세상의 통속적인 삶이 우주와 대조적이라고 발언한다. 성
찬경은 지구상에 일어나는 일과 우주에서 일어나는 일을 보면서 극과 극,
대조의 미라고 한다. 그는 삶과 죽음으로 이어지는 운명을 발언하면서도

운명론자나 허무주의자는 아니다. 우주의 시간은 엄정하게 규칙을 이루며 지속되기 때문에 우리들 생명의 시간과 비교할 수 없을 만큼 영원에 가까운 시간이다. 인간이 자신의 존재하는 시간을 영원과 비교하는 순간, 인간은 허무주의에 빠지기 쉽다. 하지만 성찬경은 생의 의미를 발견하고 창조하기 위해서는 영원성에 대한 의식보다 순간의 의미를 숭고하게 인식해야 함을 말하고 있다. 그러면서 우주의 시간과 순간이 배제된 영원은 있을 수 없다고 한다.

　김광섭·성찬경·김광규의 시에 나타난 '거리'에 대한 인식은 이처럼 유사점과 차이점을 확연히 드러낸다. 김광섭의 생명성에 대한 인식은 죽음 직전까지 갔다가 삶의 자리로 돌아왔을 때 바뀌었다. 죽음을 체험한 김광섭은 삶의 끝을 본 것이 아니라 부활을 체험한다. 그의 시에 나타난 '거리'는 빛과 어둠, 죽음과 삶을 동시에 비춰보는 거울로서 자리한다. 성찬경의 생명성은 놀이를 통하여 생성된다. 시작과 끝의 '거리'에 대한 인식은 폐품이나 우주의 천체를 장난감처럼 가지고 노는 행위에 의해 이루어진다. 놀이를 통하여 삶의 긍정적인 측면과 비극성을 살펴본다. 버려야 할 폐품이나 쓸모없는 물질의 마지막 과정에서도 생명성을 발견한다. 그의 시는 끝이라는 비극에서 긍정의 생명성을 찾아내며 '존재'로서 무한히 살아가는 모습을 비춰주는 거울의 역할을 한다. 김광규는 '어둠'이라는 거울을 통해서 내면에 자리한 자신의 모습을 끌어내어 비춰본다. 현대의 속도에 묻혀 망각되어가는 자신의 본 모습을 '어둠'의 거울로 비춰보기 위해 그 거울이 잘 보일 때까지 기다리며 홀로 침잠한다. 존재의 원형질인 생명성을 어둠 속에서 만나고 싶어 하는 것이다. 그는 급하지 않고 서두르지 않는다. 내가 나를 객관적으로 바라보기 위해 기다릴 때 '어둠'이 나를 맞이해주는 거울이 될 수 있다고 생각하기 때문이다.

　이렇듯 세 시인의 거울은 '거리', '놀이', '어둠'이라는 각기 다른 모습을 하고 있다. 하지만 나와 이웃과 세상의 근원적인 것은 생명성을 비춰주는

'거울'이라는 점에서 유사하다. 생명성을 지향하는 세 시인에게 있어, 생명은 정신적인 에너지이고, 진화와 진보의 '역동적 힘의 경향'을 지니고 있는 '비약' 그 자체이다. 정신 에너지를 엔트로피와 비고하면 엔트로피는 시간과 공간의 수평적 세계를 다스리는 법칙이므로 영적인 수직세계와는 무관하다. 반면 정신적 세계란 경계와 한도가 없는 비물질적 세계이므로 엔트로피 법칙이 적용되지 않는다.[47] 그러나 모든 생명이 결국은 운명적으로 죽음을 맞게 된다는 것이 엔트로피 개념이다. 특히 김광섭이 물리적으로 깊은 병마에서 죽음을 경험한 것은 엔트로피의 개념과 동일하다. 그의 정신세계는 자연의 삼라만상뿐만 아니라 이웃과 사회 공동체와 소통되기를 간절히 원하는 비물리적 세계이므로 엔트로피의 법칙에 적용되지 않는다. 죽음으로써 생명이 사라지는 엔트로피 개념과 정신에서 역동적인 에너지를 무한히 발산하고 있는 항엔트로피 개념을 동시에 아우르고 있는 김광섭의 생명성은 '나'와 '너' 사이에 놓여 있는 소통되지 못한 '거리'에서 벗어나기 위해 먼저 자신의 내면을 나 아닌 너에게 꽃처럼 활짝 열고 그 대상에 집중한다.

> 나는 여기 벽이다.
> (… …)
> 아지랑이 꿈꾸면
> 고개는 사라진다.
>
> 기다리면 먼 봄
> (… …)
> 꽃이 따라와서 상 위에 앉았다.
> 봄도 같이 따라왔다.
>
> 거리란 없는 것이다.

---

47) 박영은, 앞의 책, 289쪽.

있다 해도 봄이면 풀려서 없어진다
가거나 오거나
거리는 기다림이다.

— 김광섭, 「거리(距離)」 부분(『겨울날』)

　인간의 상상력은 무한하다. 때론 환영처럼, 때론 현실처럼 미지의 공간을 유영하면서 자신의 의식을 시적 언어로 안치시킬 때, 새로 창조된 공간은 하나의 신화적 공간이 된다.[48] 위의 시에서 시인은 현재와 과거를 넘나들면서 나는 벽이고 너는 꽃이라고 밝힌다. 꽃과 벽 사이에 간격을 두고 있는 거리에 얼음고개가 생긴 것이다. 너와 나 사이에 다가설수록 미끄러지고 넘어지며 서로 닿지 못한다. 얼음고개 때문에. 그러나 아지랑이 꿈꾸는 봄이면 얼음이 녹는 것을 삼라만상의 이치다. 화자는 봄이 온다는 확신에 찬 어조로 '아지랑이 꿈꾸면 고개는 사라진다'고 진술한다. 그러나 기다릴수록 봄은 멀다. 금방 올 것 같은데 여전히 찬바람이다. 화자의 시선은 멀리 꽃피는 봄에 가 있다. 활짝 핀 꽃이 그리워 꽃집에 간 화자, 여기서 '꽃집'은 꽃을 파는 현실적인 꽃집이기도 하고, 봄을 기다리는 간곡한 화자의 심정을 상징하기도 한다. 염원하는 꽃에 마음이 가 있으니 그 염원을 따라 꽃이 바로 앞 상 위에 앉은 것이다. 꽃은 인간의 의식이 되고 삶이 되면서 감각적으로 느껴질 수 있는 공간적 특징을 지닌다.[49] 간절한 마음에 앞서 꽃을 따라 봄이 온 것이다. 겨울이 가고 봄이 오는 거리는 기다림의 시간이다. 묵묵히 기다리면 너와 나 사이에 얼음고개가 사라진다는 깨달음을 거리를 통해서 부각시키고 있다. 비록 병마에 걸려 있지만 그에게 있어 '거리'는 사라진 것이다. '너와 나'와의 '거리', 나와 이웃간의 '거리', 자연과 우주사이의 '거리'도 사라지고 그 거리의 경계도 무너진다고 생각한다.

---

48) 김석준, 앞의 책, 109쪽.
49) 앞의 책, 109쪽.

번영이 버린 물
바다에 흘러 들어
고기 병신되어
(……)
　　　　　　　　　　　　　－ 김광섭, 「번영의 폐수」 부분(『겨울날』)

자궁도 오염되었다.
태아에게 생명을 대는 탯줄의 혈액에서
100ml당 24.3ml의 무거운 납이 검출되었다.
　　　　　　　　　－ 성찬경, 「공해시대와 시인」 부분(『문학사상』,1974/5)

비실비실 미끄러지다가 넘어지고
도살되어 네 다리를 쭉 뻗은 채
태연하게 불타는 소
　　　　　　　　　　－ 김광규, 「불쌍한 사람들」 부분(『처음 만나던 때』)

자연은 영원하고 진실한 것
만물이 나서 돌아가는 집
　　　　　　　　　　－ 김광섭, 「집」 부분(『이산 김광섭 시 전집』)

세상에 이렇게 샛노란 길도 있었던가?
(……)
좌악 깔려 흩날리는 은행잎들.
아직도 나무에 매달려 흔들리는 은행잎들.
　　　　　　　　　　　　－ 성찬경, 「노란 가을길_ 부분
　　　　　　　　　　『거리가 우주를 장난감으로 만든다』)

물 한번 주지 않았다
(……)
어느 날 갑자기

쌀알처럼 작은 꽃과 연녹색 잎
한꺼번에 돋아났다
　　　　　－ 김광규, 「청단풍 한 그루」 부분(『시간의 부드러운 손』)

「번영의 폐수」, 「공해시대와 시인」, 「불쌍한 사람들」은 생명성을 파괴하는 인간의 행위를 고발하는 시로서 지구에 유해하고 엔트로피를 촉진시키는 문명의 속성을 드러내 보여준다. 「집」, 「노란 가을길」, 「청단풍 한 그루」는 반대 개념의 시다. 자연은 영원하고 진실한 집이며, 나무에 매달려 흔들리는 은행잎들, 쌀알처럼 작은 꽃과 연녹색 잎 등 생명의 무한성을 담고 있기 때문이다. 앞의 작품들이 엔트로피를 보여주는 것이라면, 뒤의 작품들은 항엔트로피의 시적 형상화라고 할 수 있다.

공해로 인한 불치병과 자연의 생명성은 극과 극이며 좁혀질 수 없는 거리이다. 「청단풍 한 그루」에서 푸른 잎(생명성)이 한꺼번에 돋아나도 「불쌍한 사람들」에서처럼 "도살되어 네 다리를 쭉 뻗은 채/ 태연하게 불타는 소"를 소생시킬 수 없다. 현대성에 의해 파괴된 그 잔해 위에 쌓아올린 바벨탑과 같은 것임을 직설적으로 보여주고 있다. 가을길과 청단풍의 생명은 그 자체로 신성한 삶이자 살림이다. 김지하에 의하면, 그것은 어떠한 가치 척도로도 잴 수 없는 지고한 의미를 자체 내에 지니고 있다.[50] 이렇듯 공해와 오염으로 인해 파괴된 생명성은 다시 생성되는 것이 아니라 비참하게 사라질 뿐이며, 지구상에 유해한 물질로 쌓인 채 엔트로피를 증가시킨다는 것을 강조하고 있다. 엔트로피와 항엔트로피는 끝내 좁혀질 수 없는 거리다. 자연스럽게 죽거나 소멸하는 것과 달리 현대문명의 파괴성은 세상 속 어느 것과도 좁힐 수 없는 비극의 거리를 넓혀 놓았다.

이와 같은 세 시인의 거리에 대한 인식의 차이를 도표를 통해서 비교해 보면 다음과 같다.

---

50) 김지하·오에 겐자브로, 김석준, 「상상적 대화」, 『현대성과 시』, 역락, 2008, 19쪽.

시인\항목	김광섭	성찬경	김광규
인식 내용 비교	뇌출혈을 겪은 후 생명성에 대한 인식은 달라짐. '거리'라는 거울을 통해서 생을 비춰보려는 태도	물질과 비물질에 깃든 생명성. 우주의 천체를 장난감처럼 가지고 놀겠다는 태도. 놀이라는 거울을 통해서 생명성을 비춰봄.	존재의 원형질인 생명성을 어둠 속에서 만나고 싶어함. '어둠'이라는 거울에 자신을 비춰보려는 태도
언어	관념적인 어휘와 구체적인 언어를 함께 사용	구체적인 언어를 사용, 물질에 생명성을 부여함. 그 물질을 인간화하는 언어로 말함. 해, 별, 달, 금성, 오로라 등 천체를 우주화하는 언어	일상 속에서 사용하는 구체적인 언어
대상	인생 전반적인 부분을 포함하기도 하지만, 삶과 죽음의 문제에 치중	물질: 녹슨 쇠붙이 버려진 헬멧, 나사 못, 파편 등 빗물질: 그림자, 해, 달, 별, 구름 등	어둠, 어스름, 달빛, 새울음, 지는 나뭇잎 등
공통점	존재에 대한 생명성 인간구원에 대한 생명성. 긍정적. 엔트로피와 항엔트로피를 동시에 표현	존재든 비존재든 간에 의식하는 것은 생명성으로 봄 엔트로피와 항엔트로피를 동시에 표현	생명이 소멸되면서 다른 생명체에 스며 환원하는 것을 극복함. 긍정성 엔트로피와 항엔트로피를 동시에 표현
생명성의 차이점	비극을 통해서 얻어지는 긍정성	밝고 경쾌한 놀이를 통해서 얻어지는 생명성	어둠은 빛의 고향이며, 생명은 어둠 속에서 잉태한다는 인식

3. 근원적 지향 의지

생명성은 생명을 가진 생명체로부터 무생물에 이르기까지 우주 공동체의 모든 존재를 근본적인 것으로 인식한다. 인간과 삼라만상은 동반자다. 지극히 작은 존재 속에서도 무한한 우주의 신비를 보는 화엄사상의 그것과도 유사하다. 삼라만상은 살아서 죽고, 죽어서 사는 영원한 유기체가 된다. 유기체는 죽어서 자연으로 되돌아가 다른 모양으로 살아가기 때문에 영원히 유기체가 되어 살아가는 것이다.[51] 생명이 이렇듯 탄생과 성장, 그리고 소멸과 환원을 거듭한다. 생명성에 대한 의식은 김광섭·성찬경·김광규 시의 공통점이다. 그러나 심각한 것은 인간 중심으로 살아가는 현대인들은 자연과 물질의 부조화의 지경에 처하게 되고만 것이다. 이렇듯 다양한 입장이 공존하고 있는 일상은 사실의 물리적 형태나 개념을 드러내는 것이 아니라 그것의 지향을 드러냄으로써 존재의 실감을 확보한다.

김광섭의 생명성은 삶과 죽음을 맞대면시킨다. 숨기거나 은폐시키는 것이 아니라 같이 잠을 자며, 같이 밥을 먹고 항시 짝을 이루거나 한 몸이 되는 형상을 나타낸다. 그가 "삶: 무덤 속에 시계를 차고/ 누워 있듯이/ 나는 그렇게 산다" "사람의 한 평생: 벽처럼 담담한 친구는 없다/ 우리를 지켜주는 벽/ 그 속에 그런 철학이 있는 줄 몰랐다"라고 시작 메모에서 밝혔듯이,[52] 그는 삶 안에서 죽음을 죽음 안에서 삶을 마주보고 있다. 언뜻 보면 죽어도 그만, 살아도 그만이라는 체념처럼 비춰지기도 하지만, 김광섭 시에서 중요한 점은 생명을 사랑하겠다는 의지다. 죽어서도 생명성을 잃고 싶지 않은 것이다. 오로지 살겠다고 발버둥치는 것이 아니라 생명이 그만큼 절실하다는 것을 담담한 어조에 담고 있다. 죽음의 방식이 병으로 인한 것이든, 사고사든, 자연사든지 간에 인간은 죽음을 맞이하게 된다. 에리히 프롬은 생명을 사랑하기(biophili-a)와 죽음을 사랑하기(necrophilia)이 두 가지 성향으로 나누어 설명한다.[53] 그는 생명이 사랑을 향한 지향인지, 죽음을 사랑하는 지향인지에 따라 인류사나 개인의 삶이 달라진다고 한다. 김광섭의 태도는 죽음을 거부한 것이 아니라 삼라만상의 하나로 받아들이는 것으로 봐야 한다. 김광섭의 이러한 깨달음은 죽음을 철학적으로 사유한 결과가 아니라, 병마로 인해 죽음과 생명을 동시에 맞닥뜨렸

---

51) 정효구, 앞의 책, 20~22쪽.
52) 김광섭, 앞의 책, 480쪽.
53) 정효구, 앞의 책, 70~71쪽.

기 때문에 근원적인 생명에 대한 존엄성이 절대적이라는 체험에서 얻어진 것이라 할 수 있다. 생명을 사랑하고 그것을 확대한다는 일은 무력하거나 허위에 불과한 것이기 쉽다. 올바른 생명의 의미는 구체적인 삶 속에서 생명을 만나고, 실존하는 생명 그 자체의 중요성을 먼저 인식하는 일이다.54) 그의 시 「병」은 이를 잘 형상화하고 있다.

> 병은 앓으면서도 양식(良識)을 기른다.
> (… …)
> 구두닦이라도 되어
> 더러운 길을 걸어온
> 똥 묻은 구두라도
> 더럽다 말고
> 침을 텍텍 뱉어
> 싹 닦아주고는
> 길에서 누가 밀어도 넘어지지 않도록
> 싱싱하게
> 뛰어다니며
> 농도 하고 욕지거리도 하며
> 그들은 다 어찌 됐는지
> 한번 보기라도 했으면
> (… …)
> 그리 허 하지는 않을 것이다.
>   ― 김광섭, 「병」 부분(『성북동 비둘기』, 1994)

생명에 대한 애착과 삶에 대해서 최선을 다해 살아보고자 하는 간절함이 돋보이는 작품으로서 죽음을 겪어보지 않고서는 이 처럼 생명의 소중함과 절실함을 이루 말할 수 없을 것이다. 이는 김지하의 발언에 비견된다. 그는 다음과 같이 말하고 있다. "고독과 절망과 죽음의식에 침윤되어

---

54) 정효구, 앞의 책, 77쪽.

있을 때, 차라리 죽는 것이 더 나은 것이라고 생각할 때, 쇠창살 사이 한 줌 흙도 없는 곳에서 뿌리내린 개가죽나무가 저에게 커다란 깨달음을 주었지요. 고문을 받아 육신과 정신이 황폐화되어 있을 무렵 갑자기 개가죽나무 씨앗님이 제게로 와 의미의 손짓으로 생명의 가치를 가르치더군요." 이어 "생명은 무소부재구나!"라고 깨달았다고 말했다. 이때의 깨달음은 아주 작고 연약한 것, 그렇지만 강인한 생명력을 지닌 씨앗에서 얻었다는 것이다.55) 이렇듯 생명성에 대한 진정한 진리는 멀리 있는 것이 아니라 가까이 우리 실존 안에 있으며 우리와 함께 존재한다는 것이「병」을 통하여 절실하게 드러난다. 따라서 김광섭의 생명성은 죽음으로부터 벗어나고 외면하기보다 자연스럽게 받아들이는 그 순간 자유롭게 우리 안에 착지한다.

성찬경의 생명성은 재미있고 복잡하다. 폐기되어야 할 녹슨 쇳조각이나 나사, 부서진 헬멧 등을 손질하여 새로운 오브제로 태어나게 하는 그의 손은 마술사다. 그의 손을 거친 존재들은 일회성으로 그치는 것이 아니라 시를 통하여 무한히 살아가는 생명성을 지닌다. 뿐만 아니라 하늘의 해, 달, 별, 구름 등 그에게 있어 장난감이 아닌 것이 없다. 우주에 존재하는 모든 것이 그의 장난감이다. 그저 초현실적으로 놀이를 하는 것이 아니기 때문에 그의 시선 안에 들어온 천체들은 그의 손에서 장난감으로 변한다. 사물이든 무생물이든 그림자든 생명과 상관없는 것들도 성찬경의 손을 만나게 되면 생명성을 지닌 존재로서 가족이 되고 친구가 되고, 이웃이 되어 공동체를 이루게 된다. 그의 생명성은 경계가 없다. 우주의 이치처럼 삼라만상의 순리처럼 하나의 커다란 울타리 안에서 같이 살고 같이 논다. 이러한 생명성을 바탕으로 성찬경은 작은 점에서 시작하여 카오스적인 것까지 확대된다.

---

55) 김지하 · 오에 겐자브로, 앞의 책, 23쪽

머리와 몸통을 연결하는 통이다. 목이 달아나면 목숨은 끝난다.
직장에서 목이 잘리지 않도록 조심해야 한다.
— 성찬경, 「목」 전문(『해』)

목은 밥줄이며 심줄이다. 또한 생명줄이며 숨이 오가는 통로이고 "머리와 몸통을 연결하는 통이다." 일반적으로 목이 달아나는 것을 밥줄이 잘렸다고 한다. 이팔과 다리가 잘리고, 귀와 눈이, 입이 없어도 살 수 있지만 목이 사라지는 순간 삶은 끝이다. 여기서 재미있는 것은 '통'이라고 표현한 점이다. 커다란 통의 의미보다 연결 통로로서의 의미이다. 몸과 머리를 연결하는 통로, 너와 나를 연결 통로, 이승과 저승을 연결하는 통로, 꿈과 현실을 이어주는 통로, M. 마페졸리는 밑바닥과 꼭대기를 연결하는 굴뚝같은 통로, 밤과 낮을 이어주는 통로라고 했다.[56] 삶을 살아가는 외향적인 부분과 내재적인 부분을 통로 안에서 함유하고 있는 사유를 '목'이라는 단어 하나에 압축하여 많은 의미를 분출하며 수많은 생명성을 끌어당기는 밀핵시의 특성을 여기서 볼 수 있다.

맛은 감각의 멋.
— 성찬경, 「맛」 전문(『해』)

감각은 보고, 느끼고, 만지고, 맡고, 듣는 등 흔히 오관이 느끼는 것이라고 규정짓지만 성찬경의 시에서 감각은 무한함이다. 뇌에서부터 발끝까지, 지구상에 존재하는 작은 모래알부터 우주의 블랙홀까지 열 수 있고, 느낄 수 있으며 만질 수 있는 촉각으로 작동한다.

'공'은 '공(空)'이 아니라 '야구공' '축구공'하는 공이다. '고옹'하고 길

---

56) M . 마페졸리, H. 르페브르 외, 박재환 역, 일상성 · 일상생활연구회 편, 『일상생활의 사회학』, 한울, 2008, 220쪽.

게 소리내야한다. 깊고 둥근 스리다. (중략) 무엇이고 응집력이 강할수록 공의 모양이 되어간다. 공은 생명의 모습이다. 허공에 떠서 방랑하는 것이 공의 숙명이다. 해도 달도 별도 지구도 모두가 공이다. 여기 허공에 공이 하나 떠서 어디론가 가고 있다. 어찌 장려하고 유현한 광경이 아니리오.

— 성찬경,「공」전문(『해』)

나는 신(神)의 꿈이 바로 이 우주라 생각한다. 이때 '꿈'은 '상상'과 동의어다. 동시에 상상은 말씀과 동의어다. 신의 상상은 곧 실현이다. 결국 꿈은 창조의 원리이다. (중략) 신의 꿈 우주. 신의 꿈은 지금도 진행 중이다.

— 성찬경,「꿈」전문(『해』)

힘은 신성하다 힘은 생명이다. '힘'하니까 '하늘'의 뜻을 갖는 독일어 '힘멜'이 생각난다. 역시 'ㅎ' 소리에는 그러한 힘이 깃들어 있다. 여기 허공에 무지무지한 힘이 뭉쳐 있다. 곧 '빅뱅'이 터질 모양이다. 터져라. 시의 '빅뱅'.

— 성찬경,「힘」전문(『해』)

숨이 끊어진 다음에도 닫히지 않고 열려 있는 것이 듣는 감각이라고 한다. 몸은 식어 굳어가지만 아주 멀리서 망자를 찾아오는 발자국 소리도 듣고 있다고 한다. 이러한 감각은 바쁜 일상 안에서는 잃어버리고 놓치기 쉬워서 세월이 갈수록 그 감각이 굳어진다고 한다.

하지만 화자의 감각은 이러한 일반적인 상식선을 벗어난다. 그의 나이 팔십이 넘어 일자시 『해』를 출간했다. 그의 촉수는 가장 예민한 더듬이를 지니고 있다. 모래사장에 박혀 있는 한 조각 시의 사금파리를 찾기 위해 불볕 아래서도 지칠 줄 모르고 감각의 더듬이를 움직이고 있다. 그의 감각은 망자의 귀보다 더 예민하여 멀리서 굴러다니는 쇳조각 소리와 별들의 속삭임을 들으며, 오로라의 빛을 눈을 감고도 훤히 감지한다고 말 할 정도다.「힘」에서 "여기 허공에 무지무지한 힘이 뭉쳐 있다."라고 말하는 허공은 일자시가 박힌 99%의 여백이라고 볼 수 있다. 일자시를 감싸고 있는 여백 '허공'은 힘으로 뭉쳐져 있다. "힘은 생명이다"라고 말하는 그의 감각은 시의 '빅뱅'을 향해 결코 무뎌지거나 늙지 않는 오월의 장미이며, 매일 날을 세우고 있는 생명의 칼날이다고 볼 수 있다.

　김광규의 생명성은 일상 안에서 존재한다. 우리 주변이서 쉽게 만날 수 있는 사소한 것이나, 눈에 띄지 않는 후미진 곳에서 그가 발견하는 생명성은 일상 안에 묻혀 버리는 것이 아니라 사회적 의미를 담는 '존재'가 되며 세상 속으로 확장시키는 힘을 지닌다. 또한 다양한 문화에 의미를 부여하는 상상적, 상징적 회로의 외피를 입히는 것도 일상적 삶이다. M. 마페졸리는 현실을 단지 지속적으로 억제되어야 하는 규범의 공간으로만 간주하거나, 사건의 찰나적 공간 또는 총체적인 창조적 자유의 공간으로 간주해서도 안 된다고 했다.[57] 사물들 틈에 존재하는 것이 글이든, 그림이든 그것이 연결되기 위해서는 무엇보다도 자기형상적인 그림이어야 한다. 다시 말해, 메르로 퐁티는 그림이 뭔가의 스펙터클이 됨으로써, 즉 '사물들의 피부'를 찢음으로써 사물들이 어떻게 사물들이 되고, 세계가 어떻게 세계가 되는지를 보여주어야 한다고 밝히고 있다.[58]

　　　전화기도
　　　TV도
　　　오디오 세트도
　　　컴퓨터도
　　　휴대폰도......
　　　고장나면
　　　고쳐서 쓰기보다
　　　버리고

---

57) M. 마페졸리, H. 르페브르, 앞의 책, 219쪽.
58) 메를로 퐁티, 앞의 책, 115쪽.

새로 사라고 합니다.

사람도 요즘은 이와 다를 바
없다고 하더군요

우리의 가정도
도시도
일터도
나라도
이 세계도 그렇다면
고칠 수 없나요
버려야 하나요
하나뿐인 나 자신도
버리고 새로 살 수 있나요
  ─ 김광규「마지막 물음」 전문(『처음 만나던 때』)

　　김광규는 일상 안에서 사회현상을 포착하여 의미를 확장시킨다. 이 시에서 "하나뿐인 나 자신"은 하나뿐인 지구이며, 하나뿐인 너이며, 하나뿐인 생명이고, 하나뿐인 유일한 나를 포함하고 있다. 그러나 현대는 하나뿐인 나도 복제가 가능한 시점까지 왔다고 개탄하고 있다. "고쳐서 쓰기보다/ 버리고/ 새로 사라고 합니다." 이는 우리 일상 안에서 다반사로 일어나는 일이다. 현대성의 비극과 모순은 계속되고 이렇게 살아 갈 수밖에 없는 현실을 화자는 냉정하게 진술한다.

　　인간이 일정한 환경 속에서 사고하고 행동하는 존재란 측면에서 주체는 특정한 조건 속에서 만들어지는 관계적 개념일 수밖에 없다. 인간은 자연이면서 자연이 아니다. 또한 인간이면서 자연이고 나아가서 "하나뿐인 나 자신"은 우주적 존재라는 사실에 눈을 돌릴 필요가 있다. 현대의 소비와 탐욕적 물신은 인간과의 관계에서 타 존재와의 연속의 끈을 부정하고 단절을 지향하도록 부추긴다. 현실적으로 단절된 세기를 지향하면 할수록 사람과의 관계의 필요성을 느끼며 소통하고자 하는 갈망이 많아진다. 정효구는 사람과 자연이 유기적인 탯줄과 같은 유대감이 형성될 때, 나를 객관적으로 바라보며 나를 열어서 다른 존재와의 소통을 이루려는 관계를 지향한다고 보고 있다.[59] 따라서 그 방향과 목적은 생장과 소멸로 이어지는 시간성, 자기 구현이라는 삶의 가치와 관련을 맺는다는 것을[60] 김광규는 「마지막 물음」 통해서 말하고 있다. 사회적인 면을 직설적으로 진술하며 자연이나, 우주, 삼라만상, 인간의 근본적인 면에 대해서 한마디도 언급하지 않지만, 화자의 의식은 어느 때보다도 날을 세우고 있다. 「마지막 물음」이라는 시의 제목 자체가 많은 사유를 암시하고 있는데, 이 시의 화자는 대규모 생산으로 인한 대규모의 자연파괴가 행해지고 하나뿐인 지구와 하나뿐인 너와 나도 소모품으로 날려버리는 시점에 이르러 "고칠 수 없나요// 버려야 하나요"라고 이 지상을 향하여 마지막으로 묻고 있다.

---

59) 정효구, 앞의 책, 207~209쪽.
60) 신덕룡, 앞의 책, 19쪽.

VI. 결론

   이 논문의 목적은 김광섭·성찬경·김광규 시에 나타난 생명성의 특성에 주목하여 그들 시의 특징과 생명의식을 살피는 데에 있다. 인간과 자연은 생명이다. 생명은 본래 생명 운동의 방향을 따르며, 이미 만들어진 것이 아니라 스스로 만들어가고 있는 것이다. 이러한 생명성은 대상 혹은 세상을 해석하며 능동적으로 나아간다. 자연과 사회와 존재의 가장 근원적인 핵은 생명성이라 할 수 있는데, 생명이 전제되지 않고서는 어떤 것도 그 의미를 지닐 수 없기 때문이다. 그러므로 세계의 유한성을 시인할 줄 알아야만 생명 자체가 소중해지고 앞으로 올 모든 생명에 대한 자세를 사랑으로 드러낼 수 있다. 본고에서는 이러한 생명성의 의미를 규명함으로써 생명성의 본질에 대해서 새로운 논거를 점검하고자 했다. 물론 그동안 환경시·생태시·생명시·생명시학·생명철학 등 생명에 관한 논의들은 적지 않게 진척되어 있다. 그러나 본고는 새로운 시각으로 생명성을 밝히며 시 안에 내재되어 있는 생명성의 본질을 드러내는 데 주력했다.

생명의 본질은 능동태이다. 능동성은 대상을 해석하는 자발성이다. 생명의 탄생과 성장 그리고 소멸의 과정인 인간의 생로병사와 함께 정신과 물질도 그러한 진행과정에 놓이게 된다. 이러한 생명의 탄생과 소멸, 그리고 다시 환원하는 생명성에 대한 의식은 김광섭 · 성찬경 · 김광규 시의 특징이다. 원래 생명의 본질적인 면은 환원 불가능성이다. 하지만 생명은 새로운 생명의 시작을 준비하고 탄생시켜줄 수 있도록 비록 형상은 사라지지만 다시 태어나 새로운 생명에 스며든다. 따라서 생명이 생성되는 자리는 근원적으로 죽음과 한 곳에 있다 할 수 있다.

그런데 인간이나 자연이나 지금 그 본질을 위협받고 있다. 생명성의 존재와 생명의식에 관해 베르그손은 생명적 힘의 역할은 물질에 불확정성을 삽입하는 것이라고 규정했다. 우주 안에서 엔트로피 법칙을 거스르는 운동을 하는 존재는 생명체뿐이다. 오늘날 가장 위험한 것은 생명성 본질의 상실이라는 것이다. 인간 중심주의에서 벗어나 생명의 존엄성 회복에 역할을 하고 있는 세 시인의 생명성을 탐구하는 일은 따라서 한국 현대시 문학 연구에 필요하고 값진 일이라 하겠다.

모든 시에서 생명의식이 내포되지 않은 시는 없다. 시인의 지향성이나 사유, 이미지, 소재 등에 따라 시가 각기 달라지긴 하지만 모든 시는 생명의 본래적 속성을 드러내고 지향한다. 그런데도 김광섭 · 성찬경 · 김광규의 시를 생명성의 관점에서 들여다보는 것은 그들만의 개성이 존재하고, 또한 그들의 개성에 대한 본격적인 접근이 부족했기 때문이다. 이러한 맥락에서 세 시인의 생명성의 전개 방식을 논의하였다.

제II장에서는 현대시에 나타난 생명성의 전개 방식을 밝혀보았다. 시를 담아내는 것은 언어이다. 구체적인 언어가 생명성을 어떻게 확보하고 있는지, 구체어가 갖는 의미를 규명하고, 단순하고 명징한 언어에서 오는 시의 울림을 드러내려 했다. 김광섭의 후기시를 중심으로 인간과 자연, 사회공동체에 이르는 구원의 생명성을 주목하며 살폈다. 김광섭에 있어서 생명성은 생과 사를 직접 경험한 후 큰 변화를 일으켰기에 평탄한 길을 걸어온 사람들과는 사뭇 다르다. 젊은 날 일제치하에서 옥고를 치른 고난의 세월은 1965년 뇌출혈 이후에 깨달은 생명성의 토대가 되었다. 그의 초기시인 「고독」, 「독백」, 「추상」, 「동경」 등에서는 추상성과 관념이 문제가 된다. 구체어로 뚜렷한 형상을 보여주기보다는 관념적인 감상과 낭만성이 깔려 있다. 그러나 후기시에서는 양상이 다르다. 죽음을 뚫고 새로 태어난 정신세계의 힘이 담겨 있기 때문이다. 구체적인 언어로 쓴 후기시는 실존적 체험 속에서 '생명'을 찾고, 자기 자신의 생명은 물론 타인의 생명, 나아가 삼라만상의 생명까지도 새롭게 인식하는 힘을 느끼게 한다. 누구보다도 질곡의 시절이 많았던 김광섭에게 두꺼운 얼음고개인 거리가 다시 온다 해도 끝내는 얼음고개인 거리가 사라진다는 인식이 그것이다. 가질수록 더 갖고 싶은 인간의 욕망을 달관한 시라 할 수 있다. 갈수록 빨라지는 현대의 속도에서, 기다림이 결여된 현대인의 내부에 울림을 주는 그의 후기시는 현대성을 비판하고자 하는 의드에 앞서 한 시인의 인식의 변화가 개인에서부터 이웃, 사회에 이르기까지의 '거리의 自覺'을 마침내 삶과 죽음, 타인과 자신, 시간과 공간의 거리를 무화시키는 것으로 확연한 자기세계를 만든다.

제III장에서는 물질과 비물질에 깃든 성찬경의 생명의식을 중심으로 생명성의 심층적 이해와 세계에 대한 성찰을 살펴보았다. 성찬경은 생명이 없는 물질에 생명성을 부여하여 자신만의 독특한 생명성을 형상화하고 있다. 성찬경 시의 특징 중에 하나는 물질과 비물질의 결합이다. 그는 물질시에서 전반적으로 관념어를 배제하고 있다. 우주글이나 밀핵시, 일자시 등 그의 다양한 실험시들은 끊임없이 실험하고 새로운 주제를 찾아내고 있지만, 경우에 따라서는 그의 시어들이 관념이 지나친 나머지 모호한 경우가 적지 않다. 그러나 물질에 생명성을 부여하는 물질시는 구체적 일상어가 쓰이고 있다. 성찬경의 다양한 시 쓰기에서 가장 구체적인 시라고 할 수 있다. 비현실적인 측면들, 즉 허구의 세계가 구체적인 언어의 사용으로 현실세계를 구축하고 있다는 것이다. 성찬경 시에 나타난 생명성은 녹슬고 보잘것없는 쇳조각에서부터 시작하여 용도가 폐기되는 시간 그 너머를 내다본다. 이러한 측면을 직접적으로 발언하기보다 시행과 시행 사이에 숨겨두는 것이 성찬경의 개성이다.

그에게 있어서 놀이가 아닌 것은 없다. 우주는 거대하고 감히 접할 수 없는 것이며 과학자들이나 관심을 가질 수 있다는 분야라는 일반적인 생각을 뒤집어 그는 우주를 언제라도 가지고 놀 수 있는 장난감으로 비유한다. 여기에는 사물이든 우주든 무겁게 바라보지 않고 자신의 손으로 만지며 함께 놀 수 있다는 진정한 놀이 의식이 짙게 깔려 있다. 이러한 놀이를 통해 성찬경은 물질에도 제각기 언어가 있다며 인간에게만 언어가 있다는 인간의 생각을 뒤엎는다.

제Ⅳ장에서는 생성과 소멸이라는 시간과 존재의 특성을 주목한 김광규 시를 분석하였다. "시를 쓰는 작업이 생계에 도움이 되지 않는 다는 점을 생각하면, 현대시는 아마도 자본주의 사회에서 돈을 벌기 위해서 부르지 않는 마지막 노래일 것이다."고 말하면서도 시의 필연성을 주장하고 있다. 이렇듯 척박한 환경에서도 세상을 향해 소통하려는 작품은 황금만능주의에서 가장 소중한 생명성으로 작용한다. 사소한 것들로부터 일상의 깊은 의미를 천착하는 김광규의 시세계는 최근에는 구체적인 생명들과의 교감과 사라지는 것들에 대한 연민으로 이어진다. 그의 시는 거창한 관념을 앞세우지 않으면서도 인간과 자연과 우리가 사는 세상에 내재된 생명의 섬세한 본질과 운동을 그려낸다.

제Ⅴ장에서는 김광섭·성찬경·김광규의 시에 나타난 생명성을 비교하였다. 세 시인이 지향하는 생명성의 근원에 대한 질문으로서 그들의 인식을 밝히고자 하였다. 김광섭은 삶과 죽음이라는 문제에 중점을 두고 있다. 깊은 병마에서 벗어나 쓰인 후기시의 특징은 주로 삶과 죽음 사이의 거리에 천착했다는 것이다. 그는 삶과 죽음을 분리하는 것이 아니라 순환하는 생명성으로 인식한다. 너와 나와의 사이에 생긴 두꺼운 벽도 봄이면 풀린다는 긍정성이 그것이다.

성찬경의 시는 생명이 없는 물질에 생명성을 부여하여 자신만의 독특한 생명성을 창출한다. 특히 버려진 폐품이나 녹슨 쇳조각에 생명성을 불어넣어 새로운 생명성으로 태어나게 하는 것이 그 특징이다. 이러한 물질에 깃든 생명성은 시 안에서 무한히 살아간다.

김광규의 시의 특징은 환원하지 못하는 생명성이다. 생명은 소멸하지만 소멸하는 순간 다른 생명체에 스며들어 새롭게 태어나는 생명성의 특성을 시에 반영하고 있다. 그러한 단절과 연속이 김광규의 생명성에는 들어 있다. 또한 그러한 인식을 바탕으로 일상 안에서 사회적 모순을 포착하여 사회문제로 확장시키는 것도 그의 특성이다.

이렇듯 세 시인의 생명성은 대조적이며 각기 다른 특성을 지니고 있다. 김광섭·성찬경·김광규의 시가 지향하는 생명성은 자연물의 물리적 현상을 담아내기도 하지만, 정신적 에너지이며, 인간 구원을 아우르는 근원적인 면을 탐구하고 있다. 죽음을 체험한 김광섭은 삶의 끝을 본 것이 아니라 부활을 체험한다. 그의 시에 나타난 생명성은 빛과 어둠, 죽음과 삶을 동시에 비춰보는 거울로 자리한다. 성찬경은 쓸모없는 물질의 폐기된 상태에서 생명성을 발견한다. 그의 시는 끝이라는 비극에서 긍정의 생명성을 찾아내며 물질적 존재로서 무한히 살아가는 모습을 비춰주는 거울이 된다. 김광규는 '어둠'이라는 거울을 통해서 내면에 자리한 자신의 모습을 끌어내어 비춰본다. 현대의 속도에 묻히고 망각해가는 자신의 본 모습을 '어둠'이라는 거울로 비춰보기 위해 거울 표면이 잘 보일 때까지 홀로 기다리며 침잠한다. 존재의 원형질인 생명성을 어둠 속에서 만나고 싶어 하는 것이다.

이렇듯 세 시인이 지닌 생명성은 한국 시문학사에 있어서 독특한 개성을 띠고 있으면서도 미학적인 힘을 내포하고 있다. 그들만의 고유한 생명성이 한국 현대시의 내면 깊이 자리 잡고 있다는 사실은 높이 평가해야 마땅할 것이다. 이상에서 살펴본 이들 세 시인의 시가 지닌 생명의식과 시적 방법론은 시적 모티프나 주제 의식과의 긴밀한 조응 속에서 보다 깊이 논의되고 연구되어야 할 가치가 있다. 그러한 문제야말로 필자가 앞으로 해결해야 할 과제라 판단한다.

보론

백남준과 성찬경 작품에 나타난 언어의 유희성

백남준과 성찬경 작품에 나타난 언어의 유희성

Ⅰ. 서론

  물질과 비물질은 생명성과 거리가 멀다. 돌멩이나 TV, 부러진 바이올린, 헬멧, 구름, 빗방울 등 물질과 비물질에 생명성을 불어넣는 사람은 예술가들이다. 안 보이는 것을 보이게, 보이는 것도 안 보이게 숨기며, 부스러기와 세계의 부스러기들을 만지며 생명을 만들어낸다 [1] 한국 현대시에서 물질과 비물질에 생명성을 부여한 시인은 성찬경[2]이다.

  성찬경의 언어실험[3]은 생명성을 바탕으로 하고 있다. 그의 시적언어는

---

1) 이수명, 『횡단』, 문예중앙, 2011, 17쪽.
2) 성찬경 시인은 1956년 '문학예술'로 등단한 이후 『화형둔주곡』 등 8권의 시집과 『영혼의 눈 육체의 눈』 등 3권의 시선집을 냈으며 한국시인협회장을 역임했다.
3) 한국현대시에 있어서 언어실험의 선구자는 송욱이라고 할 수 있다. 1925년 서울에서 태어난 송욱은 『문예』 8호(1950.3)에 「장미」를 발표하면서 등단한다. 「生生回轉」 시에서 인간 생로병사를 나고 죽는 것의 아이러니컬함을 드러내기 위해 生死回轉'이라고 했을 법한데도 '生生'은 '생생하다'를 연상케하므로 시에 생기와 웃음을 불어넣기 위해 의도적

녹슨 못이나 버려진 자전거를 주워 녹을 닦고 기름칠을 하는 데서부터 시작된다. 그의 집은 물질 고아원이다. 길에서 모퉁이에서 주운 못이 마대가마니에 가득 차 있다고 한다. 부서진 문짝, 쇠붙이 등은 그의 마당에서 그의 보살핌을 받고 있다.

비디오아트의 세계적인 선구자인 백남준 또한 물질과 비물질에 생명성(예술의 혼)을 불어넣는 아티스트이다. <TV부처>, <단군>, <촛불TV> 등 그의 작품에서 생명성을 쉽게 만날 수 있다. 생명이 없는 물질에 생명성을 부여한 점에서 성찬경과 동일하다. 백남준은 "모든 것은 장난감"이라고 말한다.4) 설치작업, 행위예술, 비디오아트에서도 놀이 개념을 중요시했다. 그가 쉴러를 인용하는 까닭도 쉴러가 문화의 가장 중요한 기능을 유희에서 찾았기 때문이다.5) 쉴러는 "유쾌한 놀이를 통해서 최고의 자유와 나란히 존재할 수 있다"고 했다.6) 백남준은 일찍이 일본으로 건너가 철학과 음악을 공부하면서 쉴러의 '유희성'에 관심을 갖게 된다. 그의 예술 밑바탕에 깔려 있는 유희성은 이 시기에 싹이 텄으며, 혁신적인 그의 예술분야의 원동력이 되었다고 볼 수 있다.

백남준은 1932년생이다. 1950년대는 진지하고 회의적인 성향이 있었다면 1960년대는 문화적 혁명기라고 칭하며, 1960년대 초부터 해프닝과 팝 아트, 그리고 플럭서스7) 운동으로 발전하는 이 시기를 낙관적이었다

으로 '生死'를 버린 듯하다. 겉으로 드러난 말과 실질적인 의미 사이에 생기는 괴리가 보이는 부분은 언어적 아이러니의 기법으로 사용하였다. 그는 말장난(pun), 음악성의 확보에 시의 거점을 설정했거나 역설적인 표현으로 풍자시를 통해 시대의 문제점을 포착해냈다. 그의 시어들은 역동적으로 생명체의 활발한 움직임을 나타내고 있다. — 이승하, 『한국현대시와 풍자의 미학』, 문예출판사, 1997, 19쪽에서 인용.

4) 백남준, 『백남준: 말馬에서 크리스토까지』, 백남준아트센터, 2010, 17쪽.
5) 위의 책, 같은 쪽.
6) 프리트리히 쉴러, 장상용 역, 『쉴러의 미학・예술론』, 인하대학교출판부, 1999, 184쪽. 프리트리히 쉴러(1759~1805)는 독일의 시인이자 극작가이며 문학평론가이다.
7) Fluxus: '변화', '움직임', '흐름'을 뜻하는 라틴어에서 유래한다. 1960년대 초부터 1970년대에 걸쳐 일어난 국제적인 전위예술 운동으로, 플럭서스라는 용어는 리투아니아 출신

고 말한다. 즐기면서 행하는 예술이 사회를 더 많이 변화시켰다고 보고 있다.

또한 "미디어에 대한 모든 연구는 언어에서부터 시작되더야 한다."8)고 말하는 백남준은 6개 국어를 구사했다. 그는 언어에 대한 기억을 마치 모자이크 같다고 했다. 한 언어에서 다른 언어로 옮겨가고9) 섞이는, 백남준을 읽고 번역한다는 것은 그를 하나의 언어에 가두는 것과 같다.10) 이처럼 백남준의 언어와 광활한 예술세계를 쉽게 이해할 수 없지만 본고에서 그에게 주목할 점은 유희성이다.

시인 성찬경의 언어도 유희성이 짙다. '거리가 우주를 장난감으로 만든다'라는 시집 제목에서 알 수 있듯이 그의 언어 놀이는 무한히 열려진 세계로 나아간다. 그에게서 태어난 언어가 놀이에 그치는 것이 아니다. 언어의 내면에 실존적 조건을 존중하는 입장이 감춰져 있다. 성찬경은 시 쓰는 일을 결코 가볍게 생각한 적이 없으며, 시는 목숨의 피와 땀 그리고 심로心勞의 제물을 먹으며 자라는 것이라고 『거리가 우주를 장난감으로 만든다』속 '시인의 말'에서 고백한다. 성찬경은 언어의 내면에 존재의 뿌리를 감추고, 밖으로 드러나는 표면에는 가벼운 유희성을 담아서 시의 영역을 넓혀가고 있다. 물질과 비물질에서 발견한 생명성은 무겁고 육중한 삶의 무게를 실어놓기보다는 가볍고 즐거운 유희성의 언어로서 표출하고 있다.

시인 성찬경과 비디오 아티스트 백남준의 활동 분야는 전혀 다르다. 그러나 두 예술가는 모두 우주를 장난감으로 보고 있다. 이들은 굴질과 비

의 미국인 마키우나스가 1962년 독일 헤센의 비스바덴 시립미술관에서 열린 <플럭서스-국제 신음악 페스티벌>의 초청장 문구에서 처음 사용하면서 널리 알려졌다. 백남준, 앞의 책, 28쪽에서 재인용.

8) 백남준, 위의 책, 24쪽.
9) 위의 책, 13쪽.
10) 위의 책, 같은 쪽.

물질에 생명성을 불어넣어 작품 속에서 예술의 혼을 느낄 수 있게 하며 미지와 우주와 무한의 동행을 하게 한다.[11] 또한 예술과 문학의 무대 위에서 변화와 혁신을 꿈꾼다.

백남준의 저서 『백남준: 말馬에서 크리스토까지』 중에서 「교향곡 제5번」을 텍스트로 잡은 이유는 그의 여러 편의 글 들 중에서 가장 시적이기 때문이다. 함축적인 글과 빈 여백을 통해서 '교향곡'을 시적인 언어로 접근한 그의 언어는 연구할 가치가 충분하다고 본다. 「교향곡 제5번」은 간단한 진술과 몇 개의 음표로써 언어의 퍼포먼스로 보이기도 하지만 '음악'을 시에 가깝게 표현한 것은 기존의 틀을 깬 독창성의 진수라고 보인다. 「교향곡 제5번」은 음악적인 전문가, 음악을 전공하는 사람만이 창작할 수 있다는 고정관념에서 벗어난 작품이다. 또한 교향곡을 감상하기 위해서 직접 음악회에 가거나 CD를 통해서 듣는다는 기존의 방법에서 벗어나 있다. 독자이면 누구나 가볍게 다가가 장난치듯 놀 수 있는 분위기와 공간을 만들어 주고 있다. 언어의 퍼포먼스로만 존재하는 것이 아니라 남녀노소 불문하고 독자가 가장 쉽게 참여하여 낯선 세계로 빠져 들 수 있는 작품이다. 또한 새로운 시간을 만날 수 있는 놀이 이다. 백남준이 제시한 피아노 건반을 눌러보거나, 그의 언어를 따라가 보면, 상상 속의 공간에서 아주 멀리 도약하는 순간을 맛보게 한다. 백남준은 이러한 점들을 충분히 계산한 후에 교향곡을 만들었다고 짐작된다. 그는 특정한 사람만을 위하여 만든 것이 아니라, 누구나 경험 할 수 있게 독자들에게 가장 가깝게 다가서는 작가이다.

성찬경은 일찍부터 실험적인 시들을 계속 써왔다. 글자 하나가 동시에 시의 제목이자 시의 내용을 담고 있는 '일자시' 혹은 '절대시'를 써 왔다. 단순한 '의미'가 아니라 의미의 '밀도'를 추구한 '밀핵시' 이러한 밀핵시의

---

11) 이수명, 앞의 책, 47쪽.

'의미와 밀도'를 더 높이기 위해서는 최대한 말을 절제해야 하며, 심상의 핵심 부분만을 단명하게 남기려는 '요소시' 등을 추구해왔다. 조한 물질도 스스로의 영묘한 얼개와 내용을 인간처럼 주장할 수 있는 권리 더 나아가 사랑 받을 수 있는 권리, 즉 사람의 행위를 개입 시키지 않고 물권의 입장에서 권리를 주장한「물권시」등을 발표하며, 누구도 가지 않는 길을 앞서 가고 있다. 1966년 12월부터 시작하여 여러 해 동안 공연한 '말 예술'은 일종의 언어 퍼포먼스이다. 예를 들어 맥주병과 망치를 각각 손에 들고 헬멧을 쓴 공사장 인부의 복장으로 출현하거나 코드를 잡지 않고 기타를 튕기면서 시를 낭송한다. 성찬경은 이런 식으로 공연하는 것 자체를 '말 예술'이라고 말한다.12) 끊임없이 실험하고 도전하며 조금씩 변모해가는 시의 모습을 담아내고 있다고 볼 수 있다.

본고에서는 백남준과 성찬경의 언어 중에서 비슷한 적인 유희성을 찾아 예술에 미치는 영향을 살펴보고자 한다. 비디오아트의 선구자, 행위예술가, 설치예술가 등 백남준을 칭할 때는 어느 한 가지만을 말하기 어렵다. 넓고 다양한 그의 예술세계가 수많은 광선처럼 세계를 돌고 있다. 그 많은 광선 중에서 백남준이 가지고 놀았던 언어의 유희를 붙잡고 갈 것이다. 연구의 주 텍스트는 백남준의 저서『백남준: 말馬에서 크리스토까지』와 성찬경의 시집『거리가 우주를 장난감으로 만든다』이다. 이러한 백남준과 성찬경의 작품에 나타난 언어의 유희성은 연구할 가치가 충분하다고 본다. 기존의 틀과 전통적인 방식에서 벗어나 자유스럽게 언어를 즐길 수 있는 방식을 제시하고 있다. "계속하라"13)는 백남준의 말은 매우 선언적이다. 이 말에 동의하면서, 언어의 유희성을 찾아보고자 한다.

---

12) 김해선,「한국 현대시에 나타난 생명성 연구 -김광섭 · 성찬경 · 김광규의 시를 중심으로」, 중앙대 박사논문, 2011, 5쪽.
13) 백남준, 앞의 책, 377쪽.

II. 백남준의 언어유희

백남준은 음악, 회화, 언어에도 높은 관심을 가지고 있었다. 백남준의 어법은 역설 화법이다. 백남준은 존 케이지와의 만남을 매우 특별하게 여겼다. 그의 대한 최대한의 존경심으로 "케이지의 음악을 들으면 마치 모래를 씹는 것 같다."고 역설로 표현했다. 정작 사람들은 백남준의 그런 표현에 무례한 것으로 받아들이자, 백남준은 그 말을 다르게 표현했다.[14]

> "훌륭한 존 케이지는 형편없는 존 케이지다.
> 형편없는 존 케이지는 진정한 존 케이지다.
> 진정한 존 케이지는 훌륭한 존 케이지다.
> 훌륭한 존 케이지는 훌륭한 존 케이지가 아니다. 다카포(처음부터
> 다시 시작)"[15]

역설의 뜻을 지닌 이 시는 단순하게 진행되고 반복되며 처음으로 되돌아간다. 행과 행은 편pun을 유희하며, 시각성과 읽기성에 의존하여 자기 확장을 꾀하고 있다.[16] 백남준이 케이지의 열성분자가 된 것은 케이지의 연주를 듣고서부터이다. 물론 플럭서스에서 만나 같이 활동하면서 큰 영향을 받은 것도 사실이지만 백남준은 케이지의 연주를 훌륭하고, 형편없고, 혹은 아름답고 추하고, 비교적 훌륭하고 비교적 형편없는 차원을 넘어서는[17] 어떤 것을 볼 수 있게 한다고 표현한다. 그의 음악은 지루하기 짝이 없지만 음을 청중들 머리에 던진다고도 말한다. 비난인지 극찬인지 알 수 없게 모호하게 말하지만 청중들이 이해하지 못하고 악마처럼 돌변하는 그 어떤 것, 도저히 가 닿을 수 없는 케이지의 기질에 감탄할 수밖에

---

14) 백남준, 앞의 책, 41쪽.
15) 위의 책, 41쪽.
16) 신방흔,『시각예술과 언어 철학』, 생각의 나무, 2001, 96쪽.
17) 백남준, 앞의 책, 42쪽.

없다고 백남준은 강조한다. 백남준은 케이지에 경도되어 "나는 사람들이 자연이나 우주를 받아들이듯, 나는 케이지를 받아들인다."[18]고 고백한다. 화자의 이러한 심리적인 부분들이 짧은 시에서 잘 드러난다. '디카포(처음부터 다시 시작하라)'는 음악적 기호이지만, 게임에서 주로 사용하는 용어이기도 하다. 여기서 '디카포'는 이중의 효과를 즈고 있다. "듣기에 어렵고 힘든 케이지의 음악을 반복해서 듣고 싶은 화자의 심리적인 면과, 예술은 게임의 조커와도 같은 존재다."[19]라고 평소에 말했던 그의 생각이 자연스럽게 나타나 있다.

교향곡 제5번[20]
　　　(악보)

Der Ewigkeitskult ist die langste Krankheit der Menschheit.
　　　The eternity—cult is the longest disease of mankind.
　　　영원성에 대한 숭배는 인류의 가장 오래된 질병이다.

우리가 연주하는 순간은[21]
우리가 연주하는 작품만큼
중요하다.

첫해

1월1일

18) 위의 책, 43쪽.
19) 위의 책, 19쪽.
20) Symphonie n5: 1965년. 슈투트가르트 좀 문서보관소에 소장된 <교향곡 제5번> 악보원본. 번호가 매겨진 열 쪽과 번호가 매겨지지 않은 콜라주 한 점. 위르겐 베커(Jurgem Becker) · 볼프 포스텔, 『해프닝, 플럭서스 팝아트, 신사실주의』, 로볼트, 라인벡, 함부르크, 1965, pp.223~240. 백남준, 위의 책, 302쪽에서 재인용.
21) 논문의 저자가 밑줄을 그은 것이 아니라, 원본에 있는 그대로 줄을 옮김.

새벽 1시에 연주하라.

새벽 2시에 연주하라.

새벽 3시에 연주하라.

새벽 5시 23분에,

12시 정오에,

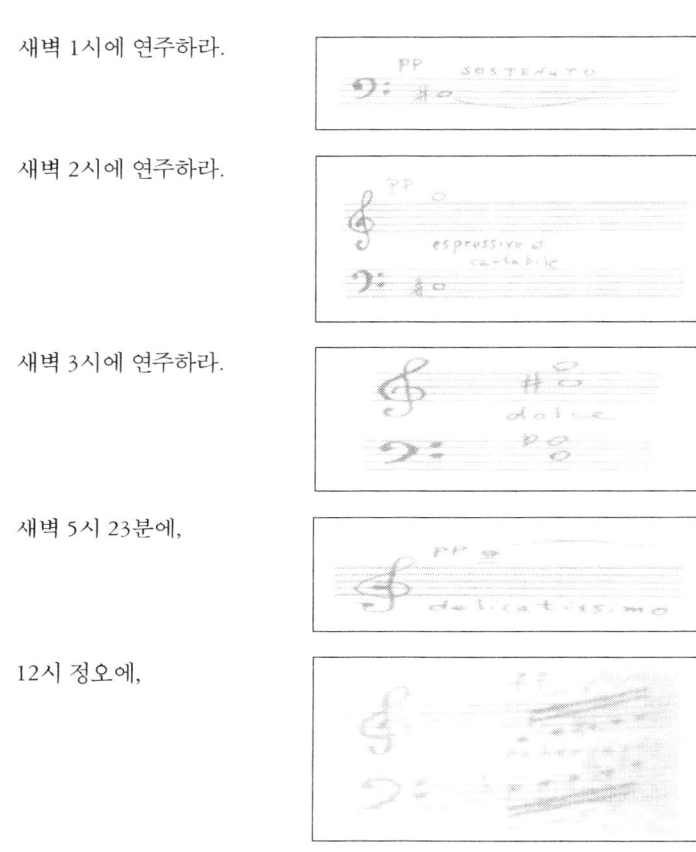

오후 5시 45분에 아주 형이상학적으로 연주하라.

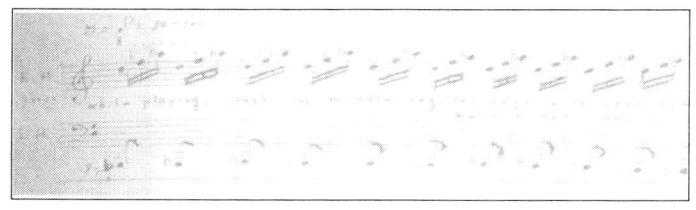

연주하면서 머리로 **여러 차례, 자유롭게**, 중간음역의 건반을[22] 쳐라.

---

22) 논문의 저자가 밑줄을 그은 것이 아니라, 원본에 있는 그대로 줄을 옮김.

1월 3일
발기된 페니스로 쳐라.

3월 3일
목가적인
모데라토로 노래하라.

「교향곡 제5번」은 악보 한 줄, 진술 한 행, 악보 한 줄, 진술 한 행, 단순하게 반복되며 여백과 교차되어 가는 시각적인 효과를 주면서 시작한다. 「교향곡 제5번」의 일부를 발췌해 백남준의 언어 놀이의 의미를 따라가 본다. 그가 제시한 건반을 누르며, 여백을 읽어 내려간다. 여백은, 새벽의 텅 빈 백 사장에 흰 거품과 검푸른 파도가 서서히 올라오는 이미지를 주며, 새로운 날을 새롭게 써 갈 수 있게 빈 칸의 이미지를 만들어주고 있다. 또한 "우리가 연주하는 순간은 우리가 연주하는 작품만큼 중요하다."고 첫 연에서 말해주듯이 새벽 내내 연주하는 순간들은 생성되자마자 흐르는 시간 속으로 사라져가고, 사라졌다가 다시 태어나 잠시 명확해지는 불안정성[23]의 이미지를 보여준다.

새벽 1시에 연주하라. sostenuto:
소스테누토는 음을 충분히 눌러 음을 유지하면서 연주하라는 뜻이다. 매우 약하게(pp) 낮은음 도를 오래

누르면, 낮은음 도는 동굴 입구에서 동굴 속으로 내려가는 이미지이다. 소리의 잔상이 동굴 벽에 걸쳐진 거미줄을 흔들며간다. 동굴 속은 오래 전에 호수였을까 소리의 잔상은 호수의 고요한 물결처럼 잔잔하게 퍼져간다. 도는 더 낮은 도 음으로 물수제비를 날린다. 파문은 멀티 퍼진

---

23) 위의 책, 16쪽.

다. 멀어지는 사람의 발자국처럼 돌아오지 않는다. 새벽은 아직 멀리 있다. 낮은 음 도는 발자국처럼 점점 멀어진다.

새벽 2시에 연주하라. espressivo: 에스프레시보는 표정을 풍부하게 하라는 뜻이다. 매우 약하게(pp) 왼손은 낮은 도샵을 누르고, 동시에 오른손은 두 번째로 높은 솔을 누른다. 낮은음 도샵과 높은음 솔을 동

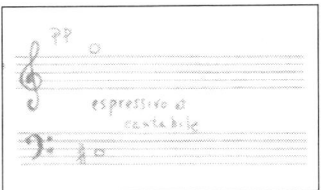

시에 누른다. 균형이 깨진다. 몸에서 솜털이 일어난다. 동굴 천장에 매달린 박쥐의 눈빛처럼 동굴을 뚫고 날아갈 것 같은 날카로운 소리, 이 벽에서 저 벽으로 날아다닌다. 한꺼번에 몰려다니는 눈빛 같은 소리들 목젖에 걸려 있는 울음처럼 어떻게 해야 할지 모르는 소리를 낸다.

새벽 3시에 연주하라. dolce: 돌체는 감미롭게, 부드럽게란 뜻이다. 왼손으로 높은음자리표 도샵(검은 건반)을, 오른손으로 솔(흰 건반)을 친다. 낮은음자리표 레(흰 건반)와 라플랫(검은 건반)을 양손으로 친

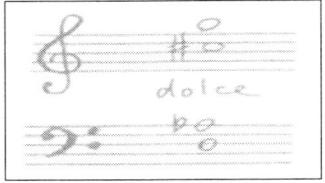

다. 조화가 생기는 화음이다. 입 안에 아무것도 없는데 침이 고이게 한다. 소리가 목젖으로 넘어가지 못한다. 목젖이 복숭아 볼처럼 벌겋게 부어 있다. 소리는 부어오른 목젖을 오래도록 감싼다.

새벽 5시 23분에, delicatissimo: 델리카토시모에는 매우 섬세하게, 가장 우아하게. 라는 뜻이 내포되어 있다. 높은 미(흰건반) 소리가 난다. 신경 줄을 끌고 가는 것 같다. 왼손

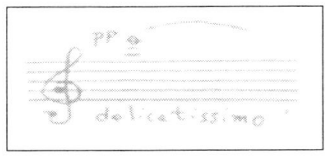

은 가슴을 안고 다른 한 손은 눈을 쓸어내리며, 왼손과 다른 손이 서로 교차하며 반복한다. 한 손은 새벽의 문을 두드리고 어둠이 손등을 두드

리는 것처럼 이상하다. 머리카락처럼 가느다란 철사가 긁는 알 수 없는 소리이다. 우아하지 않다.

12시 정오에, scherzando: 스케르 잔도는 해학적으로, 경쾌하게 익살 스런 뜻이다. 매우 세게(ff) 높은음 자리표 도(흰 건반)와 미(흰건반), 파샵(검은 건반), 솔(흰 건반), 라(이 어서 한 박자에 맞춰 친다). 오른손 으로 친다.

매우 세게(ff) 낮은음자리표 미플랫(검은 건반)과 파(흰 건반), 솔(흰 건반), 라 플랫(검은 건반), 시 플랫(검은 건반) (이어서 한 박자에 맞춰 친다). 왼손으로 친다.

오른손을 보이지 않을 만큼 **빠르게** 음을 치면 타라라라라, 왼손이 보 이지 않을 만큼 **빠르게** 타라라라라 음을 치면 손가락 모두 빗방울처럼 튀어 오른다. 조화가 잘 이루어진다. 그러나 양손으로 음을 매우 세게 동시에 치면 사기그릇과 스텐그릇이 부딪치는 소리가 난다. 소리는 불 편하다. 조화롭지 못하다. 많은 사람들 틈으로 빗방울이 소리 없이 **빠져** 나가버린 후 남아 있는 소음 같은 음이다.

오후 5시 45분에

낯선 곳으로 이사 온 첫 날, 왜 이곳으로 왔는지, 많 은 말들을 했지만 어떤 말들 을 했는지 생각나지 않는 것 처럼 생각나지 않는 말들을 누르고 음을 친다. 그러나 불 편하지 않다. 첫날 누군가를 만나서 했던 생각나지 않는

말을 10분 동안 누르고 음을 치고, 했던 말을 10분 동안 누르고 다시 음 을 친다. "연주하면서 머리로 **여러 차례, 자유롭게,** 중간음역의 건반을

처도"24) 무슨 말인지 아직도 모른다. 모르면서 치는 소리이다.

1월 3일
발기된 페니스로 쳐라. maestoso:
매스토소는 장엄하게의 뜻이다. 매
우 매우 강하게(ffff), 높은음자리 '라'
는 수상스키를 타고 질주하는 음이
다. 바람은 세다. 물살은 날카롭다.

넘어질까봐 온몸에 힘을 주고 눈을 감고 질주하는 음, 아무런 생각을 할
수 없다. 깊은 물속에 빠지면 나올 수 없을 것 같아 날카로운 물 위를 무
작정 질주하며 달리는 음이다.

3월 3일
목가적인 모데라토로 노래하라.

모데라토는 보통 빠르게, 패스토래일은 목가곡이란 뜻이다. 도, 시
플랫, 라, 솔, 도, 파, 솔, 라, 시 플랫, 라, 솔, 라, 시 플랫, 도, 시. 목가적
인 분위기의 음이다. 편안하고 안정감이 든다. 친구랑 기분 좋게 쿠키를
먹으며 수다 떨고 있는 느낌이다. "해가 뜨면 강아지가 왜 짖을까, 야자
수 속에 왜 야자는 없을까" 꼬리에 꼬리를 물고 장난치며 먹고 또 먹고
뒹구는 소리가 뒹굴어간다.

곡에 대한 느낌을 「교향곡 제5번」을 '계속하라'는 백남준의 말을 따라

---

24) 위의 책, 395쪽.

가면서 옮겼다. 백남준의 악보를 연주하면서, 1월 1일 새벽 1시에 도샵을 오래 누르고 싶은 욕구를 느낀다. 하지만 이 글을 쓰고 있는 시기는 겨울과 정반대인 여름이다.

　새벽 1시, 도샵을 길게 오래 누르고 난 후 음이 주는 느낌을 적었다. 새벽 2시 왼손은 낮은 도샵을 누르고, 오른손은 솔을 눌렀다. 평소에 플럭서스 정신, 혁신과 변화를 지지하던 백남준의 언어 놀이에 동참했을 때 어떤 느낌이 드는지 스스로 궁금했기 때문이다. '계속하라'는 그의 말 또한 유희에 동참할 수 있는 용기를 준다. 말의 힘은 크다. 작가의 진정성이 담긴 말은 인쇄되어 낡은 책 속에 묻혀 있다 하더라도, 그 책을 펴는 순간 살아나는 마술의 힘이 있다. 백남준은 독자들이 뱉어 놓은 날것의 느낌에 흥미를 느낄 것 같았다. 새벽 3시, 새벽 5시 23분에, 정오에 '계속하라'는 백남준의 말을 따라가 봤다. 음은 단음이거나 복잡하지 않는 음이다. 따라서 음을 모르는 독자여도 누구나 흰 건반, 검정 건반의 음을 충분히 누를 수 있다는 것도 재미있었다. 백남준이 철저히 설정해 놓은 놀이의 방법일 수도 있겠지만, 새벽에 누른 음에서 나는 소리는 꼭두새벽처럼 날것이며 복제될 수 없는 일회성이었다. 다음날, 새벽 1시, 새벽 2시, 새벽 3시, 새벽 5시 23분에 눌러도 같은 음에서 나는 소리가 다르고 느낌 또한 달랐다. 이것 또한 백남준이 설정해 놓은 것인지 알 수 없지만, 매일 맞이하는 새벽이 다르듯이 매일 듣는 새 울음소리가 다르게 들리듯이, 백남준은 음악의 놀이를 대 자연의 자연스러운 이치에 적용했는지도 모른다.

라인강의 물결을 세어라

물결의 수를 셀 수 있는 자는 지구상에 존재하지 않는다. 항상 깨어 있는 플럭서스 정신을 강조했던 백남준은 "불꽃 같은 아이디어들이 서로 충돌했을 때 늘 예상치 못한 상황들이 벌어진다"[25]고 했다. "라인강의 물결을 세어라"는 단순한 문장 같지만 다양한 의미를 함축하고 있다.

해변에서 어린아이가 바닷물을 컵에 담아 작은 모래웅덩이에 담아서 노는 놀이와 비슷하다. 아이는 겨 속해서 컵으로 물을 담아 나르면 해질녘쯤 바닷물을 모두 모래웅덩이에 담을 수 있다고 생각했을지도 모른다. 백남준은 아이와 같은 천진한 생각과 천진한 놀이에 집중하며, 독자들에게도 강의 물결을 셀 수 있게 집중시킨다. 바닷물을 세는 관념에서 시작해 관념으로 끝나는 것이 아니라 놀이로써 접근하게 한다. 강물을 꼭 세어야 하는 실천적 행위가 아니라 예술의 세계를 확장해 가는 가장 숭고한 일[26]은 천진한 놀이에서 시작되며 또한 시에서 탄생할 수 있음을 보여주고 있다. 항상 깨어 있는 그의 정신은 누구도 감히 세어보지 못한 라인강의 물결을 쉽게 셀 수 있게 유도한다. 끝없이 흐르는 라인강의 물결처럼 계속 반복하며 물결을 세라는 그의 유희 정신은 누구나 물결을 세며 놀게 한다. 답도 없고 공식도 없지만 불가능을 가능케 하는 예술의 힘은 불에 얼음을 박아 넣는 경지[27]임을 실감하게 한다.

365번째 해

**지금까지 연주한 것을 한 해 동안
순서와 시간의 비율을 지키면서
다시 연주해 보라.**

---

25) 위의 책, 12쪽.
26) 이수명, 앞의 책, 47쪽.
27) 위의 책, 191쪽.

```
1년은 ·················· 하루로
1달은 ·················· 1시간으로
하루는 ·················· 1분으로
1분은 ·················· 1초로
1초는 ·················· 1마이크로초로
1마이크로초는 ·············· 1피코초로
1피코초는 ·············· 1나노초로 줄여라.
```

　시간을 형태적으로 구조화하는 비디오 기법은 무한한 가능성을 갖고 있다.[28] 유희 기질이 강한 백남준은 필요하면 다시 본리의 위치로 재핑 zapping한다. 그에게 시간의 형상은 긴 시간의 응축을 통해서만 이루어지는 것은 아니라 그의 비디오테이프의 짧은 연속 장면들을 재핑한다. 이때 빠르게 소리 나는 음향을 다루면서, 1년의 영상이 1분, 1초, 1마이크로초, 1피코초 시간을 지키면서 또한 리듬도 잃지 않기를 바라고 있다. 시간과 리듬이 규칙적으로 계속 반복되면서 빠르게 재핑한다. 이렇듯 백남준의 콜라주에는 시간적인 차원이 항상 구조화되어 있다.[29] 하지만 백남준은 「음악의 새로운 존재론」에서 "모든 형식의 음악에 결별을 선언한다"[30]고 강하게 진술한다. "순서와 시간의 비율을 지키면서 다시 연주해 보라"며 기존의 음악에서처럼 매우 신중하게 요구하고 있다. 백남준의 역설화법은 곳곳에 숨어 있다. 그의 말을 그대로 따라갔을 때는 앞뒤가 안 맞을 때가 종종 있다. 때로는 백남준의 유희 속에 동참해서 ㄱ-령, 라인 강의 물결을 세고 있는 듯한 착각에 빠지기도 하는 것이다. 그의 언어유희는 역설과 반어법, 아이러니, 환유 등 다양하게 이끌어간다. 숨겼다가 보여주고 다시 감춰버리는 것, 한 가지만 단순하게 생각하고 느끼게 하는 것이

---

28) 에디트 데커, 김정용 역, 『백남준』, 궁리, 2001, 229쪽.
29) 위의 책, 같은 쪽.
30) 위의 책, 245쪽.

아니라 1년에서 순간 한 달로 좁혀가고, 다시 하루, 그 하루를 계속 분할하고 분할하는 시간과 비율이 기존의 모든 형식의 음악에 결별을 선언하는 백남준만의 독창적인 음악인지도 모른다. 백남준에게 언어와 음악과 경계가 없다. '계속하라'는 그의 말을 따라가다 보면 이해할 때도 있고, 이해가 안 되는 음의 리듬을 만나기도 한다. 그런 음을 따라가다 보면 음이 아니라 언어로 돌아가고 있다. 백남준은 재핑을 한다.[31] 리듬과 말놀이로 쉬지 않는다.

되찾았다!
무엇을? ⋯⋯ 영원.
그것은 태양에 섞인 바다.
　　　　　　(A. 랭보)

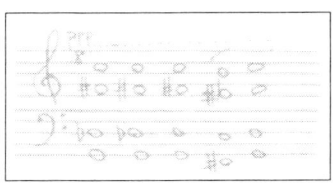

　높은음자리표는 파샵과 도, 파샵과 도, 파샵과 도, 미샵과 시, 파샵과 도가 화음을 이룬다. 건반을 동시에 눌러야 한다. 낮은음자리표는 솔과 시플랫, 솔과 시플랫, 솔과 시플랫, 파샵과 도, 솔과 시플랫이 화음을 이룬다. 건반을 동시에 눌러야 한다.

　랭보의 심장은 뜨겁다. 그가 지상을 떠난 후에도 심장 뛰는 소리는 여전하다. 랭보는 태양이 섞인 바람을 품고 다녔다. 에티오피아, 아일랜드, 아라비아 등 여러 곳을 방랑하는 랭보를 베를렌은 "바람 구두를 신은 사나이"라고 별명을 붙여주었다. 한 곳에 오래 정착하지 못했던 랭보는 무엇을 찾고 다녔을까? 세계의 심장을 영원히 울리고 있는 시를 남기고, 영원히 정착할 수 없는 시의 세계를 되찾은 것일까. 백남준은 천재 시인 랭보의 키워드인 영원·태양·바다를 짧게 말하고, 오른손으로 높은음자리와 왼손으로 낮은음자리를 동시에 누른다. 바다 가운데서 일어나는 회

---

31) 백남준, 앞의 책, 12쪽.

오리바람 소리가 난다. 랭보의 발자국들이 돌아다니며 자연 속에서 효과음을 내는 것 같다.

음악을 전공한 백남준이 만든 「교향곡 제5번」에는 음악이 없다. 높은음자리표와 낮은음자리표에 단순한 음표 하나, 둘, 많으면 양손으로 건반을 한 번만 눌러도 되는 음이다. "페니스로 쳐라, 목가적인 모데라토로 노래하라, 라인강 물결을 세어라" 등 짧은 진술들이 많다. 일반적으로 생각하는 교향곡과는 전혀 다르다. 백남준이 처음으로 시도해보는 실험적인 교향곡이다. 플럭서스 정신을 중요시했던 백남준에게 있어서 기존과 방식과 차별화된 「교향곡 제5번」은 당연한지도 모른다. 백남준에게 새로운 영토는 옥토이며, 사람의 발길이 끊긴 황무지일수록 축복의 땅이라고 여겼을 것이다. 최고의 비디오 아티스트, 행위예술가, 음악에 관심이 높은 아티스트 등으로 알고 있는 백남준은 언어에 대해서도 열린 세계관을 갖고 있다. 「교향곡 제5번」을 통해서 그의 유희성, 특히 언어적인 부분에서도 두드러진 것을 알 수 있다.

III. 성찬경의 언어유희

물질과 비물질에서 생명성을 발견하여 새로운 시 쓰기에 전념하는 성찬경은 그에 못지않게 언어의 유희성에도 관심이 많다. 그가 관심이 두는 물질들은 새것보다는 낡은 것, 부서진 것, 조각들이 대부분이다. 그리고 '거리가 우주를 장난감으로 만든다'는 시집 제목에서도 알 수 있듯이 비물질인 우주, 거리, 구름 등을 장난감처럼 가지고 노는 유희성을 과감하게 드러낸다. 세계에 대해서 열려 있는 성찬경은 변화와 혁신을 항상 염두에 두고 있다. 본고는 성찬경의 언어유희성을 살펴봄으로써 그의 시 세계를 새롭게 읽고, 그의 유희성이 시에 미치는 영향을 나름대로 찾아가는 길이 될 것임을 드러내고자 한다.

> 스으 하.
> 스으 하.
> '스으'는 숨을 들이마실 때의 소리이고
> '하'는 숨을 내쉴 때의 소리이다.
> 아무 때나 이런 소리가 나는 것은 아니다.
>
> (… …)
>
> 스으 하.
> 스으 하.
>
> … …
>
> 그러나 먹는 일은
> 죽을 때까지다.
> 그 깊이는 심연이다.
>
> 삶에 중독된 이가/최고 행복자다.
>
> (… …)
>
> 아아.
> 지금 이순간.
>
> 스으 하.
> 스으 하.
> — 「스으 하」 부분(『거리가 우주를 장난감으로 만든다』)

의성어 '스으 하'가 제목인 이 시는 이상하게 '스으 하' 속으로 빨려 들어가게 하는 힘이 있다. 들이쉬고 내쉬는 숨처럼, 끈질기게 밀고 나아가는 힘을 풍긴다. 숨을 멈추면 목숨이 끝나듯이 '스으 하'를 멈추면 시의 세계가 무너질 것 같은 두려움도 내포되어 있다. "그러나 먹는 일은/ 죽을 때까지다./ 그 깊이는 심연이다." 일상의 생활과 죽음까지 아우르는 묵직함을 "스으 하./ 스으 하." 한 마디의 의성어로 삶의 무게를 잠시 가볍게 내려놓게 한다. 또한 "나는 매운 음식을 좋아한다./ 무섭게 매운 날고추를 씹어 먹을 때/ 입안은 너무 매워 그 매운 맛을/ 더 맛볼 겸 동시에 가라앉힐 겸/ 내는 소리가 이 소리다./ 스으 하./스으 하." 그가 표현하고 있는 시어들은 가벼움 속에 유희성이 깃들어 있다. 무거움과 가벼움을 교차시키는 언어 놀이이다. 오른손엔 묵직한 풋볼을 쥐고, 왼손덴 가벼운 오렌지를 들고 서로 주고받으며, 바닥에 떨어질 것 같은 풋볼이나 오렌지를 끝내 떨어드리지 않고 오렌지와 풋볼에 집중케 하는 놀이 같다. 긴장감을 놓치면 게임은 끝이다. 그러나 성찬경의 시는 이러한 긴장감을 즐기며 간다. 끝나지 않는 게임이다. 성찬경 시의 특징이다.

> 무엇이고 움직이고 있는 것을 보면
> '살아있구나'하는 생각을 지울 수가 없다.
> 밤낮없이 아름답게 흐르는 물.
> 그것보다 더 살아 있는 것이
> 무엇이 있겠는가.
> 바람.
> 그것은 목숨의 숨 아닌가.
> 날아가는 야구공도 살아 있다.
> 달리는 철마鐵馬도 살아 있다.
> (… …)
> 10조 킬로미터의 높이로 치솟는
> 우주구름.
> 그런가 하면

바위가
미동微動도 하지 않고
일순에 천년을 삼키는 것을 코면
깊은 상념想念에 빠져 있구나'하는 느낌을
지울 수가 없다.
(… …)
<빅 뱅>이래 계속 팽창하는 우주 안에
무생물이란 없다.
　　　　　－「단일장론」 부분(『거리가 우주를 장난감으로 만든다』)

　　성찬경의 시에는 생명성이 많이 포함되어 있다. 시의 밑바탕인 무의식
세계에서 끌어 올리거나 옆으로 새어나오는 생명성을 성찬경 시 곳곳에
서 발견된다. "날아가는 야구공도 살아 있다./ 달리는 철마鐵馬도 살아 있
다./ 활화산./ 용수철./ 오오로라./ 태양의 코로나./ 별이 탄생할 때/ 무시무
시한 속도로 소용돌이치며/ 10조 킬로미터의 높이로 치솟는/ 우주구름/.
그런가 하면/ 바위가/ 미동微動도 하지 않고/ 일순에 천년을 삼키는 것을
보면." 바람과 물은 생명성임을 누구나 인식하지만, 날아가는 야구공, 달
리는 철마에서 생명성을 발견하기란 쉽지 않다. 야구공은 쉽게 땅에 떨어
질 것이며, 철마는 역에 도착하면 멈추는 것이 당연하기 때문이다. 일반
적으로 이런 생각들을 하지만 성찬경은 날아가는 순간, 달리는 순간에 집
중한다. 거대한 바위가 순간 천 년을 삼킨다고 표현했다. 우주의 시간에
서 천년도 순간으로 볼 수 있다. 태양에서 지구까지 빛의 거리, 1광년의
거리는 9조 4670억km 라고 한다. 지구상에서 시간의 개념과 우주의 시간
의 격차는 실로 '순간'이라는 단어 외에 달리 찾아 쓸 말이 없다. 하지만
지구상의 찰나의 시간들은 소중한 시간들이다. 거대한 우주의 시간 속에
서 점보다 더 작은 점으로 찍히는 인생의 순간들이 소중한 것임을 말하고
있다. 야구방망이를 휘둘리며 멀리 공을 날려 보내는 순간이야말로 유쾌

하고 즐거운 순간이다. 스스로 던진 공에 맞지 않기 위해서 죽기 살기로 달리는 순간이야말로 가장 순수한 시간이며 공과 달리기에만 몰입하는 순간이다. 태양에서 지구까지 날아오는 빛의 거리와 야구공이 날아가는 거리는 비교할 수 없는 찰나들이다. 그러나 우리가 몸으로 느끼는 순간은 크게 차이가 없다. 빛의 속도가 물리적으로 느껴지지 않는 것 또한 우주의 신비인지 모른다. 우주가 계속 팽창하는 것을 몸으로 느낄 수 없지만, 야구공을 던지는 순간이나 기차를 타고 어디론가 여행하는 순간은 오래도록 그 시간을 느끼고 기억된다.

　바위는 천 년의 시간을 몸에 지닌 채 멈추어 있다. 그러나 바위는 숨을 쉬고 말을 한다. 날아오는 새나 바람에게 말을 하며 태양에게도 빗방울에게도 수다를 떨며 그 자리를 지키고 있다. 우주 안에는 두생물이 없다. 성찬경의 생명성은 매우 자연스럽다. 강한 의지나 힘으로써 무생물이나 물질에 생명성을 투입시키는 것이 아니라 우리 눈에 보이는 물질이나, 비, 바람, 바위에도 관심을 준다. 그 안에서 생명성을 발견하고 그들의 대화나 노래도 듣는다. 잠시 자기 안으로 들어가 고요히 멈추어 있으면 바위의 속마음도 들을 수 있음을 시사한다. 날아가는 야구공의 힘찬 소리도 잘 듣는다고 직접적으로 발설하지 않지만, 공이 날아가고, 철마가 달리고 용수철이 솟구치는 순간을 소중하게 여기고 있음을 내포하고 있다. 세상을 외면하지 않고 적극적인 관심을 가지고 들었을 때 확장되는 세계를 나타내고 있다

　　시계불알아.
　　시계불알아.
　　만약에 내가 너에게서
　　'시계'를 빼고 그냥
　　불알아
　　불알아

한다면
남들이 나를
얼마나 실없는 건달로 알겠느냐.
그러나 '불알'에 '시계'를 붙여
(… …)
무슨 상징적인 여운을
느끼지 말라는 법도 없다.
(… …)

시계불알아.
시계불알아.
　　　　　　－「시계불알아」 전문(『거리가 우주를 장난감으로 만든다』)

　　시는 동질감을 위해서가 아니라 이질감을 위해서 존재한다.[32] 규정될
수 없는 불안이나 불규칙 또한 형식의 파괴나 회복의 지점으로도 존재한
다. '시계'와 '시계불알'은 이질적이면서도 동질감이 있다. '시계'라는 물
질 안에 '시계불알'이 부착되어있다. 시계의 몸 안에 시계불알이라는 육
체의 일부가 움직이는 것처럼 느껴진다. 시간적인 개념보다는 육체적인
동질성이 어필되고 있다. 그러나 '시계'는 육체와는 거리가 먼 기계적인
이질감이 많다. 멈추었다 가고, 가다가 멈추는 불규칙보다는 기계처럼 정
확해야 하는 것이 일반적인 시계의 목적이며 특징이다. 하지만 시계가 주
는 이미지는 기계적인 이질감보다는 계속 흘러가는 시간의 이미지도 함
유하고 있다. 시간과 시계는 분명 다르다. 시계는 물질이며 다양한 종류,
다양한 모양이 많다. 시간은 비물질이다. 그러나 생명성을 지니고 있다.
시간은, 인류가 시간을 최초로 측정하는 시간 이전부터 존재해 왔다. 이
러한 생명성이 시계 안에서 존재하고 있는 것 또한 이질성이다. '시계'와
'시간'은 시와 시인처럼 동질적이면서 이질적인 것이다. 시인이 쓰는 시

---

32) 이수명, 앞의 책, 74쪽.

는, 시인 안에 멈추어 있는 것이 아니라 시간처럼 흘러가거나 떠돈다.

물질 안에 생명성을 부여하는 힘으로 성찬경은 "시계불알아/ 시계불알아"라고 크게 불러보며 "끝도 없이 흔들리는 너의 몸짓에서/ 무슨 상징적인 여운을/ 느끼지 말라는 법도 없다."고 말한다. 이렇듯 화자는 시계불알의 생명성에 주지하면서, '시계불알'에서 풍기는 언어의 놀이에 자연스럽게 동참한다. '불알'은 함부로 말하기에는 난처한 신체적인 언어이다. 그러나 '시계불알'은 누구나 쉽게 말할 수 있으며, 왔다 갔다 하는 가벼운 이미지가 실려 있다. '시계불알'은 육체성을 지니고 있으면서, 가벼운 언어놀이의 속성도 지니고 있다. 이질감과 동질감을 동시에 지니고 있는 시계불알이다.

VI. 백남준과 성찬경 작품에 나타난 언어유희의 공통점과 차이점

백남준과 성찬경은 새로운 땅에 끝없이 삽질을 했으며, 지금도 진행중이다고 볼 수 있다. 예술은 개간되지 않는 황무지를 확보해야 한다. 삽질을 깊이 할수록 수맥을 만날 가능성이 높아진다[33]는 것을 백남준과 성찬경의 언어유희에서 잘 드러난다. 사물이나 기호, 언어의 경계를 넘나드는 경지로 나아간다. 변화와 혁신의 정신은 넓고 광활한 황구지에서 꽃을 피우게 한다. 백남준은 초창기에 시작한 플락서스 정신을 많은 세월이 지난 후에도 강조했다. 자신의 예술을 세계적으로 꽃을 피우는 절정의 지점에 있으면서도 '변화와 혁신'의 플럭서스 정신을 잃지 않았다.

성찬경은 시 쓰는 일이 쉽지 않다고 고백한다. 여러 권의 시집을 낸 뒤

---

33) 위의 책, 32쪽.

에도 여전히 핏방울의 고통을 느낀다고 한다. 그러나『거리가 우주를 장난감으로 만든다』에는 경쾌한 시들이 많다. 무거움을 내면 깊숙이 감추거나 묻어두고, 의식 세계로 밀고 나오는 언어들은 이상하리만치 가볍게 태어난다. 그의 무의식의 세계는 천진한 어린아이가 살고 있는지도 모른다. 끝없는 호기심과 끝없는 장난질에 지칠 줄 모르는 아이가 뛰어다니고 있는 것이다. 성찬경이 바라보는 우주는 그가 살고 있는 지구와 서로 다른 먼 세계가 아니라 머리 위에 멈춰 있는 구름에서, 한 줄기 햇빛 속에 우주가 들어 있다고 본다. 이러한 인식 때문에 빗방울이나, 벌레울음소리 등을 장난감을 가지고 놀듯이 소리를 주무르며 놀이에 빠져든다. 이렇게 노는 성찬경은 자연스럽다. 평소에 그런 생각으로 가득 차 있기 때문인지 막걸리를 마시고 난 후 빈 플라스틱 병을 거꾸로 세워 떨어지는 막걸리 방울을 세워 재미있는 시 쓰기를 하고 있다.

이렇듯 백남준과 성찬경의 언어는 전위적이며 실험적이다. 유희성이 강한 작품들을 비교하여 언어유희에 나타난 공통점을 이루는 부분과 차이점을 살펴보고자 한다. 백남준은「교향곡 제5번」중 일부를, 성찬경은「선」과「괘」를 분석하여 언어의 유희성이 어디까지 이르고 있는 것인지 주목해보고 구체적으로 어떻게 나타나고 있는지 알아본다.

12121212121212121212121212121212········ 12번째 해

어느 화창한 일요일 아침,
침대에 누워 모차르트를 들어라.

·

백남준은 비언어적인 의사소통 방식으로써 음악을 가장 우선시했다. 그는 음악은 해저자원 만큼이나 거대한데 많이들 소홀히 취급하고 있다고 비판한다.[34] 소통을 매우 중요시한 그가 비디오를 선택한 이유 중의

하나도 크게는 "커뮤니케이션의 수단"이라고 여겨진다. 그는 베트남과 미국의 전쟁 때 거대한 미국의 실패는 근본적으로 이해와 의사소통의 실패를[35] 원인으로 보고 있다. 락 음악은 젊은 층과 기성세대간의 유일한 창구였다고 보았으며, 모차르트는 아시아인들과 유럽인들을 이어주는 첫 번째 끈이었음을[36] 시사한다. 의사소통의 강력한 방식으로써 음악의 풍요로움을 강조하며 숫자 12를 열다섯 번 반복한다. 그리고 12년째 해라고 단언한다. 백남준은 숫자를 반복해서 쓰는 일이 많다. 해석하는 독자에 따라서 숫자 해석이 달라질 수도이겠지만, 1년을 한 달로 한 달을 하루로, 하루를 다시 분으로 분을 초로, 초를 마이크로초로 분할하는 특징들을 볼 수 있다. 본고에서 텍스트로 잡은 백남준, 『백남즌: 말馬에서 크리스토까지』318~319쪽에는 숫자의 반복이 잘 나타나있다.

444번째 해

4월 4일, 4시, 4분, 44초, 444444마이크로초,
아주 조용한 일을 하라.

555번째 해

5월 5일, 5시, 5분, 55초, 555555마이크로초,
아주 조용한 일을 하라.

666번째 해

6월 6일, 6시, 6분, 66초, 666666마이크로초,
아주 조용한 일을 하라... .

---

34) 백남준, 앞의 책, 252쪽.
35) 위의 책, 251쪽.
36) 위의 책, 252쪽.

하루가 극세사의 실로 갈라지는 듯하다. 같은 숫자로 분할되는 시각적인 효과는 숫자에 더 집중하게 한다. 종이를 구기는 바스락거림도, 발자국 소리도 안 들리게, 문소리도 안 나게, 바람 소리도 안 들리게, 전화음 소리는 더욱 안 들리게, 물 마시는 소리도 뜨거운 커피를 마시는 소리도 안 나게 하는 일을 하도록 요구한다. 뱃속에서 놀고 있는 태아의 움직임을 느끼는 일이나, 형광등갓에 가라앉는 먼지를 보는 일, 멀리 흩어지는 구름을 세어보는 일에 집중하게 한다. 전혀 타인이 알아차릴 수 없는 일들이다. 오로지 혼자 움직임 없이 작고 작은 일에 집중할 수 있게 유도한다. 쓸데없이 먼지나 구름을 보는 일이 자신을 내면으로 깊숙이 끌고 간다. 작은 먼지나 멈춰 있는 구름에 집중했을 때, 매일 볼 수 없는 내 자신을, 흩어지는 나를 모아들이며 나와 대면하게 한다. 일상에서 매번 흩어지고 사라지는 것들이 뱃속에 들어있는 태아처럼 새로운 생명을 느끼게 한다.

… …

5221번째 해
아침마다(짝수 날)
피아노의 검은 건반을 먹어라,

아침마다(홀수 날)
피아노의 흰 건반을 먹어라.

99997999번째 해
????????

10의 9승×10의 10승×3031번째 해

????????

$$\pm \infty < \pm \infty < \pm \infty$$

이 소리를 쉬지 않고 1964년 동안 연주하라.

이미지는 숫자든 기호이든 그것이 무엇이든 간에 자기 자신의 시뮬라르크가 되는 것이다.[37] 숫자와 이미지와 수학 공식 같은 것은 규칙적이지만 난해해서 해독이 불가능하다. 이렇게 모순적이며 아무런 연관이 없는 것들을 언어와 숫자, 기호에 담는 시도는 주목할 만한 여러 쟁점을 지닌다.[38] 이질적인 것을 가로지르는 환유적인 변형과 은유적인 잠식을 동시에 가지는 변환 사이에서 여전히 무수한 가능성의 시의 길을 열어주고 있다. 언어와 숫자, 기호에 서로가 침투하는 이미지, 비록 무슨 말인지 표현되지 않지만 시각적인 환영을 불러일으킨다. 피아노의 건반을 아침마다 먹어야 하는 입술은 읽혀지기는 하지만 보이지는 않는다. 불편하다. 먹을 수 없는 것을 먹으려는 인간의 욕망을 시사하고 있는 것 같다. 거대한 세계를 몸으로 부딪쳐 직접 느껴보는 것, 그곳에서 나는 소리와 울림을 온몸으로 체험하는 퍼포먼스다. 이미지가 풍부한 삶 앞에 드라마틱한 행위이다. 문학에서도 양면성이 마조히즘과 사디즘을 섬세하게 묶어놓는다.[39] 백남준의 시적 퍼포먼스는 작품의 끝으로 치달을 것 같다. 그러나 화자는 쉬지 않고 1964년 동안 연주하라고 명령한다. 화자의 말은 주술적이다. 화자의 말을 따르지 않으면 안 될 것 같은 두려운 힘이 들어 있다. 거대한 세계와 인간의 욕망을 "아침마다 피아노의 검정 건반을 먹어라"는 표현으로 낯선 이미지를 유발하며 미지의 시 세계를 이끌어간다. 숫자들이 무

---

37) 신방흔, 앞의 책, 107쪽.
38) 백남준, 앞의 책, 16쪽
39) 신방흔, 앞의 책, 97쪽.

한대의 숫자로 늘어나는 놀이는 100년 후의 시, 100년 후 시의 모습을 시뮬레이션으로 돌려보고 있는 것 같다. 백남준의 언어 놀이는 현실에서 할 수 없는 것을, 현실에서 실행할 수 있게 이끌어 주고 있다. 피아노 건반을 입으로 직접 먹을 수 없는 낯선 이미지를 통해서, 인간의 무리한 욕망에서 빚어지는 사회적 병폐와 피해를 반성케 하고 성찰케 한다. 또한 끝없는 상상의 세계로 나아갈 수 있는 자유로운 날개를 펼쳐준다.

······   ·   ·

계속하라······

– 백남준, 「교향곡 제5번 (악보)」 부분

세계의 역사는 우리에게 게임에서 이길 수 없다면, 규칙을 바꿀 수도 있다는 교훈을 주고 있다.40) 백남준의 시도에는 주목할 만한 여러 쟁점이 있다. 불가능하고, 모순적이고, 아무런 연관이 없는 것들을 언어에 담는 시도는41) 여전히 무수한 가능성의 시의 길을 열어 주고 있다. ∞는 무한대의 기호이다. 이 무한기호에 어떤 수를 더하거나 빼도, 곱하고 나누기를 해도 답은 무한대이다. 언어의 세계는 끝이 없는 무한대인지도 모른다. 남들이 가지 않는 미지의 세계를 발견하고 개척해 가는 백남준을 기호로 나타낸다면 ∞일 것이다. 사실 시적 탐구와 발견과 충격으로 경험하게 될 미지의 소용돌이에 휩싸이는 것, 그것이 시다.42)
　변화 중인 성찬경의 시세계를 「선線」, 「괘」를 통해서 살펴보기로 한다. 새로운 영토 확장에 지칠 줄 모르는 그의 예술성은 어떤 색깔론에도

---

40) 백남준, 앞의 책, 24쪽.
41) 위의 책, 16쪽.
42) 이수명, 앞의 책, 69쪽.

기웃거리지 않는다. 좀 더 정치적인 아방가르드, 좀 더 예술적인 아방가르드라는 편향에 속하기를 거부한다. 오로지 성찬경만의 독창적인 정신, 평생을 변화하기를 멈추지 않는 정신, 평생을 시만을 위해 순결을 받치는 정신으로 가득 차 있다. 이러한 그의 예술성은 탁월한 감각으로 새로운 변모를 보여준다.

> 순간
> 선에 고인 생명이
> 말을 한다.
> 기쁨 빛나고
> 슬픔 피어오른다.
> 허공을 짝 갈라
> 굴을 향하는 선.
> 오늘
> 발발
> (… …)
> 가늘고 긴 선.
> 한면 끝은 안개에
> 한면 끝은 성운星雲에
> 묻혀 있다.
> 강철 선.
> 금金실 선.
> 나라 살린 그 선의 구릉에
> 눈물 뿌린다.
> 선.
> 선.
> 선.
> 선.
> 선이 휘질 않는다.
> 빳빳하고

나긋나긋한
선에 목숨 건
마름이
기를 쓰고
힘을 뺀다.
　　　　　－「선線」 부분(『거리가 우주를 장난감으로 만든다』)

　　선線은 면에 길게 그어진 금이다. 또한 일직선으로 끝없이 달리는 줄이라고 할 수 있다. 건널목에 누워 있는 흰 줄도 선이다. 허공으로 길게 뻗어가는 전선도 선이다. 어둠을 뚫고 오는 한 줄기 빛도 선이며, 멀리 떨어져 있는 지인의 마음에 가닿는 것도 마음에서 뻗어가는 보이지 않는 선이다. 사람의 목숨도 아주 긴 선이며, 남북을 갈라놓은 삼팔선도 선이다. 또한 출렁이는 물살에 흔들리는 뱃길도 끝없는 선이다. 구불거리는 모퉁이를 돌아가는 길도 선이며, 보이지 않는 굴속으로 이어지는 아주 좁은 길도 선이다. 성찬경은 이러한 선에 고인 생명이 말을 한다고 진술한다. 화자는 물질과 비물질인 선에 생명성이 깃들게 한 것이다. 성찬경이 말하는 언어에는 주술적인 힘이 내포되어 있다. 생명이 담긴 선은 끝없이 뻗어갈 것이라는 기대와, 꼭 그렇게 될 것이라는 염력의 힘이 있다. 이렇듯 생명성을 지닌 선은 환유적 변형과 은유적 잠식을 동시에 가능하게 하고, 그러한 가능성으로 존재한다.

　　화자는 허공을 지나는 흰 줄을 "허공을 짝 갈라/ 굴을 향하는 선."이라고 표현한다. 높이 뜬 비행기가 소리 없이 지나갈 때 허공이 둘로 갈라지며 긴 줄을 긋고 간다. 그런데 화자는 굴을 향하는 선이라고 보고 있다. "오늘/ 발발/ 발발/ 떨리는/ 손/ 끝이/ 발사하는/ 선." 여기서 화자가 의미를 두고 있는 '선'이 인생이라면, 당연히 기쁨이 빛날 때도 있고, 슬픔이 피어오를 때도 있다. 때로는 기쁨과 슬픔이 발발 떨리는 손끝에 있다. 우리는 살면서 예기치 못한 슬픔에 손끝이 떨리는 순간들을 접하는 경우가 있으며, 기쁜 일들을 맞닥뜨렸을 때도 손끝이 떨려오는 전율을 잊지 못하는 경우들이 있다. 그러나 이러한 떨림들은 이슬처럼 사라지거나 다시 솟구치며 살아나기도 한다. 가늘고 긴 인생의 한 면은 안개에, 다른 한 면은 구름에 묻혀있는 듯한 여정은 강철 같은 선이며, 또한 금실처럼 아름다운 선이다. "나라 살린 그 선의 구릉에/ 눈물 뿌린다./ 선./ 선./ 선./ 선./ 선이 휘질 않는다." 여기에서 선은 삼팔선인지도 모른다. 수십 년 동안 눈물 뿌리는 선, 눈물을 뿌리게 하는 선, 삼팔선은 아직은 어느 면으로든 휘지 않는다. 처음에 그어놓은 이후로 그 자리에서 선으로 서 있다. 선은 빳빳하고 나긋나긋하다. 선은 다양하다.

그의 유희 정신은 주저함이 없다. "순간/ 선에 고인 생령이/ 말을 한다."고 단호하게 진술하며 시를 진행하고 있다. 지상에서 가장 질기고 긴 목숨 줄을 순간 선으로 변형시켜 체조 선수가 긴 선으로 이리 돌리고 저리 돌리듯이 돌리며 논다. 성찬경은 체조선수처럼 격정의 몸놀림으로 각종 선의 유희를 보여주고 있다.

233.
나의 숫자.
나의 괘.
233.

어떻게 해서 그런 괘가 나왔나?
전말은 이렇다.
'포천 일동 쌀막걸리' 플라스틱 통 하나를 다 마시고 나
서
어쩐지 서운해서 통을 거꾸로 기울이니
쌀막걸리 방울이 똑 똑 똑.
재미가 나서 계속 기울이니
똑 똑 똑.

그렇게 해서 이백 서른 세 방울
233이 나왔다.

(… …)
뜻을 캐묻지는 않는다.
그냥
꽤다.
2
3
3
2
3
3

　　　　　　　　　　　— 「꽤」 부분(『거리가 우주를 장난감으로 만든다』)

　화자는 막걸리 한 병을 다 마시고 나서 플라스틱 병을 거꾸로 기울인
다. 똑, 똑, 똑 떨어지는 막걸리 방울의 숫자 233까지 센다. 233번째까지
떨어지고 더 이상 떨어지지 않는 마지막 막걸리 방울의 숫자 233 재미있
는 숫자이다. 왠지 똑, 똑 떨어지는 막걸리 방울의 숫자 233은 사실과 논
리성에 의미를 두고 분석해야 하는 숫자라기보다는 똑, 똑 떨어지는 막걸
리 방울의 이미지가 강하게 전달된다. 233방울까지 떨어지는 형상의 숫
자, 마지막 방울까지의 흔적의 숫자, 반복적으로 똑, 똑, 떨어지는 음향의
숫자이다. 자연스럽게 일정한 시간과 간격으로 똑, 똑 떨어지는 의도하지
않는 숫자, 하지만 마지막으로 뜩 떨어지고 더 이상 떨어지지 않는 단호
한 숫자 233은 설득력을 얻고 있다. "'포천 일동 쌀막걸리' 플라스틱 통 하
나를 다 마시고 나/ 서 / 어쩐지 서운해서 통을 거꾸로 기울이니/ 쌀막걸
리 방울이 똑 똑 똑./ 재미가 나서 계속 기울이니/ 똑 똑 똑./ 그렇게 해서
이백 서른 세 방/ 233이 나왔다." 일반적이며 평범한 이 시구에서 233 숫

자의 논리성을 얻고 있다. 과장이나 수식이 없으며, 화자가 특별히 매일 막걸리를 즐긴다는 막걸리 예찬도 없이, 일상의 한 면을 여과 없이 그대로 보여주고 있는 듯하다. 왜 병을 거꾸로 기울여서 떨어지는 방울을 세워야 하는지 이유를 말하지 않았지만 독자가 궁금해야 할 부분이 아니라는 것을 화자는 미리 짐작하고 있다. 독자는 233 숫자에 중심을 두고 있다는 것을 화자는 먼저 파악했으리라. "나는 천주교 신자라 점은 멀리하고 있지만/ 왠지 이 괘에만은 무심할 수가 없다./ 233./ 233./ 뜻을 캐묻지는 않는다./ 그냥/ 괘다." 독자에게 설득력을 주기위해서 점을 치지 않는 천주교 신자임을 밝히며 한 번 더 강조한다. 화자는 어느 날 가볍게 막걸리 한 병을 마시고, 장난스럽게 병을 거꾸로 들고 떨어지는 방울을 세웠을 것이다. 그러면서 "이 괘에만은 무심할 수가 없다."고 무슨 의미를 부여한 것 같지만, 이는 일상의 작은 것에도 재미를 붙이고, 관심을 두는 시인의 태도가 의미일 것 같다. 성찬경은 유리조각을 주워서 유리병에 보관하고 들여다보며 쓸모없는 유리조각들에게 말을 걸고 생명성을 부여한 시인이다. 세상에서 쓸모없다고 버려진 것들이 성찬경에게 와서 새롭게 태어난다. 플라스틱 빈 막걸리 병을 버리면 그만이다. 그러나 그는 거꾸로 세워서 떨어지는 순간 휘발될 몇 방울들을 세워 보는 것이다. 화자가 세워 봄으로써 233이라는 숫자로 새롭게 태어난 막걸리 방울들이다.

앞서 살펴본 바와 같이, 백남준과 성찬경은 일반적인 것에서 모티브를 찾아 언어의 현재와 미래를 표현하고자 하였다. 언어의 무한한 능력을 표현할 수 있는 수단으로써 기호, 숫자, 생략과 음표 등 여백을 적절히 사용하였을 뿐만 아니라 언어의 영역을 과감하게 확대하고자 했다. 백남준과 성찬경의 언어 놀이는 생소하고 낯설다. 이미지들과 숫자와 기호들을 새로운 공간에 혼합 배양시키지만 시의 완성도와는 거리가 멀어 보인다. 백남준과 성찬경이 쓰는 이미지나 말들은 추상과 관념에 기울어지는 점이 많다.[43] 그러나 그들이 쓰는 말이나, 기호, 숫자들은 사로운 땅에 뿌리를 내리고 싶어 하는 씨앗과도 같다. 이런 공통점은 낯선 곳에서 바람을 타고 날아와 척박한 땅에 거리낌 없이 착지하고 싶은 바람이 충만 되어 있다. 새로운 땅에 정착하고 뿌리를 내린 다음에는 거기에서 안주하지 않고 언제든지 자유롭게 날아갈 순간을 꿈꾸는 자유가 그들의 언어 속에 녹아있다. 아방가르드 시에서 흔히 나타나는 영감·광기·착란·극단·유희성44)이 백남준과 성찬경의 언어 속에서 도발적인 모습으로 자리하고 있다.

정형화된 무대에서 벗어나 새로운 시 쓰기에 앞장 선 초현실주의, 다다이즘, 자동기술법은 20세기 초부터 시작되었다. 시대의 변화보다 앞서려는 노력은 21세기에도 지속적으로 시도되고 있다. 이러한 측면에서 한발 더 나아간 백남준과 성찬경의 언어는 세계와 사물을 아주 새롭게 보게 하는 공통점을 지닌다.45)

언어의 전위적인 측면과 실험성은 백남준이 앞선다. 백남준은 숫자와 기호, 여백을 거침없이 사용하고 있다. 언어는 표현하고자 하는 핵심만 간단하게 표현한다. 이러한 백남준의 언어는 쉽게 읽히지 않는다. 난해하다. 하지만 어렵기 때문에 반복해서 읽게 만든다. 해석 또한 독자의 몫으로 돌린다. 독자 개개인이 자유롭게 읽고 자유롭게 해석할 수 있도록 백남준이 설정해놓은 것인지도 모른다. 이런 태도 또한 창의적이며 흥미를 유발한다.

성찬경의 시적 언어는 경쾌하고 도발적인 면도 있지만 언어의 내부에 평상심과 차분함이 깃들어 있다. 성찬경 또한 숫자와 여백을 사용하고 있지만 독자가 충분히 읽어갈 수 있도록 치밀하게 묘사하고 있으며, 왜 숫자를 사용했는지에 대해서도 설득력을 지니고 있다. 시적 변화를 추구하

---

43) 위의 책, 33쪽.
44) 위의 책, 178쪽.
45) 김광명, 『칸트 미학의 이해』, 철학과 현실사, 2004, 230쪽.

기 위해서 화자의 생각을 무작정 던져놓은 것이 아니라 ㅅ 적인 정서와 함께 독자가 읽을 수 있도록 유도하고 있다. 이러한 차이점이 있음에도 불구하고 '변화와 혁신'을 도모하는 백남준과 성찬경의 언어는 독자적으로 전진하고 있다. 숫자와 기호, 언어를 사용하여 재미있는 언어 놀이를 하지만, 보편적인 설득력을 얻어내기엔 무리수가 있는 편이다. 예술의 첨단은 남들이 가지 않는 길은 개척하며 기존의 방식에서 탈피하는 것이 기본일 것이다. 누구나 새로움과 독창성을 추구한다. 하지만 결코 쉽지 않다. 이러한 면에서 백남준과 성찬경의 작품에서 나타나는 언어의 유희성은 주목할 만하다. 시 문학에서도 다양성이 존중되어야 한다고 생각한다. 다양성은 자칫 개성이 난무하여 시의 흐름을 어지럽히는 위험도 따를 수 있겠지만, 새로운 시의 모습에 관심 또한 필요하다고 사료된다. 이러한 면에서 백남준과 성찬경의 언어들은 새로운 영토를 확장해 가고 있다. 자유스럽고 경쾌한 발자국들이다.

V. 결론

인간의 언어는 무한대이다. 누구나 사용할 수 있는 영역이다. 동시에 각 개인마다 다르겠지만 한계에 쉽게 부딪치는 영역이기도하다. 백남준과 성찬경은 이 무한의 세계에서 예술과 철학, 문학의 텍스트를 다양한 오브제에 반영시켰다. 그들은 반영시키는 과정을 즐기며 기존의 관념과 인식이 닿지 못한 미지의 세계를 열어보고 있는 것이다.[46] 어느 누구도 가지 않는 미지의 세계는 황무지나 마찬가지이다. 백남준과 성찬경은 황무지를 삽질하는 모습을 보인다. 결과에 연연하지 않지만 수객이 나올 때가지 깊이 파고들어가는 두 예술가의 모습에 주의를 기울일 필요성이 있다.

---

46) 이수명, 앞의 책, 69쪽.

세계적인 비디오아트의 선구자인 백남준은 예술의 가장 중요한 기능을 유희에서 찾았다. "유쾌한 놀이를 통해서 최고의 자유와 나란히 존재할 수 있다"는 쉴러의 유희 철학은 백남준 예술의 밑바탕이 된다. 그는 즐기면서 행하는 예술이 사회를 더 많이 변화시켰다고 보았다. 백남준은 '변화와 혁신'의 플럭서스 정신을 강조했다. 그는 정상의 자리에서 꽃을 피우는 절정의 순간에도, 초창기 무명시절에 활동했던 전위 예술가들의 모임인 플럭서스의 정신을 잃지 않았다. 미디어에 대한 모든 연구는 언어에서부터 시작되어야 한다고 강조한 백남준의 언어는 유희성이 강하다.

성찬경의 언어 또한 유희성이 강하다. 『거리가 우주를 장난감으로 만든다』란 시집제목에서 알 수 있듯이 그의 언어 놀이는 무한히 열려진 세계로 나아간다. 그에게서 태어난 언어는 놀이의 가벼움과 낙관적으로만 그치지 않는다. 성찬경은 언어의 내면에 존재의 뿌리를 감추어두고, 밖으로 드러나는 표면에는 가벼운 유희성을 담아 시의 영역을 넓혀가고 있는 것이다. 물질과 비물질에서 발견한 그의 생명성은 무겁고 육중한 삶의 무게를 실어 놓기 보다는 가볍고 즐거운 유희성의 언어로서 표출되고 있다.

백남준과 성찬경은 분야는 달라도 예술에 대한 태도는 변화와 혁신을 꿈꾸며 우주를 장난감으로 보고 있는 공통점이 있다. 언어와 음악의 경계가 없는 백남준에게서 탄생되는 언어들은 말놀이로서 쉬지 않고 가고 있다. 성찬경 또한 숫자와 언어를 사용하여 「쾌」와 같은 신선한 시를 탄생시킨다. 플라스틱 막걸리 병을 거꾸로 기우려 똑, 똑 떨어지는 막걸리 방울의 숫자 233으로 재미있는 언어 놀이를 보여준다. 남들이 가지 않는 미지의 세계를 발견하고 개척해 가는 백남준과 성찬경을 기호로 나타낸다면 무한대일 것이다. 무한은 끝이 없이 계속 커지는 상태이며, 어떤 수를 빼거나 더하여도 그 결과는 무한대이다. 독창적이며 자유스러운 언어 놀이를 통해서 백남준과 성찬경은 새롭게 변모해가는 시의 모습을 보여주고 있다.

보론 참고문헌

기본자료

백남준,『백남준: 말馬에서 크리스토까지』, 백남준아트센터, 2010.
성찬경,『거리가 우주를 장난감으로 만든다』, 한국문연, 2006.

국내저서

김광명,『칸트 미학의 이해』, 철학과 현실사, 2004.
김광우,『뒤샹과 친구들』, 미술문화, 2001.
윤난지,『추상미술읽기』, 미진사, 2010.
이경희,『백남준, 나의 유치원 친구』, 디자인하우스, 2011.
이수명,『횡단』, 문예중앙, 2011.
이승하,『한국의 현대시와 풍자의 미학』, 문예출판사, 1997.
신방흔,『시각예술과 언어 철학』, 생각의나무, 2001.
최정우,『사유의 악보』, 자음과모음, 2011.

국외저서

노만 브라이슨, 김융희·양은희 역,『기호학과 시각예술』, 시각과언어, 1998.
데이빗 크로우, 박영원 역,『기호학으로 읽는 시각디자인』, 안그라픽스, 2005.
메리 앤 스타니스제프스키, 박이소 역,『이것은 미술이 아니다』, 현실문화연구, 2006.
알랭 바디유, 장태순 역,『비미학』, 이학사, 2010.
에디트 데커, 김정용 역,『백남준』, 궁리, 2001.
조르주 세바, 최정아 역,『초현실주의』, 동문선, 2005.
프리드리히 쉴러, 장상용 역,『쉴러의 미학·예술론』, 인하대학교출판부, 1999.

한국 현대시에 나타난 생명성

초판 1쇄 인쇄일	2012년 12월 13일
초판 1쇄 발행일	2012년 12월 14일

지은이	김해선
펴낸이	정구형
출판이사	김성달
편집이사	박지연
책임편집	이원숙
편집/디자인	이하나 정유진 이호진 전용완
마케팅	정찬용
영업관리	한미애 권준기 천수정 심소영
인쇄처	월드문화사
펴낸곳	국학자료원

등록일 2006 11 02 제2007-12호.
서울시 강동구 성내동 447-11 현영빌딩 2층
Tel 442-4623 Fax 442-4625
www.kookhak.co.kr
kookhak2001@hanmail.net

ISBN	978-89-279-0202-7*93800
가격	18,000원